Damiano Femfert
Rivenports Freund

Roman

Schöffling & Co.

Erste Auflage 2020

Satz: Reinhard Amann, Memmingen
Druck & Bindung: Pustet, Regensburg
ISBN 978-3-89561-077-6

www.schoeffling.de

Rivenports Freund

1.

Der Bericht der zuständigen Schwester im Krankenhaus würde als genauen Zeitpunkt den 24. Juni 1952, 7 Uhr 20, festhalten. Die Sonne war noch nicht aufgegangen, und Doktor Rodrigo Sebastian Rivenport war gerade damit beschäftigt, den Inhalt der Behälter Q und V in die Holzschachtel Δ1 zu übertragen. Neun Bläulinge der Gattungen *Calycopis*, *Strephonata* und *Strymon* hatte er schon erfolgreich bewegt und betitelt. Rivenport liebte es, die ersten Stunden des Tages in der Abschottung seiner Schmetterlingssammlung zu verbringen.

Nunmehr sieben Jahre schon, seit dem Tod seiner Frau Rosa, schlief er schlecht und wenig. Vor dem Morgengrauen schlich er sich auf Zehenspitzen aus dem Schlafzimmer, den Flur entlang an dem Zimmer seiner Hausdame Maria vorbei, die es nicht guthieß, dass er so früh schon auf war, die Treppe hinunter, am Wohnzimmer vorbei, bis in den Keller, wo sich die Sammlung befand. Erst als er den Riegel vor die Tür geschoben hatte, entwich ihm ein befreiender Seufzer.

So früh morgens, wenn die Meisten noch selig vor sich hinschlummerten, war sein Kopf klar und seine motorischen Fähigkeiten in Höchstform. Außerdem, und das war das Wichtigste, musste er sich um diese Zeit noch nicht mit den Problemen seiner Patienten im Krankenhaus herumschlagen. Es waren derzeit besonders spannende Tage für Rivenport, denn er hatte erst kürzlich damit begonnen, eine Neuordnung seiner Schmetterlinge durchzuführen. Ziel war es, seine private Sammlung an die Systematik des lokalen Naturkundemuseums, das er seit ein paar Jahren auch leitete, anzugleichen und die beiden Sammlungen zu vereinen. Bei fast 8000 Exponaten würden die Direktoren minderer Naturkundemuseen vor Neid erblassen und sogar die der großen Insektensammlungen von La Plata und Buenos Aires aufmerksam werden.

Zur feierlichen Neueröffnung des Museums würde er Werbung in der *Revista de la Sociedad Entomológica Argentina* schalten und versuchen, einen Artikel zu veröffentlichen oder zumindest die zur Eröffnung geladenen Journalisten so zu begeistern, dass sie etwas schreiben würden. Schon jetzt gingen ihm Schlagzeilen durch den Kopf: »Unbekannte Kleinstadt im Norden eröffnet eigenes Naturkundemuseum«; »S. wird zum Paradies für Entomologen«; »Schönste Schmetterlingssammlung nördlich von Buenos Aires«. Und all dies als Folge eines ersten, unscheinbaren Schritts: der Neuordnung seiner Sammlung. Freilich verlor er das große Ganze nicht aus den Augen, den Ruhm, der auf ihn wartete, die Früchte seiner Arbeit. Aber es galt, stufenweise vorzugehen, sich jeden Morgen diszipliniert an die Arbeit zu machen, den säuberlich geschriebenen Papieren, welche die vorangegangene Planungsarbeit dokumentierten, dem »Generalmarschplan«, wie er sie gerne nannte, minuziös zu folgen.

Rivenport war gerade dabei, einen Schmetterling umzuquartieren. Mit der Pinzette griff er den filzigen, mit einer Nadel durchstochenen Körper des graubraun gepunkteten Bläulings *Strymon eurytulus*, hob ihn in die Luft und steckte ihn in den Korkboden seiner neuen Bleibe. Er inspizierte sorgfältig Flügel, Fühler und Körperspannung. Das Insekt hatte den Transfer unversehrt überstanden und war, nach wenigen Berichtigungen mit der Pinzette, wohl zur Schau gestellt.

Für sein Alter wirkte Rivenport noch recht jung. Die Haare waren voll und ragten zäh aus seinem glühbirnenförmigen Schädel. Noch immer glänzten sie schwarz. Auch seine Augen zeigten keinerlei Anzeichen von Müdigkeit, sie funkelten wissbegierig, besonders jetzt, da er von seinem Projekt eingenommen war. Ein paar Falten hatte er natürlich. Sein zarter Teint vermochte es nicht, sie zu verbergen. Oder, wie seine Hausdame Maria feststellte, wenn sie ihn zu einem Spaziergang im Sonnenschein überreden wollte: Er war ungeheuer bleich, wie ein altes englisches Schlossgespenst.

Im Oktober hatte er seinen fünfzigsten Geburtstag gefeiert, oder besser: die Stadt hatte ihn gefeiert. Hinter seinem Rücken war ein für seinen Geschmack viel zu aufwendiges Fest geplant worden. Ein Überraschungsfest! Dabei verabscheute Rivenport Überraschungen. Er fürchtete sie sogar, denn sie verhießen nie Gutes. Überraschungen waren unplanbare Elemente, die in einen wohlorganisierten Raum einbrachen. Überrumpelungen waren sie. Wie etwa der Ausbruch der Spanischen Grippe, als er siebzehn war und eines Morgens in der Schule ein Drittel seiner Mitschüler einfach nicht auftauchte. Überraschung! Der frühzeitige Tod seiner Frau oder das Eindringen von Parasiten in seine Sammlung: wieder Überraschungen! Einmal hatte er das zweifelhafte Vergnügen gehabt, die vermaledeiten Museumskäfer beim Naschen zu erwischen. Binnen weniger Tage hatten ständig schlüpfende Larven, die sich in den Behältern eingenistet hatten, eine Vielzahl bemerkenswerter Sammlungsexemplare gefressen.

Ja, Überraschungen waren ihm verhasst. Maria, die das Fest aus dem Hut zauberte, hatte es natürlich gut gemeint, und eine Flucht vor der Situation kam nicht infrage, wollte er nicht sein Gesicht verlieren. Das ging nicht, schließlich war er in S. ein angesehener Mann: Direktor des Krankenhauses, Mitglied des Herrenklubs und Präsident des Naturhistorischen Museums. Rivenport wurde sogar ehrfürchtig »El Profesor« genannt, da in S., wie in jeder argentinischen Provinzstadt, viel Wert auf Ehrentitel gelegt wurde: von Don, Doña, Doctor bis hin zu Capitán oder sogar Comendador. So hatte er also geseufzt, die Arme nach oben geworfen, als hoffte er auf ein Wunder Marias – nicht seiner Hausdame, sondern der Allerheiligen von Guadalupe – und gute Miene zum bösen Spiel gemacht. In genau solchen Momenten war ihm der Gedanke an die harmonischen Morgenstunden in seiner Kammer wie ein Rettungsanker. Hier war es ruhig, hier herrschte Gleichgewicht, hier gab es keine Überraschungen.

Rivenport griff nach dem Generalmarschplan. Er wühlte in den Seiten, suchte sich durch seine mikroskopische Handschrift, bis er in der komplexen Gliederung der Lepidoptera fündig wurde. Der rotschwarze *Strymon heodes* war an der Reihe, ganz wie er es sich gedacht hatte. Einfach wunderbar, wenn ein Rädchen ins nächste greift. Er legte die Blätter zur Seite und wollte zur Pinzette greifen, als es plötzlich an die Tür klopfte.

Rivenport erstarrte. Hier unten wurde er nie gestört. Genau genommen war das nur ein einziges Mal passiert. Vor sieben Jahren. Damals wurde er über den Tod seiner Frau informiert. Wer könnte es jetzt sein? Maria? Sie würde es nicht wagen. Sicher, sie war gewiss schon aufgestanden und wahrscheinlich auch schon in der Küche, um das Frühstück vorzubereiten, hatte wie gewohnt nach allen Seiten Befehle erteilt, den armen Koch mit ihrer herrischen Art gepeinigt. Bevor er sich weiter überlegen konnte, wer ihn denn störte und ob es überhaupt wirklich geklopft hatte und nicht bloß eine Einbildung war, klopfte es erneut. Diesmal heftiger.

»Professor, ich bin's.«

Also doch Maria. Ihre Stimme schwankte zwischen Erregung und Kleinmut. Sie hatte Angst, dass er sie ausschimpfen würde: zu Recht!

»Ich wollte Sie nicht stören, aber die Ordensmutter hat darauf bestanden. Sie rief an. Ein Notfall im Krankenhaus. Ein Mann wurde mit schweren Verletzungen eingeliefert. Sie sollen sofort kommen.«

Rivenport wurde nervös. Nun wagte es die Außenwelt

bis in sein heiliges Refugium. Sakrileg! Und dabei gab es nicht einmal einen triftigen Grund für diese Störung. Ein verletzter Mensch am frühen Morgen. Und wenn schon? Für was hatte er denn den Schichtdienst eingeführt? Natürlich, die Verletzungen mochten schlimm sein, vielleicht befand sich der Patient sogar in Lebensgefahr und der diensthabende Arzt wollte keinen komplizierten Eingriff wagen, ohne ihn vorab zu konsultieren. Und überhaupt, das Krankenhaus von S. war alles andere als eine betriebsame Klinik, schwere Verletzungsfälle, und dann noch mitten in der Nacht, waren eine Seltenheit. Konnte man trotzdem nicht warten, bis er zur gewohnten Uhrzeit erschien?

Rivenport antwortete schroff: »Der zuständige Arzt muss sich kümmern.«

Er hielt inne, um zu hören, ob Maria fortging. Doch sie bewegte sich nicht. Er wollte sie schon wegschicken, gab schließlich aber doch einer gewissen Neugier nach: »Was hat dieser Mann? Wer ist er überhaupt?«

»Niemand kennt ihn.«

»Wie meinst du das?«

»Keiner weiß, wer der Mann ist.«

»Bist du sicher? Keiner? Auch nicht die Priorin?«

»Auch sie nicht.«

Ein Unbekannter in S.? Das war tatsächlich eigenartig. Rivenport musste lächeln, als er an die mollige Priorin der Ordensschwestern der Allerheiligsten Jungfrau Maria von Guadalupe dachte. Die »Mutter Priorin« oder die »Ordensmutter«, wie die Einheimischen sie nannten, war eine aufbrausende kleine Frau. Wahrscheinlich trabte sie gerade nervös durchs Krankenhaus und murmelte ein Gebet nach dem anderen. Ein Unbekannter in S. mit schweren Verletzungen. Er konnte sich vorstellen, dass sie ihn sofort hatte rufen lassen, bevor eine vernünftige Einschätzung der Situation überhaupt möglich war. Und sie würde sich mit der Verantwortung so lange quälen, bis sie sicher sein konnte, dass Rivenport auf dem Weg ins Krankenhaus war und sich der Sache annehmen würde. Indessen würde sie weiter aufgebracht umherirren, sich pausbäckig bekreuzigen und ihre Ave Marias runterrattern.

Auch wenn ihm der Gedanke nicht ganz missfiel, wäre es nicht fair gewesen, sie weiter schmoren zu lassen: »Ich komme gleich.«

Er lauschte, wie Maria die Treppe hinaufstieg. Erst als es still wurde, konnte er das unangenehme Gefühl abschütteln, in seiner Privatsphäre gestört worden zu sein. Er verschloss die offenen Insektenkästen und legte alles so zurecht, dass er es bei nächster Nutzung in einwandfreiem Zustand vorfinden würde. Bevor er die Kammer verließ, drehte er sich noch einmal um und ließ den Blick durch den Raum schweifen. Dann schaltete er das Licht aus und zog mit einem kaum wahrnehmbaren Seufzer – als hätte er eine Vorahnung, dass ihm eine Rückkehr hierher für eine längere Zeit verwehrt bleiben würde – die Tür hinter sich zu.

2.

Mit leerem Magen ist nicht gut arbeiten«, wiederholte Maria einen Spruch der Señora, als spräche deren Geist aus ihr. Sie wollte nichts davon wissen, dass Rivenport ohne Frühstück ins Krankenhaus ging. Rivenport war keine eins fünfundsiebzig groß, aber im Vergleich zur Indiofrau wirkte er wie ein Riese. Und dennoch hatte er des Öfteren Schwierigkeiten, sich gegen sie durchzusetzen. Aber außer Kaffee konnte er jetzt einfach nichts runterkriegen, er wollte nur schnell ins Krankenhaus, das Problem lösen und seine Ruhe haben.

Die Stadt S., die benachbarten Orte sowie das Land, durch das sich die Quebrada de Humahuaca zog, ja die ganze nordwestargentinische Provinz von Jujuy hatte nur einen geringen weißen Bevölkerungsanteil. Im Gegensatz zu Zentralargentinien, in das in den letzten hundert Jahren Scharen von Europäern eingewandert waren – aus Italien und Spanien, aus Portugal und Deutschland, Polen, Griechenland und sonst woher – und wo Bewohner mediterraner Küstenstädte wie Genua oder Neapel sogar ganze Stadtviertel in Buenos Aires besiedelten, hatte der Norden noch seine ursprüngliche Demografie erhalten. Der Großteil der Bevölkerung bestand aus mal mehr, mal weniger direkten Nachfolgern des einst glorreichen Inkareichs, das sich zu seinem Höhepunkt vom Süden Kolumbiens, über große Stücke von Ecuador, Peru, den Westen Boliviens, den Norden und das Zentrum Chiles, bis hierher in den Nordwesten Argentiniens erstreckt hatte.

Rivenport war Maria zugetan wie niemandem sonst auf der Welt. Sie hatte bereits unter seinen Eltern gedient, als er noch ein Kind war. Zu jedem Beginn der Sommerferien stand sie oben auf der Veranda und wartete auf seine Rückkehr aus dem Internat. Bevor er seine Eltern zu sehen bekam, war sie es, die ihn umarmte und sein Gesicht gegen ihren Busen presste. Während der Pubertät schien sie bei jedem Wachstumsschub um eine Stufe, die er auf der Verandatreppe erklomm, zu schrumpfen, und bald war es bei der gewohnten Umarmung ihr Gesicht, das gegen seine Brust drückte. Maria war dabei, als er nach Abschluss seines Medizinstudiums die Position im Krankenhaus von S. annahm und als er sich mit Rosa vermählte. Zusammen mit ihr erlebte er den Tod seines Vaters, kurz darauf den seiner Mutter und zu allem Überfluss näherte sich schleichend Rosas Unglück. Maria pflegte sie während der schweren Zeiten der Krankheit und wich bis zum Ende nicht von ihrer Seite. Tagelang saß sie an ihrem Sterbebett und nahm sich nach Rosas Tod aller Unannehmlichkeiten an, bis hin zur Planung der Beerdigung. Sie stand Rivenport stets bei und sie war weitaus mehr als nur eine Haushälterin, sie war die Seele des Hauses.

Bedauerlicherweise hatte sie einen Hang zum Tratsch: »Anscheinend wurde der Mann bei der Straße zum Pass gefunden.«

»Dem Paso de Jama?«

»Ja, ein Feldarbeiter soll ihn gefunden haben. Ist das nicht komisch?«

Auf der Fahrt ins Krankenhaus kam Rivenport ins

Grübeln. Er saß er auf der Rückbank seines Wagens und blickte geistesverloren auf die vorbeifahrende Szenerie. Was machte ein Feldarbeiter so weit im Hochland? Im Zuge der wilden Suche nach Gold und Silber hatte S. glorreiche Momente erlebt. Nachdem allerdings die Silberminen erschöpft gewesen waren, verkam die Stadt zu einem entlegenen Provinzörtchen. Nur weiter im Osten bei Valle Grande und Ledesma oder im Süden bei El Carmen und Monterrico wurde noch Reichtum angehäuft (und wo Vermögen war, herrschte auch Hektik). Dort betrieben alteingesessene Familien Landwirtschaft in großem Stil. Überwiegend wurde Zuckerrohr angepflanzt, aber auch Tabak. Um S. selbst war der Riesenkaktus, Sinnbild der Dürre und Einsamkeit des Landes, das dominierende Gewächs.

Dass seine Stadt nicht mehr im alten Reichtum schwelgte, gefiel Rivenport übrigens sehr. Für ihn, der Ruhe und Gleichmaß als höchste Güter schätzte, wäre es unvorstellbar gewesen, in einer Metropole zu leben. Sogar San Salvador de Jujuy oder das nahegelegene Salta, wohin er beruflich ab und an reisen musste, überforderten ihn. Bei seinem letzten Besuch zu einer Veranstaltung des Gesundheitsministeriums stieg ihm schon auf der Straße das Gewirr der vielen Menschen, der herumflitzenden Fahrräder und Autos, der schieren Menge an Geräuschen, Gerüchen und Gesichtern so sehr zu Kopf, dass er einen leichten Schwächeanfall erlitt, den Termin absagen musste und noch Tage nach seiner Rückkehr in S. eine Migräne zu beklagen hatte.

Im Zuge der großangelegten Ansiedlungskampagne Juan Peróns wurde seit Ende der vierziger Jahre in den spärlich bevölkerten Provinzen vom südlichsten Patagonien bis in das nördlichste Andenland freigiebig in Infrastruktur investiert. Dazu gehörte auch der neue Flügel des Krankenhauses von S. Eine modulare Standardarchitektur, viel zu groß geraten für die Bedürfnisse der Region. Das Hospital sollte Bürgern in einem Umkreis von bis zu hundert Kilometern dienen. Bei den schwer zu befahrenden Straßen war das eine Wunschvorstellung. Wer weit weg lebte, war auch bei schwierigen Eingriffen weiterhin auf lokale Heilkünstler angewiesen.

Die weiße, fast fensterlose Anlage stützte sich an einen älteren Kolonialbau. Rivenport fand sie scheußlich. Allerdings war er als Doktor und Mann der Wissenschaft von ihrer Funktionalität beeindruckt. Die Schnörkellosigkeit erlaubte nicht nur eine effizientere Behandlung der Patienten, sondern auch (für einen Direktor ein springender Punkt) eine äußerst preiswerte Wartung. Wie sie so steril aus dem allumfassenden Sand und Staub hinausragte, vermittelte sie leicht den Eindruck einer Kathedrale in der Wüste.

Von weitem schon erblickte Rivenport die Priorin der Ordensschwestern. Sie kam so schnell sie konnte auf ihn zugelaufen, dabei verzog sie ihr Gesicht zu einer angestrengten Grimasse, als nähme das Laufen allein ihre gesamte Konzentration in Anspruch. Ihre massige Figur quälte sich den langen Korridor entlang. Sogar die Keuschheit der weißen Nonnentracht vermochte es nicht, ihre voluminösen Formen zu kaschieren. Bei jedem Schritt wogten ihre mächtigen Brüste von einer Seite zur anderen. Nur dank des dicken Stoffes ihrer Kleidung schienen sie nicht längsseits wegzufliegen. Die Priorin wischte sich mit einem Taschentuch den Schweiß von der Stirn.

»Sie sind über die Situation informiert?«

»Meine Hausdame hat mir kurz berichtet.«

Sie durchquerten den Korridor, dann brummte die Priorin unerwartet männlich aus der Tiefe ihres Bauches: »Sie haben sich ganz schön Zeit gelassen.«

Rivenport zog es vor, diesen frechen Kommentar zu übergehen. Manchmal war es weiser, auf bestimmte Sachverhalte nicht einzugehen. Warum sich das Leben unnötig schwer machen? Zum Glück kam in diesem Moment der zuständige Arzt.

»Ah, Oriani. Guten Morgen. Wie ist die Lage?«

Doktor Oriani war ein junger Mann mit pomadisierten Haaren und Schnurrbart. Er entstammte einer wohlhabenden Familie aus San Salvador und war vor drei Jahren nach S. gekommen, um seine Ausbildung abzuschließen. Eigentlich hätte er S. schon lange wieder verlassen müssen, verschob aber ständig seine Abreise und erfand dafür jedes Mal neue, immer abstrusere Ausreden. Anfangs war es unklar, warum der junge Arzt unbedingt in S. bleiben und nicht eine vielversprechende Karriere in der Provinzhauptstadt ansteuern wollte. Das Rätsel löste sich schließlich auf, als Rivenport über die üblichen Umwege erfahren hatte, dass Oriani sich Hals über Kopf in ein hiesiges Mädchen verliebt hatte. Nicht dass ihn dieser Tratsch weiter interessiert hätte, ganz im Gegenteil, am liebsten wäre er von Geschichten dieser Art verschont geblieben, aber, wie es nun mal so ist, werden dem Direktor des Krankenhauses solcherlei Dinge zugetragen. Um seine Ruhe zu haben, bot er dem jungen Mann einen festen Posten an, den dieser glücklich akzeptierte. Rivenport wurde als Retter der Liebe gefeiert, als Romantiker, als Mann mit harter Schale und weichem Kern. »Oh Professor, Sie haben ein großes Herz«, lobten ihn die Krankenschwestern. Unsinn! Er hatte nur das für sich Notwendige getan. Seine Handlungsmotive waren egoistisch. Er hatte dem Klatsch ein Ende bereitet, um sich wieder ungestört seiner Schmetterlingssammlung zuwenden zu können.

»Der Patient wurde in einem akuten Gefahrenzustand eingeliefert. Er war dehydriert und unterernährt. Im Hals- und Gesichtsbereich hatte er Verbrennungen zweiten und dritten Grades, ebenso an Armen und Händen. Diese hatten teilweise auch oberflächliche Blasenbildungen zur Folge, einige von ihnen mit Bluterguss. Am ganzen Körper weist er Prellungen und Schürfwunden auf. Hinzu kommt eine größere Platzwunde am Wangenknochen und einige kleinere Verletzungen. Am gefährlichsten allerdings ist ein tiefer Einschnitt im linken Oberschenkel. Die Wunde ist zum Glück nicht entzündet, allerdings hat der Patient viel Blut verloren.«

Die Ordensmutter wurde bei jedem Wort hibbeliger. Man konnte ihr ansehen, dass sie am liebsten hätte mitreden wollen. Rivenport ignorierte sie und fragte Oriani: »Wie sind Sie bei der Behandlung vorgegangen?«

»Wir haben den Patienten sofort stabilisiert und eine parenterale Verabreichung von Flüssigkeitsinfusionen durchgeführt. Es schien mir wahrscheinlich, dass die Dehydration einen erheblichen Salzverlust zur Folge hatte, also habe ich auch Nährstoffe verabreicht. Wir haben die Wunden gesäubert und, wo nötig, genäht. Der Einschnitt im Oberschenkel war komplizierter, weil wir erst die Metallsplitter entfernen mussten –«

»Metallsplitter?«

»Ja, ein größeres Metallstück steckte in seinem Oberschenkel. Wir haben es natürlich sofort entfernt, aber innerhalb der Wunde hat es gesplittert.«

Die Ordensschwester hob den Blick zum Himmel und deklamierte melodramatisch: »Was ist dem armen Mann nur zugestoßen?«

Ihre philosophische Frage wurde von einer sachlicheren übertrumpft: »Konnten Sie herausfinden, um wen es sich handelt?«

»Nein, der Patient war die ganze Zeit über bewusstlos. Und bis jetzt konnte ihn niemand identifizieren.«

»Wurde die Polizei informiert?«

»Ich wollte damit bis zu Ihrer Ankunft warten.«

»Gut. In welchem Zimmer wurde er untergebracht?«

Der junge Arzt deutete den Gang entlang zu einem der vorderen Zimmer. Rivenport nickte und machte den ersten Schritt.

»Gehen wir.«

3.

Der Neuankömmling lag auf der Intensivstation. Da in S. äußerst selten Notfälle eintraten, wurde die Station das Jahr über als zusätzlicher Kreißsaal benutzt, denn Geburten gab es viele. Neben dem Bett und den Infusionsträgern saß eine Ordensschwester mit sanften Gesichtszügen, die, wie Rivenport später herausfinden würde, Schwester Iris hieß. Die Beine geschlossen, ruhten ihre Hände asketisch in ihrem Schoß. Es beeindruckte Rivenport immer wieder, dass Nonnen nicht nur wegen der schlichten Eleganz ihrer Uniform, sondern auch durch ihre Körperhaltung eine natürliche Anmut besaßen. Im Falle der Priorin handelte es sich um die sprichwörtliche Ausnahme der Regel.

Doktor Oriani fuhr mit seinen Erläuterungen fort: »Die Schuhe waren abgelaufen, die Füße voller Blasen. Seine Kleidung schmutzig, blutgetränkt und zum Teil in Fetzen. Er muss tagelang durch die Steppe gelaufen sein. Mit einer so großen offenen Wunde und der Stärke der Sonne im Hochland grenzt es an ein Wunder, dass er es geschafft hat.«

Rivenport sah aus dem Augenwinkel, wie beide Ordensschwestern sich bei der Erwähnung des Wortes »Wunder« flüchtig bekreuzigten. Oriani schloss seine Erklärung ab: »Er hatte Glück, gefunden worden zu sein, sonst wäre er nach wenigen Stunden gestorben.«

Der Mann lag bewusstlos auf dem Bett. Sein Kopf war seitlich durch zwei Kissen gestützt, der Mund aufgerissen, wie steif gefroren in einem Schrei. Oriani hatte ihn verarztet, aber wie so häufig bei frisch eingetroffenen Patienten war noch keine Zeit gewesen, ihn zu waschen. So waren die Verletzungen noch blutüberzogen. Bei der Naht an der rechten Wange hätte Oriani sauberer arbeiten können, dachte Rivenport, aber nun gut, er war noch ein junger Arzt.

Was Rivenport ins Auge stach, war die für S. untypische Magerheit des Patienten. Das Pflegen kulinarischer Traditionen gehörte zu den Lieblingsbeschäftigungen der Menschen des Hochlandes. In anderen Breitengraden mochte man die Fettleibigkeit der Bevölkerung als gesundheitsschädlich empfinden, nicht aber im Norden. Nein, hier galt ein ordentliches Maß an Körperfett als Zeichen des Wohlergehens. In S. war niemand wirklich dünn, nicht einmal der ärmste Lamahirte.

Einen so abgemagerten Mann hatte sogar Rivenport, der nicht wenig herumgekommen war, noch nie gesehen. Ein Fremder also. So viel stand fest. Außerdem war der Mann blond. Nicht ein solches Blond wie hier gerne die hellbraune Haarfarbe mancher dargestellt wurde, wie zum Beispiel bei seiner Tante Mathilde, die immerzu als blond beschrieben wurde, ganz besonders in ihren Jugendjahren. Heute war sie ja schon lange ergraut. In der Familie wurde immer gerne gesagt: »Mathilde war blond als sie jung war, wunderschön und blond war sie.« Dabei war das eine Lüge, und alle wussten genau, dass es eine Lüge war. Vielleicht bekam sie in einem besonders warmen Sommer ein paar helle Strähnen, aber wirklich blond war sie nie gewesen. Schön übrigens auch nicht. Sie war hässlich und tief brünett. Der vor ihm liegende Mann aber war richtig blond. Ein edles, hier nie gesehenes Aschblond in halblangem Schnitt, von Rivenport sofort als »Künstlertypfrisur« eingestuft.

Rivenport strich ihm die Haare aus der Stirn und legte seine Handfläche darauf, um die Temperatur zu prüfen. Er war fiebrig.

»Haben Sie die Temperatur schon gemessen?«

Oriani blätterte in der Krankenakte und reichte sie Rivenport mit der aufgeschlagenen Seite.

39 Grad. Heiß, feucht, fiebrig. Es kam ihm vor, als könnte der Fremde von einem Moment auf den nächsten die Augen aufreißen und einen Schrei ausstoßen. Das war natürlich unmöglich, denn Rivenport wusste genau, dass er nicht nur mit seinen körperlichen Kräften am Ende war, sondern außerdem von Oriani sicherlich auch etwas Morphin verabreicht bekommen hatte. Der Mann würde also getrost schlafen. Als Nächstes prüfte er den Puls. Dabei schossen ihm Fragen durch den Kopf: Wer war dieser Fremde? Woher kam er? Wieso läuft jemand stundenlang, tagelang durch die Steppe, bis zum Umkippen? Was war ihm passiert? Ein Unfall? Aber was für ein Unfall?

Rivenport blätterte durch die Krankenakte. Morphin parenteral 30 mg. Vier offene Wunden, genäht. Metallsplitter im linken Oberschenkel entfernt. Der Mann war gut verarztet, er war außer Gefahr.

»Zeigen Sie mal den Oberschenkel.«

Oriani entfernte die Decke und entblößte den linken Oberschenkel.

»Soll ich den Verband abnehmen?«

Rivenport nickte. Oriani schnitt den Verband auf. Die Naht war makellos. Hier hatte der Doktor ausgezeichnete Arbeit geleistet. Die Bräune des Jods umschloss die Wunde und ließ sie breiter erscheinen. Ein langer, tiefer Einschnitt. Die Priorin bekam beim Anblick große Augen. Rivenport gab Oriani zu verstehen, den Patienten wieder zu bedecken. Er klappte die Krankenakte zu.

»Und seine Identität? Gibt es Indizien?«

Oriani, der bei den medizinischen Fragen noch selbstsicher geantwortet hatte, fehlten nun die Worte. Rivenport fragte weiter: »Wurde seine Kleidung kontrolliert? Trug er vielleicht etwas bei sich? Irgendwelche Hinweise?«

Oriani schaute verstohlen zur Priorin, die wiederum zu ihrer untergeordneten Ordensschwester blickte, die erst recht keine Antwort parat hatte, und dann wieder zum Doktor. Sie hatten die Kleider also nicht kontrolliert.

»Lassen Sie seine Kleidung holen. Und Oriani… Sie können jetzt die Polizei rufen.«

Oriani nickte und verschwand im Gang. Jetzt konnte die Priorin ihre Redebegierde nicht mehr zurückhalten: »Professor, was glauben Sie ist diesem armen Mann zugestoßen? Er ist so mager und bleich. Sollten wir ihn nicht füttern? Glauben Sie wirklich, dass er tagelang gelaufen ist? Dass er vom Pass kommt? Aber das ist doch ungeheuer weit weg.«

Stoisch fokussierte Rivenport den Patienten. Er fühlte nochmals dessen Puls. Das war natürlich lächerlich, denn er hatte ihn vor nur wenigen Augenblicken gefühlt und wusste, dass er regulär war. Aber alles war besser, als einfach untätig dazustehen und zur Zielscheibe der Priorin zu werden. Langsam flüsterte er vor sich hin: »Das wird sich alles bald herausstellen.«

Leider reichte seine Antwort nicht aus, um die Priorin zu beruhigen. Rivenports demonstrative Gelassenheit schien sie nur noch mehr aus der Fassung zu bringen. Ihre Augen waren weit aufgerissen, und beim Reden wechselte ihr Blick wie der einer verwirrten Taube zwischen Rivenport und der armen Schwester Iris hin und her: »Meinen Sie, er hat einen Unfall gehabt? Oder war er auf der Flucht? Vielleicht ist er ja ein Dieb, aber nein, er hat ein so nettes Gesicht. Wie erklärt sich aber das ganze Blut? Und wenn er doch auf der Flucht war? Und gemeingefährlich ist? Ich meine, er sieht ja nicht gefährlich aus, aber das ist mit bloßem Auge schwer einzuschätzen. Der Schein trügt schließlich oft und –«

Rivenport hatte jetzt genug von ihrem wirren Geschwätz und unterbrach sie brüsk: »Wo ist die Person, die ihn gefunden hat?«

»Placho? Ich denke, er ist wieder bei der Arbeit. Auf der Hazienda.«

»Für welche Hazienda arbeitet er?«

»Na, die Hazienda Pedrales natürlich.«

Bei Pedrales also. Eine wichtige Familie, seit sechs Generationen in der Gegend ansässig. Sie besaß viel Land im

Süden. Riesige Zuckerrohrplantagen und sicherlich auch andere Geschäfte, über die er nicht auf dem Laufenden war. Die Priorin schien verwundert: »Erinnern Sie sich denn nicht an Placho?«

»Nein. Wieso? Sollte ich?«

»Er war vor drei Wochen im Krankenhaus. Seine Tochter hatte Windpocken.«

Ja, jetzt erinnerte er sich. Placho, ein stämmiger Mann mit kurzgeschorenem Haar. Tagelang hatte er Rivenport und das ganze Personal aus Sorge um seine Tochter auf Trab gehalten. Er redete sich ein, dass sie im Sterben lag. Die Bläschen auf dem Körper des Mädchens hielt er für einen Teufelsfluch, womöglich die Rückkehr jenes tödlichen Variolavirus, der einen Großteil seiner Vorfahren ausgerottet hatte. Windpocken seien keine Pocken, versuchte Rivenport ihm klarzumachen. Doch es half nicht, ihn mit vernünftigen Worten zu beschwichtigen, Placho war untröstlich. Wie ein treuer Wachhund wich er nicht vom Krankenbett seiner Tochter. Mit flehenden Augen schaute er dem zuständigen Personal bei den Routinechecks zu, fragte ab und an, wie es ihr ginge, ob Besserung sichtbar wäre, ob sie leben oder sterben würde: »Sagen Sie mir, Professor, wird sie es schaffen? Sagen Sie mir die Wahrheit, ich flehe Sie an!«, rief er unentwegt. Er gab keine Ruhe, bis die Windpocken von allein verschwanden und das Mädchen geheilt war.

Nur die Anwesenheit der Ordensschwestern bewahrte Placho damals vor dem völligen Zusammenbruch. Das ging vielen so. Gerade in schwierigen Zeiten waren die

Nonnen für die Kranken und ihre Angehörigen eine unentbehrliche Stütze. Deshalb billigte Rivenport auch die kirchliche Präsenz im Krankenhaus. Schließlich wusste er: Er und sein Personal waren für das körperliche Heil der Patienten zuständig, die Priorin und die Ordensschwestern für ihr seelisches.

»Glauben Sie, dass er wirklich tagelang gelaufen ist? Den ganzen Gebirgspass entlang? Es müssen so viele Kilometer sein. Das ist ja unmenschlich!«

Rivenport war kurz davor, die Geduld zu verlieren. Er brachte nur ein »Wie gesagt, momentan –« hervor, bevor Oriani wieder zurückkam.

Rivenport ließ vom Patienten ab und stürzte sich auf den Doktor, der einen Pappkarton in den Armen hielt: »Das ist seine Kleidung, nehme ich an?«

»Was davon übrig ist, ja.«

»Die Herren von der Polizei haben Sie benachrichtigt?«

Oriani nickte.

»Gut. Der Patient braucht jetzt Ruhe. Gehen wir in mein Büro.«

4.

Rivenports Büro war schlicht gehalten und nicht besonders groß. Die einzige Unregelmäßigkeit, die er sich erlaubte, hielt er in seinem Schreibtisch versteckt.

Im zweiten Fach von oben, verborgen unter einem Stapel alter Briefe, lag sie: die neueste Ausgabe der *Annalen der Entomologischen Gesellschaft von Amerika*. Eine vorzügliche Lektüre. Im Laufe eines Arbeitstages konnte er natürlich nur selten ins Fach greifen und in den Annalen blättern, doch allein das Wissen, dass sie sich hier befanden, nur wenige Zentimeter entfernt, befriedigte ihn ungemein. Wenn er im Laufe des Tages mit den Gedanken abschweifte und über seine sechsbeinigen Freunde sinnierte, konnte es passieren, dass ihm eine Schmetterlingsart nicht einfiel. War die Luft rein, so wagte er den Griff ins Fach. Er blätterte, suchte, fand, las und kehrte dann zufrieden zu seiner Arbeit zurück. Oft überkam ihn eine Schwermut und er dachte sich, dass das Leben eben ein Kompromiss zwischen Pflicht und Passion sei, dass er nun mal kein professioneller Entomologe sei und sich glücklich schätzen könne, trotz seiner Führungsposition im Krankenhaus genug Freizeit zu haben, um seiner Leidenschaft nachzugehen.

Rivenport sank in seinen Sessel und lud die Priorin und den Doktor mit einer Geste ein, auf den zwei Armstühlen ihm gegenüber Platz zu nehmen.

»Gleich wird die Polizei kommen und sich der Sache annehmen. Doktor Oriani, Sie werden den Kommissar oder wer für ihn hier auftauchen wird in den vorliegenden Fall einführen. Das heißt, Sie erläutern kurz den Zustand des Patienten, wie Sie es vorhin mit mir getan haben. Schwester, der Kommissar wird bestimmt auch einige Fragen an Sie richten wollen. Schließlich waren Sie die

Erste, die informiert wurde. Vor allen anderen, vor dem Personal, vor der Polizei, sogar vor mir, so war es doch, nicht wahr? Wenn Sie beide mit ihm durch sind, schicken Sie ihn zu mir.«

Die Priorin und Doktor Oriani verließen das Büro. Ob die Priorin seine kleine Spitze verstanden hatte? Unwahrscheinlich. Feingefühl zählte nicht zu ihren Stärken. Er warf einen Blick in den Pappkarton, den Oriani auf den Tisch gestellt hatte. Die zu einem Ball verknäulten Kleidungsstücke waren feucht, teilweise blutverkrustet. Aus einem Fach auf der anderen Seite des Büros, wo er ein paar medizinische Instrumente griffbereit hatte, nahm er eine große Federzange, damit er nicht mit bloßen Händen in die Kiste greifen musste. Er fischte die Kleidungsstücke aus dem Karton: eine helle Hose, gestreifte Hosenträger mit Lederbeschlägen, ein weites Hemd aus Leinen, dünne Baumwollstrümpfe mit klaffenden Löchern an den Fersen, Unterhose, Unterhemd und ein Paar brauner Lederschuhe.

Es war ein gut gefertigtes Modell im Budapester Stil. Leider konnte man im Innenbereich den Namen des Schuhmachers nicht mehr lesen. Als Nächstes nahm er sich die Hose vor, die an den Beinen aufgerissen war. Es waren lange, gerade Risse, als hätte der Mann sie selbst verursacht. Vielleicht um der Hitze zu entfliehen und die Hose über dem Knie zusammenzubinden? Oben am linken Hosenbein klaffte ein Loch. Stammte es vom Einschuss? Es sah eher nach einem Schnitt aus. Er fühlte die Taschen ab. Nichts. Moment, die hintere Tasche war uneben. Er griff hinein.

Tatsächlich: ein Zettel. Rivenport faltete ihn auf. Er war mit Bleistift beschrieben. Rivenport versuchte die Handschrift zu entziffern. Sie war winzig. So stark er auch die Augen zusammenkniff, er konnte sie nicht lesen. Hätte er nur die Lupe aus seiner Kammer dabei – damit würde es gehen. Er legte den Zettel beiseite, sollten sich doch Andere die Augen verderben.

Er griff zum Hemd, das ebenso wie die Schuhe qualitativ hochwertig war. Am durch den Schweiß geschwärzten Kragen suchte er nach einem Etikett. Nichts. Auch keine eingenähten Initialen an der Hemdunterseite. Rivenport untersuchte die Hosenträger und die Strümpfe, fand aber auch hier nichts. Es blieb nur noch die Unterwäsche. Doch bei der Unterhose rümpfte er angewidert die Nase, hielt sie, an der Federzange baumelnd, mit Sicherheitsabstand in der Luft und ließ sie, ohne sie zu untersuchen, in die Kiste fallen. Schließlich musste man ja auch der Polizei etwas Arbeit überlassen.

Am Innenrand des Unterhemds war ein Etikett angenäht: *Fábrica Rompelli & Hijos – B. A.* B. A.? Buenos Aires. Sollte die Herkunft des Unterhemds mit der des Mannes übereinstimmen? Aber was trieb jemanden aus der Hauptstadt in den allernördlichsten *Norte*?

Für Rivenport war der Norden das Paradies, keine Frage. Aber seine Gründe – das war ihm durchaus klar – waren sehr individuell, wenn nicht sogar einzigartig. Um S. herum herrschten sage und schreibe vier komplett unterschiedliche Klimazonen. Abwärts schreitend war das zuerst die Puna, das majestätische Hochplateau auf über 3000 Höhenmetern, das Reich der wilden Kamelarten, der Guanakos und Vicunjas. Darunter das mittelhohe Areal um die Schlucht von Humahuaca, die gemäßigte Talgegend im Süden und schließlich die subtropische Zone im Osten. Argentinien westlich der Anden war, seiner bescheidenen Meinung nach, eines der wichtigsten Biodiversitätsgebiete der Welt. Die jahrtausendelange Isolierung dieser Regionen hatte zur Entwicklung endemischer Arten geführt. Hier waren nicht nur seltene und besondere Schmetterlinge und andere Insekten zu finden, eine schwer abzuschätzende Anzahl von ihnen war noch nicht einmal katalogisiert, fotografiert, publiziert und in manchen Fällen sogar den Forschern noch gänzlich unbekannt. Kurzum: dies war ein weißer Fleck auf der Landkarte für Schmetterlingssammler. Wie könnte er dieses Paradies nicht lieben?

Die Einwohner von S. teilten seine Leidenschaft nicht, einige unter ihnen hätten ihr letztes Hemd dafür gegeben, im Zentrum des Landes zu leben. Beschimpfungen von Stadt und Land waren üblich, genauso wie das zügellose Fressen und Saufen an Festtagen. Es genügte, einmal zum Markt zu gehen oder nach dem Sonntagsgottesdienst ein wenig länger auf dem Kirchplatz stehen zu bleiben und den Gesprächen der Einwohner zu lauschen. Da hörte man nichts als fantasiereiche Hassreden gegen den Norden und ebenso fantasiereiche Loblieder an dieses oder jenes fein zubereitete Gericht, an die Empanadas der Großmutter oder das Fleischsüppchen der Schwägerin. Der springende Punkt war, dass alle, die in S. lebten, es hassten, in S. zu leben. Und alle, die nach S. kamen – meistens, weil sie mussten, weil irgendein Vorgesetzter sie dazu gezwungen hatte –, so schnell wie möglich wieder aus S. abhauen wollten.

Es klopfte an der Tür und ohne weitere Ankündigungen trat Hauptkommissar Ottavio Escobar ein. Hinter ihm folgend Doktor Oriani, die Priorin und ein weiterer Polizist, den Rivenport nicht kannte. Der Kommissar war also persönlich gekommen und trug sogar die amtliche Uniform. Rivenport nahm das als gutes Omen. Das unerwartete Eintreffen des Fremden wurde anscheinend von den Behörden für wichtig genommen.

Escobar war ein vom Leben gezeichneter Mann und seine gesamte Erscheinung unterstrich das. Er hatte bleiche, eingefallene Wangen, einen müden, zeitweise unheilvollen Blick und trug stets einen Dreitagebart. Wobei es unerklärlich war, wie er diesen auf Dauer erhalten konnte. Rivenport konnte sich nicht entsinnen, ihn jemals in einem anderen Zustand gesehen zu haben, also zum Beispiel glattrasiert oder mit richtigem Vollbart. Es war absurd, Escobar schien eingefroren im ewigen Dreitagebart-Zustand.

Er war ein klassischer »Exil-Fall«. Ein Mensch, der S. über alles auf der Welt hasste, aber aus für ihn unerfindlichen Gründen hier stationiert war. Er hasste das Klima, er hasste die Menschen – den Indios gegenüber benahm er sich offen rassistisch –, er hasste die Abgeschiedenheit, er hasste die lokalen Bräuche, sogar das Essen hasste er. Es war nicht bekannt, was er in der Vergangenheit angestellt haben mochte, auf wessen schwarzer Liste er stand oder welche Bestrafung ihn ereilt hatte. Gewiss war, dass er nicht aus freiem Willen in S. diente und mit heißer Vorfreude jenen Tag herbeisehnte, an dem der Staat ihn endlich in Pension schicken und ihm damit seine Freiheit wiedergeben würde.

Der Kommissar reichte Rivenport schlaff die Hand und fragte, ob es ihn stören würde, wenn er rauchte. Ohne die Antwort abzuwarten, zückte er ein verbeultes Etui und zündete sich eine Zigarette an.

»Ihr Kollege war so nett und hat mich über den Zustand des ... Individuums aufgeklärt.«

Beim Sprechen schaute er Rivenport nicht an. Sein Blick schweifte aus dem Fenster, als existierte dort draußen, irgendwo in der Ferne, eine wundervolle Welt, die ihm helfen könnte, seine Lebensfreude wiederzufinden. Er pustete den Rauch aus und fuhr schläfrig fort: »Bevor Sie mich fragen, ob ich mehr weiß als Sie ... die Antwort lautet ›nein‹. Wir wissen nichts, sind selbst vom Auftauchen des ... Individuums überrascht und kennen seine Identität nicht.«

Zu Rivenports Verwunderung schien der Kommissar nichts Weiteres hinzufügen zu wollen. Rivenport nickte in Orianis Richtung.

»Hat Sie Doktor Oriani ordentlich aufgeklärt? Sie wissen sicherlich schon, dass der Patient vom Feldarbeiter Placho gefunden wurde. Unweit vom Paso de Jama. Er arbeitet für die Herren Pedrales. Bestimmt werden Sie auf die Hazienda fahren wollen, um ihn zu befragen.«

Der Kommissar hob träge die Hand, als wollte er Rivenport davon abhalten, weiter seine Empfehlungen vorzutragen.

»Das wird nicht nötig sein. Wir wissen ja schon alles von Ihrem Kollegen und der Frau Priorin.«

»Aber Herr Kommissar. Sie wollen doch sicherlich ... Entschuldigung, aber ich meine, Placho hat vielleicht wichtige Informationen zur Identität des Patienten.«

Den Kommissar schienen Rivenports Ratschläge zu stören. Er drehte sich endlich vom Fenster ab. Beim Reden kniff er die Augen zusammen, als marterten ihn Magenschmerzen.

»Der Fall wird sich von selbst lösen. Lassen Sie mich meine Arbeit machen, Professor, und machen Sie die Ihre.«

Rivenport war empört. Da wollte dieser nutzlose Kommissar sich doch tatsächlich einfach aus der Affäre ziehen.

»Ich mache meine Arbeit. Mein Krankenhaus hat den Patienten empfangen, ihn verarztet und stabilisiert. Jetzt müssen Sie die Ihre machen und herausfinden, wer dieser Mann ist. Denn es kann nicht sein, es ist unerhört und sogar ordnungswidrig, dass wir einen Patienten behandeln, dessen Identität uns unbekannt ist. Wir müssen hier Papiere ausfüllen und alles archivieren. Wir müssen Kosten rechtfertigen, Buch führen, es gibt Regeln. Wer ist dieser Mann? Woher kommt er? Warum wurde er im akuten Gefahrenzustand eingeliefert?«

Der Kommissar zeigte Rivenport jetzt seine kleinen,

gelben Hyänenzähne. Sein Grinsen sollte überlegen wirken, offenbarte letztlich aber nur seinen Hass auf die Welt.

»Dreißig Jahre. So lange bin ich bei der Polizei. Und wissen Sie, was ich gelernt habe? Es ist sinnlos, sich lange den Kopf zu zerbrechen. Fälle lösen sich von selbst. Man muss Geduld haben. Spätestens wenn das Individuum aufwacht, werden wir seine Identität kennen. Aber wenn Sie glauben, es besser zu wissen, bitte. Fahren Sie doch den ganzen Weg bis zur Hazienda. Fragen Sie doch selbst den Pedrales-Indio all die Fragen, die Sie so brennend interessieren. Keiner hält Sie auf. Ich gehe sogar einen Schritt weiter: Ich unterstütze Sie dabei. Polizeiobermeister Rodriguez steht zu Ihrer Verfügung. Er wird Sie gerne dorthin begleiten.«

Er nickte in Richtung des zweiten Polizisten, der bis jetzt noch kein Wort von sich gegeben hatte und etwas zu jung und unerfahren schien, um eine Hilfe sein zu können. Rivenport war überrumpelt. Wie konnte er sich jetzt aus der Affäre ziehen, ohne wie ein Schwätzer zu wirken? Nervös hielt er sich am Pappkarton auf dem Tisch fest. Da fiel ihm ein, dass er noch einen Trumpf im Ärmel hatte: »Moment, die Kleider! Hier sind die Kleidungsstücke des Patienten.«

Der Kommissar sah zu ihm hoch und gab sich sogar Mühe, die Augenlider ein Stück weit zu öffnen.

»Sein Unterhemd wurde in Buenos Aires gefertigt. Hier, schauen Sie, das Etikett.«

Der Kommissar winkte ab. Er wollte nichts von irgendwelchen Etiketten in verschwitzten Unterhemden wissen, doch Rivenport bohrte weiter: »Könnte das nicht ein Indiz sein? Ich meine: Buenos Aires ... Und dann ... Dann habe ich noch einen Zettel gefunden, in seiner Hosentasche.«

Hoffnungsvoll hielt er den Zettel hoch. Der Kommissar nahm ihn widerwillig in die Hand, als handelte es sich nicht etwa um die ordnungsgemäße Verrichtung seines Berufs, sondern das Ausführen eines perversen Aktes. Er schaute nur flüchtig darauf und fragte: »Was steht da?«

»Ich konnte es nicht entziffern.«

Escobar legte den Zettel auf den Schreibtisch.

»Benachrichtigen Sie mich, wenn der Patient aufwacht.«

Verzweifelt hob Rivenport noch den Pappkarton in die Luft.

»Das Beweismaterial zur Untersuchung? Wollen Sie es nicht mitnehmen?«

Doch der Kommissar war schon im Begriff zu gehen und hielt nur noch seine Hände in einer Geste ablehnenden Winkens nach oben, bevor er gänzlich hinter der Wolke seines Zigarettenrauchs verschwand. Rivenport schaute in die Runde und versuchte zuversichtlich zu lächeln. Innerlich fluchte er jedoch. Was für ein Schlamassel. Die ganze Angelegenheit blieb an ihm hängen.

5.

Die Priorin wusste natürlich bis ins kleinste Detail Bescheid. Im Gang erklärte sie Rivenport, dass Polizeiobermeister Rodriguez niemand Geringerer als der Sohn der Cousine der Ehefrau des Bürgermeisters sei. Oder so ähnlich. Ein klarer Fall von Vitamin B jedenfalls. Durch das mangelnde Interesse von außen gingen Beamtenstellen unabhängig von der Kompetenz der Bewerber ausschließlich an Einheimische. Auch im Krankenhaus war das gang und gäbe. Nicht selten bekam Rivenport einen Anruf, in dem er höflich darauf hingewiesen wurde, jemanden Bestimmtes einzustellen. »Aus alter Freundschaft«, hieß es dann. Meist handelte es sich dabei um Nieten, Faulenzer, Dummköpfe; dennoch konnte man schwer ablehnen. Wie jede Infragestellung langanhaltender Sitten hätte das zu unkontrollierbaren Komplikationen geführt, die sich Rivenport gar nicht ausmalen wollte. »Er ist untergebracht«, lautete die Floskel, wenn gute Beziehungen ihre Früchte getragen hatten. Das bedeutete einen sicheren Job, geregelte Arbeitszeiten und ein ordentliches Gehalt mit allen Boni. Ganz besonders bedeutete es aber einen ruhigen Schlaf für die Verwandten des Untergebrachten, da sie nun endlich nicht mehr an seiner Untauglichkeit zu leiden hatten.

Rivenport erwartete von dem Polizeiobermeister entsprechend wenig. Deshalb überraschte es ihn, als Rodriguez ein wenig später auf die Pedrales-Farm zu sprechen kam. Eigentlich hatte er gehofft, sich der Fahrt entziehen zu können. Vor der Priorin und Oriani konnte er aber schlecht kneifen. So hatte er in den sauren Apfel gebissen und rumpelte nun neben Rodriguez am Steuer seines Polizeiwagens über die unbefestigten Straßen nach Süden. Die Sitze waren klebrig, es war stickig und das Auto roch nach feuchtem Hund. Man konnte die Fenster aber nicht öffnen, da sonst der aufgewirbelte Staub ins Innere des Autos dringen würde. Bei jedem Schlagloch, das Rodriguez reaktionslos mitnahm, verdüsterten sich die Atmosphäre und der Horizont so weit, dass sie zuweilen gar nichts von der Landschaft sahen, die sie durchquerten.

Schon seit geraumer Zeit unterwegs, hatten sie noch kein Wort miteinander gewechselt. Rivenport schielte seitlich zu Rodriguez hinüber. Mit seinen zusammengewachsenen Augenbrauen und dem Pony schien er gar keine Stirn zu haben. Seine Haare, flächendeckend schwarz und dennoch licht, erinnerten ihn irgendwie an die Kopfhärchen der Schmeißfliegen, die durch diese an Flugstabilität gewinnen. Er erwog, ein Gespräch zu beginnen. Aber was konnte er ihn fragen? Was verband sie miteinander? Politik? Feine Weine? Was vermochte diesen Mann zu begeistern?

»Eigenartiges Wetter in diesen Tagen, nicht wahr?«

Ja, das Wetter. Darauf war Verlass. Der natürliche Feind peinlicher Stille. Leicht und locker, in keinem Salon unschicklich, in keiner Kneipe unangebracht. Gleichzeitig bot es Raum für philosophische Abschweifungen und pseudowissenschaftliche Prognosen, für Träumereien,

Hokuspokus und Wehklagen, kurz: für alles und jeden, mit einem Gespräch über das Wetter lag man niemals falsch.

»Ja«, antwortete Rodriguez. Und das war leider alles, was er zu sagen hatte. Rivenport nahm noch einen Anlauf: »Es ist … äußerst bewölkt.«

Der Polizeiobermeister öffnete diesmal nicht einmal den Mund, um eine Antwort zu geben. Nur ein möglicherweise zustimmender oder vielleicht doch ablehnender Brummlaut entwich seinen zusammengekniffenen Lippen. Rivenport gab sich geschlagen. Ein hoffnungsloser Fall, dieser Rodriguez. Für den Rest der Fahrt schwiegen beide vor sich hin. Jeder mit seinem eigenen Fensterausblick beschäftigt.

Die Entfernungen im Jujuy waren enorm, und um von A nach B zu kommen, war eine längere Autofahrt keine Seltenheit. Allerdings schien Rivenport der Weg zur Hazienda überdurchschnittlich weit. Sie mussten über zwei Stunden gefahren sein, bevor in der Ferne endlich die ersten Felder auftauchten. Ein Schotterweg bahnte sich durch die dicht bewachsenen Plantagen. Links und rechts baumhohes Zuckerrohr. Insekten prallten gegen die Windschutzscheibe. Rivenport erkannte sofort, dass es sich zumeist um die ordinäre südamerikanische Riesenheuschrecke handelte, zog es aber vor, weiter zu schweigen, denn an Rodriguez waren solche Informationen in jeder Hinsicht verschwendet. Sie kamen durch ein Tor auf einen zu beiden Seiten von Bäumen umsäumten Pfad, der bis zur Pedrales-Residenz führte: ein hufeisenförmiges Anwesen aus rotem Stein, aus dessen Mitte ein Turm ragte.

Der alte Pedrales war ein abgebrühter Geschäftsmann gewesen, mit schwarz unterlaufenen Augen, die in seinem Gegenüber ein Gefühl von Unterwürfigkeit entstehen ließen. Eine mächtige Persönlichkeit, die sich maßgeblich für die Industrialisierung der Zuckerproduktion eingesetzt hatte. Sein eindrucksvoller Werdegang endete so plump wie unerwartet mit einem Herzinfarkt. Rivenport erinnerte sich gut. Es musste genau in diesen Räumen hier geschehen sein. Als der Krankenwagen eintraf, war Pedrales schon lange tot.

Vor ihnen stand nun der älteste Sohn und führte sie ins Haus. Ganz in der Rolle eines reichen Erben, zeugten neben seinem ausgesuchten Kleidungsstil auch seine Gestik und Ausdrucksweise von einer erstklassigen Erziehung. Nichts war von dem rauen Auftreten des Vaters geblieben. Nur die schwarz unterlaufenen Augen verrieten die Blutsbande. Nach den einleitenden Begrüßungen kam er gleich zur Sache: »Sie wollen mit Placho sprechen? Darf ich fragen, was er angestellt hat?«

»Nein, Sie haben es falsch verstanden. Placho hat sich sehr gut angestellt. Er hat heute Morgen auf ihrem Grundstück einen verletzten Mann gefunden und ihn ins Krankenhaus gebracht. Allerdings ist er gleich darauf zur Arbeit zurückgekehrt. Wir wollen ihm nur ein paar Fragen stellen.«

»Wer ist der Mann?«

»Keiner kennt ihn.«

»Wirklich?«

Rivenport nickte nur. Er hatte jetzt keine Lust, in ein längeres Gespräch über die Identität des Patienten verwickelt zu werden. Pedrales schien zu verstehen und ging nicht weiter darauf ein: »Geht es ihm denn wieder gut?«

»Er hat Glück gehabt. Sein Zustand ist stabil.«

Eine breite Gestalt schlich hinter der schmalen Silhouette von Pedrales hervor. Eingeschüchtert kam Placho näher. An der Türschwelle blieb er stehen, weiter traute er sich nicht. Es war hier offenbar nicht üblich, die Feldarbeiter ins Haus zu lassen. Placho trug seine Arbeitskleidung, in einer Seitentasche wühlte er nach einem Stofftuch, mit dem er sich die Hände abwischte.

»Diese Herren sind vom Krankenhaus und von der Polizei. Sie meinen, du hättest einen verletzten Mann gefunden und ins Krankenhaus gebracht. Stimmt das?«

Placho bejahte zaghaft, wohl unsicher, richtig gehandelt zu haben. Rivenport musste über Placho schmunzeln. Von außen so rau, im Innern zartbesaitet wie ein Gänseblümchen. Empathisch, ganz wie damals im Krankenhaus, als er die Windpockenerkrankung seiner Tochter durchlebte, im Grunde mehr litt als sie selbst. Rivenport nahm das Gespräch in die Hand: »Wo hast du den Mann gefunden, Placho?«

»Beim Pfad zum großen Pass.«

»Wo genau?«

Pedrales unterbrach gleich: »Vielleicht kannst du die Herren dorthin führen?«

Placho nickte. Rivenport fuhr fort: »Warum warst du so weit im Norden?«

»Ich war beim Gemüse.«

»Beim Gemüse? Was für Gemüse?«

»Beim neuen Gemüse.«

»Beim neuen Gemüse? Ich dachte, du arbeitest auf den Zuckerplantagen.«

Placho wusste nicht zu antworten und Rivenport wandte sich irritiert zu Pedrales: »Wird hier nicht Zuckerrohr angebaut? Produziert ihr nicht Zucker?«

Pedrales verzog arrogant das Gesicht, er konnte eine so plumpe Beschreibung seines Betriebs offenbar nicht ertragen: »Seit einigen Jahren diversifizieren wir. Momentan noch experimentell, aber die ersten Versuche weiter im Norden sind vielversprechend. Wir planen, bald die Bewirtschaftung auszuweiten, hauptsächlich mit Quinoa. Das Klima dort eignet sich dafür. Placho fährt öfters rüber, um nach dem Rechten zu sehen. Er ist ja einer unserer besten Vorarbeiter. Nicht wahr, Placho?«

Placho nickte wieder brav. Rivenport fuhr mit der Befragung fort.

»War der Mann ohnmächtig oder hat er mit dir gesprochen?«

»Er schlief nicht. Seine Augen waren offen. Als ich ihn in den Arm genommen hatte, versuchte er mit mir zu sprechen, aber ich verstand nicht, was er sagte.«

»Wie meinst du das? Was hat er dir gesagt?«

»Er sprach zu mir. Aber es kamen keine Worte raus.«

»Ich verstehe nicht. Weil seine Kehle ausgetrocknet

war? Seine Stimme war heiser? Er öffnete seinen Mund, aber keine Töne kamen raus?«

»Doch, er sagte etwas. Ich konnte seine Stimme hören, Töne hörte ich schon, aber ich verstand nicht, was er sagte. Ich habe ihn zum Auto getragen, da sagte er nichts mehr. Seine Augen waren dann auch zu.«

Rivenport war mit dem Ablauf des Gesprächs alles andere als zufrieden. Nun war er noch verwirrter als vorher. Was sollte das heißen? Keine Worte kamen raus? Er fühlte sich plötzlich müde. Resigniert ließ er sich zum Fundort bringen. Es ging wieder Richtung Norden und es ging bergauf. Je näher sie kamen, desto stärker spürte Rivenport den Druck in seinen Ohren.

Die Gemüseplantagen lagen auf einem Hochplateau am Fuße jener Bergkette, die von dem Paso de Jama durchzogen wurde. Rivenport nahm an, dass es sich um ein altes Stück Land der Pedrales handelte, wahrscheinlich ein Überbleibsel der reichen Ausbeute aus Pionierzeiten, das jetzt, nach Jahrhunderten der Abschirmung, einen Nutzen finden sollte. Sie waren nur eine Stunde gefahren, und doch war der Klimaunterschied so drastisch, dass man hätte glauben können, sich in einer anderen Welt zu befinden. Alles war anders: die Beschaffenheit der Felsen, die Farbe der Erde. Hier oben war die Luft so dünn und trocken, dass man schnell außer Atem kam.

Als sie aus dem Auto stiegen, knöpfte sich Rivenport das Jackett zu. Ihm war kalt. Sie ließen die Quinoa-Felder hinter sich, liefen ein Stück und suchten längere Zeit den

Boden ab, bevor sie den genauen Punkt wiederfanden, an dem Placho den Fremden entdeckt hatte. Rivenports Blick fiel auf die schroffen Berggipfel. Die Passstraße bahnte sich schlangenförmig in sie hinein. Ein faszinierender Anblick. Aus dem weiten, kargen Tal erhob sich in all seiner furchteinflößenden Pracht das Felsmassiv der Anden. Das Jagdrevier der Adler und Kondore. Das Reich der Zorros, Chinchillas und einer Vielzahl unentdeckter Insektenarten.

Wie sie so dastanden, die staubige Erde unter den Füßen, den Blick nach Westen gerichtet, war Rivenports erster Gedanke, dass der Fremde versucht haben musste, über die Berge nach Chile zu fliehen. Irgendwo inmitten dieser steilen Felswände lag die Grenze.

Durch die Spuren auf dem Boden war gut ersichtlich, wo der Fremde gelegen hatte. Außerdem zeigten sich zwei unterschiedliche Paar Fußspuren. Die Abdrücke von Plachos Stiefeln waren winzig im Vergleich zu denen des Fremden. Eine kleine Blutlache klebte im Sand. Alles war klar sichtbar, trotzdem fragte Rivenport Placho: »Hier also?«

»Ja. Hier.«

Rivenport ging ein paar Schritte und schaute sich um.

»Rodriguez, helfen Sie mir, vielleicht finden wir etwas.«

Sie fingen an, Kreise um den Fundort zu drehen. Nur kurz sah Rivenport vom Boden auf. Die Sonne stand schon hoch am Himmel. Der Morgen war futsch, und das Mittagessen zu Hause würde er nicht mehr schaffen. Er führte sich Marias rundes Gesicht vor Augen, sauer, nicht rechtzeitig benachrichtigt worden zu sein, während er, sich etwas dämlich fühlend, immer größere Kreise durch die Steppe zog. Er überließ Rodriguez das Kreisen und folgte den Spuren. Die Fußabdrücke des Fremden, die komischerweise vom Pass wegzuführen schienen, verloren sich schnell im Sand. Nach wenigen Minuten gaben sie die Suche auf.

6.

Zum späten Mittagessen brachte Krankenschwester Sental Rivenport Reis mit Bohnen und Fleischsoße ins Büro. Klassischer Krankenfraß, sagte er sich und inspizierte missmutig den Teller auf dem Tablett. Er blickte auf die Uhr. Kurz nach vier. Viel zu spät zum Mittagessen. Er stocherte im Reis herum und dachte an das Theater, das Maria ihm heute Abend machen würde. Nicht nur hatte er versäumt, sie wegen des Mittagessens zu benachrichtigen, wenn er jetzt aß, würde er später keinen Hunger mehr haben und auch noch das Abendessen überspringen müssen. Also doppeltes Ungemach. Besser nichts essen. Er schob das Tablett zur Seite.

Strymon eurytulus. Braun und grau. Gepunktet. Ahh. Mit dem charakteristischen Schwänzchen im hinteren Flügelbereich. Rivenports Augen fingen an zu glänzen. *Strymon eurytulus*, *Strymon heodes*, und danach? Sicherlich ein weiteres Exemplar der Unterfamilie der Theclinae. Aber welches? Er kam nicht darauf und überlegte, ins Schreibtischfach zu greifen und einen Blick in seine Schmetterlingsbibel zu werfen, als es an der Tür klopfte. Doktor Oriani trat ein. Hinter ihm Rodriguez, der wohl die ganze Zeit gelangweilt vor der Tür herumgehangen hatte und sich jetzt, warum auch immer, entschied mit einzutreten. Rivenport hoffte auf gute Nachrichten.

»Ist unser Patient aufgewacht?«

Oriani schüttelte den Kopf.

»Ich wollte fragen ..., also ich wollte sagen ...«

Was wollte Oriani sagen? Was fragen? Rivenport war irritiert und blickte zu Rodriguez. Der stand wie ein Sack Kartoffeln hinter dem Doktor und guckte Löcher in die Luft. Warum war er überhaupt in seinem Büro? Seine Anwesenheit störte ihn fast noch mehr als Orianis Umständlichkeit. Der stammelte weiter: »Heute hatte ich ja Nachtschicht und dachte, vielleicht ...«

Rivenport sperrte die Augen auf. Jetzt verstand er. Oriani wollte ihn im Stich lassen. Ganz hinterhältig, der junge Mann. Er wollte sich aus dem Staub machen und ihn, den gutmütigen Krankenhausdirektor, in der Bredouille lassen.

»Es ist inzwischen schon fast fünf Uhr und meine Familie wartet zu Hause.«

Fast fünf? Es war noch nicht einmal halb fünf! Und seine Familie, was für ein lächerliches Argument. Die gleiche Familie, die dank Rivenports Großmut überhaupt existierte. Er presste empört die Backenzähne zusammen. Aber was sollte er schon sagen? Eine Szene machen? Den jungen Doktor ausschimpfen?

»Ja, ja. Gehen Sie schon. Gehen Sie zu Ihrer Familie.«

Oriani lächelte zufrieden. Sein Ziel war erreicht und er legte den bettelnden Ton ab: »Doktor Godoy ist schon im Dienst. Er wird sich um den neuen Patienten kümmern.«

Doktor Godoy also. Auf ihn war Verlass. Aus ganz anderem Holz geschnitzt als Oriani. Alte Schule: er war schon seit Jahrzenten im Krankenhaus tätig. Lange vor der Zeit des neuen Flügels, bevor Rivenport zum Direktor befördert wurde; wenn er sich recht entsann, arbeitete Godoy sogar schon im Krankenhaus, als er eingestellt wurde.

»Haben Sie ihn über den Zustand des Patienten aufgeklärt? Ist er auf dem Laufenden?«

»Natürlich. Doktor Godoy ist informiert.«

Rivenport zog ein mürrisches Gesicht und zeigte Oriani an, gehen zu dürfen. Rodriguez blieb weiter stehen. Wollte auch er gehen oder bleiben? Hatte er Rivenport etwas zu melden? Wartete er auf eine Einladung? Sein tatenloses Rumstehen wurde ihm so unangenehm, dass er die Stille unterbrechen musste. Er musste etwas sagen, irgendwas: »Haben Sie Hunger?«

Er deutete auf das Tablett. Rodriguez warf einen einschätzenden Blick auf den Reis mit Bohnen.

»Essen Sie das nicht auf?«

»Der Teller ist unberührt. Das Essen frisch zubereitet. Wissen Sie, wir haben keine schlechte Küche für ein Krankenhaus, die Patienten sind sehr zufrieden. Ich habe leider überhaupt keinen Hunger. Außerdem muss ich um sieben schon wieder essen. Meine Hausdame ist äußerst penibel, was die Essenszeiten angeht, wenn ich zu spät komme …«

Rivenport verstummte. War doch egal. Was interessierte Rodriguez, was Maria trieb?

»Na, wollen Sie oder nicht?«

Der Polizist zuckte mit den Schultern und griff sich Teller und Gabel. Er stand weiterhin im Raum rum, nur aß er jetzt und schmatzte dabei unappetitlich. Angewidert wandte Rivenport den Blick ab. Nur noch zwei Stunden bis Feierabend, ermutigte er sich. Jede Minute müsste der Fremde aufwachen. Die Angelegenheit würde sich aufklären, Rodriguez würde aus seinem Leben verschwinden, morgen früh würde er in seine Kammer zurückkehren, und alles wäre wieder beim Alten. Rivenport atmete aus.

Aber was, wenn er nicht bald aufwachte? Es war unwahrscheinlich, aber doch möglich. Rivenports Miene verdunkelte sich. Bis der Patient aufwachte, galt er nach Krankenhausordnung als Notfall. Und ein Notfall zwang ihn, über die geregelten Bürozeiten hinaus zu bleiben. Schließlich war er kein Oriani, er konnte nicht einfach zu seiner Familie verschwinden. Er war der Direktor und musste bleiben, so lange, bis der Notfall kein Notfall mehr war, bis man wusste, um wen es sich handelte, die notwendigen Papiere ausgefüllt waren und die Ordnung wiederhergestellt war.

Sein Blick fiel auf Rodriguez und ein schrecklicher Gedanke überfiel ihn: So wie sich die Lage derzeit präsentierte, geriet nun sogar sein Abendessen in Gefahr. Schließlich war es schon fast fünf. Plötzlich sah er Rodriguez mit verändertem Blick beim Essen zu. Was er nun empfand, war kein Ekel mehr, sondern Neid. Futterneid. Rivenport war neidisch auf den Polizeiobermeister, wie er ungeniert vor ihm die Bohnen zermalmte und verschlang. Es war ein Fehler gewesen, ihm den Teller angeboten zu haben. Vielleicht würde sein Magen heute komplett leer ausgehen. Je später der Fremde aufwachte, desto später würde sich die Angelegenheit klären, desto später würde er es nach Hause schaffen, desto später würde er zu Abend essen, desto aufgebrachter würde Maria sein, desto länger würde er nicht zu seinen Schmetterlingen kommen und desto frustrierter würde er sein. Rivenport haute auf den Tisch.

Rodriguez hörte auf zu essen und betrachtete mit einem für seine Verhältnisse hohen Grad an Verwunderung Rivenports geballte Faust auf dem Schreibtisch. Dieser zog sie etwas beschämt wieder zurück. Sein unheilvoller Gedankengang hatte ihn aufgewühlt. Eine unnötige kleine Aggression, die ihm rausgerutscht war, aber wenigstens hatte sie zu einem günstigen Einfall geführt: Er sah eine Chance, der misslichen Entwicklung des Abends Einhalt zu gebieten. Der Patient musste geweckt werden! Ganz einfach. Das war die Lösung. Die einzige. Es galt, zu handeln. Unterzuckert und durch den Geruch von Reis, Bohnen und Fleischsoße benebelt sah Rivenport keine Alternative.

»Rodriguez, seien Sie so nett, holen Sie mir doch bitte Doktor Godoy.«

Der Polizeiobermeister zeigte keine Reaktion. Er versuchte es erneut: »Sie wissen doch, Godoy, der zuständige Arzt, von dem Oriani vorher sprach.«

Rodriguez hatte inzwischen wieder angefangen zu essen und antwortete mit vollem Mund: »Keine Ahnung, wer das ist.«

Zu nichts zu gebrauchen, dieser Mann. Rivenport verspürte Lust, gegen die Allerheiligste Jungfrau zu schimpfen, hielt aber inne, denn der Polizeiobermeister war eine solche Emotion nicht wert. Er ging den Doktor selbst suchen. Der war im Krankenzimmer und kontrollierte gerade den ordentlichen Zugang der Infusion in die Armvene des Patienten. Godoy war ein älterer Herr mit nur ein paar vereinzelten grauen Haaren auf dem Schädel, die er sich mit Gelatine nach hinten schmierte. Sein langes knochiges Gesicht mit den dunklen Glubschaugen hatte etwas furchtbar Melancholisches. Schwester Iris saß immer noch auf ihrem Stuhl. Sie hielt einen Rosenkranz in der Hand und betete lautlos. Was für ein fabelhaftes Wesen diese Nonne doch ist, dachte Rivenport. Ruhig und brav. Das komplette Gegenteil ihrer Chefin. Wo steckte die überhaupt?

»Guten Abend, lieber Godoy. Ich sehe, Sie sind schon bei der Arbeit. Wie geht es unserem Patienten?«

»Unverändert, Herr Professor.«

Godoy war mit der Visite fertig. Er sah zu seinem Vorgesetzten hoch. Ernst, grau und tieftraurig, wie er nun einmal immer aussah, auch wenn er scherzte, was er so gut wie nie tat, oder heiter war, was ab und an passieren konnte.

»Godoy, wir müssen ihn wecken.«

»Wecken?«

»Jaja, wecken. Sie haben schon richtig gehört. Es bleibt uns nichts anderes übrig.«

»Aber warum sollten wir ihn wecken?«

»Weil wir nicht warten können, bis er von allein aufwacht. Das wäre nicht professionell. Wir sind Männer der Wissenschaft, Godoy! Wir entscheiden den Moment des Aufwachens, nicht der Zufall. Er könnte in zwei Stunden aufwachen, er könnte erst morgen früh aufwachen, genauso gut könnte er heute mitten in der Nacht aufwachen oder gar nicht mehr. Der Zufall entscheidet. Empfinden Sie diese Willkür nicht auch als ganz und gar unwissenschaftlich?«

Doktor Godoy blickte forschend durch die Ränder seines Brillengestells. Er ließ dabei den Kopf etwas nach hinten fallen, sodass Rivenport vollen Einblick in seine schmalen Nasenlöcher hatte, aus denen silberne Härchen wuchsen.

»Sie wollen zu Ihren Schmetterlingen, nicht wahr?«

Rivenport reagierte pikiert, zog die Augenbrauen hoch und schüttelte den Kopf, wusste allerdings nicht, was er zu seiner Verteidigung antworten konnte. Godoy ließ ihn nicht lange zappeln.

»Sie wissen genauso gut wie ich, dass es riskant und womöglich schädlich für den Patienten sein könnte, ihn jetzt zu wecken. Es ist also auszuschließen. Allerdings schläft er schon elf Stunden. Ich nehme an, er wird mit dem Aufwachen nicht mehr lange auf sich warten lassen.«

Rivenport ging verdrossen in sein Büro zurück. Natürlich hatte Godoy recht – und das ärgerte ihn. Rodriguez stand immer noch an gleicher Stelle, unnütz wie eine Straßenlaterne bei Tage. Er hatte inzwischen das Reisgericht verzehrt und den Teller zur Seite gestellt. Als wäre sein Büro eine Gaststätte. Rivenport murrte und blickte aus dem Fenster. Es wurde langsam dunkel. Nachdem der Morgen und der Mittag schon vor die Hunde gegangen waren, kostete ihn diese unerträgliche Geschichte auch noch den Abend. Jetzt war es schon kurz vor sechs. Auch wenn der Fremde im Laufe der nächsten Stunde aufwachte, würde es zu spät sein.

Rodriguez blieb weiterhin der stille Zuschauer. Rivenport fühlte sich von dem apathischen Fresssack fast schon bewacht. Konnte es sein, dass er sich dumm stellte? Dass sein Chef Escobar ihn nicht wie angekündigt zur Hilfeleistung dagelassen hatte, sondern um ihn zu beschatten? Rodriguez hatte einen Zahnstocher aus der Tasche gewühlt und stach sich nun ab und zu ein Reiskorn aus den Zähnen. Rivenport hielt nichts von Zahnstochern. Seiner Meinung nach waren sie unhygienisch. Essensreste im Zahnbereich gehörten zu jenen Problemen, die abseits von Blicken fremder Menschen gelöst werden sollten.

»Können Sie sich setzen? Sie machen mich nervös.«

Rodriguez ging träge zu einem der Stühle, setzte sich breitbeinig hin und rülpste. Nein, so gut konnte niemand sich dummstellen, nicht einmal ein Schauspieler des Teatro Nacional. Rivenport wandte sich ab. Er wollte sich nicht weiter stören lassen. Besser die Situation hinnehmen und die verbleibende Zeit optimal nutzen. Schließlich war noch zurückgebliebene Arbeit zu erledigen. Er griff zum Papierstapel auf dem Tisch und fing an, sich durch die Kostenauflistung des letzten Monats durchzuarbeiten. Die Anzahl der Patienten. Arbeitszeiten des Personals. Krankenhausbetten. Übersicht der zugekauften Medikamente. Verbandmaterial. Zahlen, Zahlen, nichts als Zahlen. Er gähnte. Seine Konzentrationsfähigkeit war für diese Art von Büroarbeit gering. Die Leere in seinem Magen machte es nicht besser. Ohne ein ordentliches Frühstück fängt der Tag schlecht an, hatte Maria ihn heute Morgen gewarnt. Wie recht sie gehabt hatte.

Gigantorubra nubillum! Das war sein nächster Arbeitsschritt. Er war ihm eben wieder eingefallen. Die Bläulinge und die Unterfamilie der Theclinae, zu der auch die Gattung *Gigantorubra* zählte, waren Rivenport besonders ans Herz gewachsen. Ihn überkam die Lust, in den *Annalen der Entomologischen Gesellschaft von Amerika* zu blättern. Er überlegte. Sollte er unauffällig ins Fach greifen? Warum eigentlich nicht? Der Polizeiobermeister war eingeschlafen und würde wahrscheinlich nicht einmal merken, wenn ein Dieb ihm am helllichten Tage das Portemonnaie aus der Hosentasche stähle. Vorsichtig schloss Rivenport das Fach auf. Er öffnete es und entfernte behutsam die auf den Annalen liegenden Blätter. Rodriguez warf er ab und an kontrollierende Blicke zu. Da lag sie, seine Bibel. Er strich liebevoll über den

Buchdeckel. Gerade wollte er den imposanten Band aufschlagen, als er die Stimme des unerwünschten Gastes wahrnahm: »Was machen Sie da?«

Rivenport hatte sich zu lange auf das Buch konzentriert, sich seiner Wissbegierde hingegeben und dabei versäumt, den Polizisten im Visier zu behalten. Rodriguez lugte halb schläfrig, halb neugierig hinter dem Tisch hervor. Rivenport knallte das Fach zu.

»Papierkram. Fürs Krankenhaus. Nichts Besonderes.«

»Sie haben sich so tief gebückt, als hätten Sie was unterm Schreibtisch verloren.«

Rivenport schenkte dem jungen Polizisten ein geringschätziges Lächeln.

»Wollen Sie nicht nach dem Patienten schauen? Ich meine, der Kommissar hat Ihnen bestimmt etwas zu tun gegeben. Sie müssen ihn doch auf dem Laufenden halten, wie es dem Patienten geht, zum Beispiel.«

»Ist das nicht Ihre Aufgabe?«

»Was?«

»Nach dem Patienten zu schauen.«

»Meine Aufgabe? Warum?«

»Sie sind doch Arzt, oder?«

Rivenport starrte Rodriguez fassungslos an. Dieser Mensch schaffte es doch tatsächlich, ihn zur Weißglut zu treiben. Leere, dumme Augen. Sogar boshaft erschienen sie ihm nun, dunkel und verschlagen. Mit Mühe wandte er sich ab und legte die Krankenhauspapiere zurecht. Er wollte sich wieder an der Kostenübersicht versuchen, da stand der Polizeiobermeister auf und schlurfte zum Fenster. Diese Bewegung raubte Rivenport das letzte Fünkchen Konzentration. Lästig wie eine Fliege! Rodriguez erinnerte tatsächlich etwas an jene fetten Augustfliegen, die einen in heißen Sommernächten unablässig umschwärmen. Man konnte fluchen und um sich schlagen, so viel man wollte, die Fliege kehrte trotzdem zurück. Rivenport dachte dabei besonders an die Fleischfliegen oder die sogenannten Echten Fliegen und nicht etwa an die Schwebfliegen, denen er durch ihre Mimikry und ihren Farbreichtum eine gewisse Noblesse zugestand.

Die Fliegen hielt Rivenport für die niedrigste Unterordnung der Kerbtiere, und auch in entomologischen Kreisen waren Fliegenexperten, sogenannte Dipterologen, nur ungern gesehen. Auf Konferenzen klüngelten sie, schauten intrigant drein und fühlten sich mit ihrer an die 100 000 Arten reichen Insektenordnung überlegen. Als Lepidopterologe konnte man darüber natürlich nur lächeln, denn die Welt der Schmetterlinge war deutlich artenreicher. Obwohl nichts an die Käfer rankam. Koleopterologen spielten bei über 300 000 Arten in einer anderen Liga. Was bei Dipterologen befremdete, war, dass die intensive Auseinandersetzung mit den Fliegen ihnen selbst etwas Fliegenartiges verlieh. So wie dem Polizeiobermeister, der wieder angefangen hatte, sich mit dem inzwischen vollgesabberten Holzkeil in den Zähnen zu stochern.

Sogar die weltberühmte Fliegensammlung von Gabriel Strobl, einem österreichischen Pater, der sein Leben der Entomologie gewidmet hatte, löste in Rivenport keine

Begeisterung aus. Natürlich, auch in seinem Museum würde es eine kleine Auswahl von Fliegen geben. Ohne ging es nicht, und alles auf der Welt war nun mal ein Kompromiss, auch das Sammeln von Insekten. Aber Rivenport würde sich mit Sicherheit auf das absolute Minimum an Fliegen beschränken. Einen viel schmerzhafteren Kompromiss verlangten die anderen Sektionen. Denn leider waren im Museum nicht ausschließlich Insekten ausgestellt. Ganz wie es sich für ein Provinznaturkundemuseum gehörte, gab es auch Mineralien, Fossilien, Säugetiere, Fische, Vögel und wirbellose Tiere zu sehen. Und natürlich handelte es sich um Ausstellungsstücke von zweitrangiger und drittrangiger Qualität. Die Säugetiersammlung war ein Witz, geradezu beschämend, aber der Bürgermeister hatte darauf bestanden. Rivenport träumte von einem reinen Insektenmuseum. Stattdessen: Kompromisse, Kompromisse. Im Namen eines höheren Ideals musste er an kleineren Fronten nachgeben. Die Gemeinde, die Schule und die Kinder wollten Vögel mit aufgeklappten Flügeln, ausgestopfte Tiere, Fossilien und Knochen von längst ausgestorbenen Dinosauriern sehen. Was konnte er da machen?

Rivenport sah auf die Uhr, es war kurz vor sieben, fast Feierabend. Ein Funken Hoffnung keimte in ihm auf. Wunder aller Wunder, es sah danach aus, als würde er es doch zum Abendessen schaffen. Vielleicht würde er nach dem Essen benachrichtigt werden, dass der Patient aufgewacht sei, und er müsste wieder zurück ins Krankenhaus, aber immerhin: Abendessen. Bei der heutigen Pechsträhne ein echter Glücksfall. Rivenports Laune besserte sich. Vielleicht blieb sogar etwas Zeit übrig, um an der Sammlung zu arbeiten. Wer konnte schon genau prognostizieren, wann der Fremde aufwachen würde? Es lag nicht in ihren Händen, das hatte Doktor Godoy ganz richtig festgestellt. Den einen oder anderen Arbeitsschritt würde er heute Abend vielleicht noch nachholen können. Rivenport sah keinen Sinn darin, die Kostenübersicht heute zu beenden. Er legte die Papiere zur Seite und packte seine Sachen. Vielleicht war der Fremde so weit durch die Steppe gelaufen und so erschöpft gewesen, als er in Ohnmacht gefallen war, dass er bis morgen früh durchschlafen würde. Es war unwahrscheinlich, aber bei wirklich extremer Erschöpfung war das nicht völlig auszuschließen. Wer konnte das schon sagen? Nur der Zufall!

»Zeit zu gehen, mein Lieber. Feierabend.«

Rodriguez verzog keine Miene.

»Der Chef hat gesagt, dass ich im Krankenhaus bleiben soll.«

Rivenport war verdutzt.

»Sie wollen die Nacht über hierbleiben?«

»Wenn's der Chef gesagt hat.«

»Aber Sie müssen doch schlafen. Sie können doch nicht ernsthaft erwägen, weiter hier herumzusitzen und zu warten?«

Rodriguez zuckte die Schultern. Ein seltener Fall von absoluter Stupidität, dachte sich Rivenport. Der Kerl nahm seinen Chef tatsächlich beim Wort. Was, wenn der

Kommissar ihm befohlen hätte, aus dem Fenster zu springen? Der Mann gehörte ja beaufsichtigt. Rivenport winkte ab, er war es leid. Sollte Rodriguez doch machen, was er wollte.

»Hier in meinem Büro dürfen Sie nicht bleiben. Wenn Sie möchten, können Sie im Wartezimmer Platz nehmen.«

Er schaltete die Lichter aus und setzte seinen Hut auf. Der Polizist schleppte sich aus dem Zimmer und den Gang entlang. Rivenport schaute ihm verächtlich hinterher, war aber fest entschlossen, sich nicht weiter von »der Fliege« die Laune vermiesen zu lassen. Der Abend war gerettet. Er würde nach Hause fahren und in aller Ruhe essen. Die gute Maria würde sicher etwas Feines gezaubert haben. Vielleicht sogar sein Leibgericht: Gänseleber in Feigensoße. Und dazu natürlich Palmitos. Er liebte die eingelegten Palmenherzen. Dazu einen guten Tropfen, vielleicht ein Malbec? Das Wasser lief ihm im Munde zusammen. Schon sah er am Eingang den Wagen vorfahren, als er hinter sich Schritte hörte. Peitschende Schritte auf den Keramikfliesen. Jemand kam den Gang entlang gerannt. Entmutigt drehte er sich um. Er stand am Eingang in seinem hellen Anzug, den Hut in der Hand, mit einem Fuß schon vor dem Krankenhaus, er konnte die Gänseleber förmlich riechen. Es war die schöne Ordensschwester Iris. Dieses zarte, gottesfromme Wesen brachte die Hiobsbotschaft, die ihm auch noch den Abend kosten würde: »Professor. Der Fremde. Er ist aufgewacht.«

7.

Um das Bett des Patienten hatte sich ein kleiner Zuschauerkreis gebildet. Am Kopfende stand Doktor Godoy. In dem dämmrigen Licht und der dramatischen Atmosphäre, die sich in Richtung des Krankenbetts, das nur von einer Leuchte beschienen wurde, zuspitzte, hatte seine krumme Silhouette fast etwas Unheilvolles. Auch die Priorin der Ordensschwestern stand neben dem Bett, auf Kopfhöhe des Patienten, Doktor Godoy gegenüber, auf dem zweitbesten Platz sozusagen. Sie atmete nervös, ihr Oberkörper schwoll dabei weit an und wieder ab. Rivenport störte es, dass sie sich nicht die geringste Mühe gab, ihre Anspannung zu verbergen. Wo war sie überhaupt gewesen? Den ganzen Tag über war sie verschwunden und jetzt, da der Fremde aufgewacht war, tauchte sie aus dem Nichts wieder auf. Rodriguez lungerte in einer Ecke, seinen Zahnstocher im Mundwinkel. Krankenschwester Sental wischte etwas unbequem neben der Priorin stehend mit einem feuchten Lappen über die Stirn des Patienten. Rivenport nahm sich vor, die ungeladenen Zuschauer einfach zu ignorieren. Als er sich dem Kopfende näherte, schaute Godoy – die Nase rümpfend, um das Hinabrutschen der Brillengläser zu verhindern – zu ihm hoch.

»Hat er schon gesprochen?«

»Noch nicht, Herr Professor.«

Rivenport drehte sich zu Rodriguez um.

»Sollten Sie nicht Ihren Chef benachrichtigen?«

»Schon geschehen«, antwortete der Polizist ausdruckslos.

Na klar. Alle waren informiert, alle waren da. Im Krankenhaus, dass er immerhin leitete, wurde er stets als Letzter informiert! Er wandte seine Aufmerksamkeit dem Patienten zu, dessen Augen noch geschlossen waren. Wegen des blendenden Lichts, nahm Rivenport an.

»Können Sie mich hören?«

Keine Reaktion. Es war wirklich viel zu hell hier. Die OP-Leuchte strahlte direkt in das Gesicht des Mannes.

»Seien Sie doch so nett und schalten Sie das Licht aus, Godoy. Nach einer so langen Absenz ist der Patient sicher lichtempfindlich.«

Draußen war es schon fast komplett dunkel. Rivenport stand direkt über dem Patienten.

»Das Licht ist aus. Sie können die Augen öffnen.«

Der Patient zeigte keine Reaktion. Also legte Rivenport Daumen und Zeigefinger über dessen Augen. In Folge der unerwarteten Berührung zuckte der Fremde. Nun schob Rivenport die Augenlider vorsichtig hoch. Dann zog er die Hand zurück. Reflexartig schloss der Mann die Augen wieder, blinzelte ein paar Mal und riss sie dann auf. Blaue Augen. Rivenport konnte es kaum glauben. Der Fremde hatte azurblaue Augen. Alle Anwesenden blieben angesichts der Magie, die von ihnen ausging, wie versteinert. Schwarz. Das war die herrschende Augenfarbe in S. und Umgebung. Als Standard galt: schwarze Haare, schwarze Augen. Ab und zu sah man ein helleres Braun, ganz selten vielleicht sogar Grün. Aber blau und noch dazu in einem so magnetischen Ton, der einen förmlich ansog, wie das prächtige Flügelmuster eines Bläulings, das hatte man hier noch nie gesehen. Der Patient schaute in die Runde. Jedem der Anwesenden schenkte er einen liebevollen Blick. Die Priorin seufzte auf. Rivenport schüttelte seine Verwunderung ab und bemühte sich, einen lauten, klaren Ton zu treffen: »Wie heißen Sie?«

Der Patient blinzelte. Sonst nichts. Warum antwortete der Mann nicht?

»Können Sie mich hören?«

Rivenport sah Godoy an, der ebenso ahnungslos dreinblickte.

»Er hat doch keinen Schaden an den Ohren erlitten, oder?«

»Oriani hat mir nichts dergleichen gesagt.«

»Reichen Sie mir bitte das Otoskop.«

Godoy holte einen Ohrenspiegel aus dem Fach mit den medizinischen Instrumenten. Rivenport schaute erst ins rechte, dann ins linke Ohr. Grübelnd schob er seine Unterlippe vor und reichte Godoy das Otoskop zurück. Dann schnippte er neben dem rechten Ohr des Patienten laut mit den Fingern. Der reagierte, indem er den Kopf abkehrte. Rivenport startete einen neuen Versuch: »Wie heißen Sie?«

Gar keine Reaktion. Also noch einmal.

»Sie, wie heißen? Name? Vorname? Nachname?«

Auf dem Gesicht des Fremden zeigte sich jetzt eine Reaktion. Als sei der Mann belustigt. Er hatte den Gesichtsausdruck eines Säuglings, der einen älteren Herrn über seine Krippe vorgebeugt Grimassen ziehen sieht. Und dann entwich seinen Lippen ein Laut. In einem unerwartet hohen Ton. Auf Rivenport wirkte er wie eine Art von Hilfeschrei. Sicher hatte das was zu bedeuten. Ein Zeichen, vielleicht eine Bitte. Aber was? Er drehte sich zu den Anwesenden um: »So, jetzt reicht's. Der Patient ist mit der Situation sichtlich überfordert. Es hilft der Sache nicht, dass wir so viele sind. Ich brauche etwas Zeit mit ihm. Allein.«

Ein Raunen ging durch das Zimmer. Keiner wollte gehen, der Moment war viel zu spannend. Auf Rivenports strengen Blick hin verließen die Anwesenden dann aber langsam den Raum. Nur Rodriguez bewegte sich keinen Zentimeter.

»Auch Sie.«

»Chef wird nicht glücklich darüber sein.«

»Chef ist nicht hier.«

Rivenport hielt Godoy zurück, der auch den Raum verlassen wollte, und schloss die Tür. Er konnte bleiben. Die zwei Ärzte stellten sich neben den Patienten. Er musterte sie mit seinen himmelblauen Augen so beglückt, als hätte er das Paradies erreicht und stünde vor zwei Engeln.

»Ich bin Doktor Rivenport, Direktor des Krankenhauses von S., in dem Sie sich gerade befinden. Dies hier ist mein Kollege Doktor Godoy. Er und Doktor Oriani sind Ihre behandelnden Ärzte.«

Rivenport ließ die Worte etwas sacken und versuchte, eine Reaktion im Gesicht des Fremden zu erkennen.

»Sie haben einen schweren Unfall auf dem Hochplateau erlitten. Sie hatten Glück, dass jemand Sie gefunden hat, möglicherweise wären Sie dort draußen verdurstet oder an den Folgen Ihrer Verletzungen gestorben.«

Der Blondschopf sah sie weiter selig an. Rivenport legte sich zwei Möglichkeiten zurecht: Entweder er hörte ihn nicht oder er verstand ihn nicht. Vielleicht war er verrückt oder debil. Oder er hatte die Erinnerung verloren. Aber warum antwortete er dann nicht? Warum sprach er nicht?

»Erinnern Sie sich daran, was Ihnen zugestoßen ist? Wie sich ihre Verletzungen zugetragen haben und warum Sie sich in der Nähe des Bergpasses befanden? Können Sie sich erinnern, wie Sie von einem Feldarbeiter gefunden worden sind? Können Sie sich an irgendetwas erinnern?«

Kein Reflex. Rivenport trat verärgert ein paar Schritte zurück und lud Godoy mit einer Handbewegung ein, sein Glück zu versuchen. Der alte Doktor beugte sich vor, öffnete die Augen weit und lächelte gutmütig:

»Ich. Godoy. Du? Wer?«

Der Fremde gluckste vergnügt. Godoys knochige Visage fand er wohl besonders komisch. Er schien sich zu freuen, wie beim Anblick eines Clowns. Godoy war der Clown, Rivenport selbst war aber auch ein Clown, folgerte er mit zunehmender Entrüstung. Je fröhlicher der Mann wurde, desto mehr ärgerte Rivenport sich. Dass er aufgewacht war, schien sie keinen Deut weiterzubringen. Ein Zeitverlust, nichts als ein weiterer Zeitverlust. Genau wie die Untersuchung seines Körpers und seiner Kleidung, wie der Ausflug auf die Hazienda, wie die Befragung von Placho. Alles war sinnlos. Ein verlorener Tag, den Rivenport für immer aus seinem Kalender streichen wollte. Und als wäre das alles nicht schon genug, machten sie, zwei angesehene Doktoren, sich vor ihm auch noch zum Clown. Und wie reagierte der Patient? Er lachte und schaute entzückt zu.

Nach einer halben Stunde verließen die zwei Ärzte geschlagen das Krankenzimmer. Rivenport setzte zwei Finger an die Schläfe und massierte in Kreisbewegungen. Er hatte Kopfschmerzen. So fing meistens eine Migräne an. Draußen im Gang versammelten sich die Wartenden um die zwei Ärzte. Natürlich wollten sie wissen, was sie herausgefunden hatten. Wer war dieser Fremde? Woher kam er? Was war ihm zugestoßen? Die Priorin gab der Spannung aller eine Stimme: »Und, was hat er gesagt?«

Rivenports Laune war zu schlecht, um sich auch noch mit diesen Neugierigen abzugeben. Mit dunkler Miene wandte er sich ab und ging zum Fenster. Hinter sich hörte er Godoy Erklärungen abgeben: Kein sinnvolles Wort hatten sie dem Fremden entlocken können. Nur Gekicher und Gegluckse. Dabei hatten sie nichts unversucht gelassen. Sie hatten sich zu allerlei Gesten und Mienenspielen verlocken lassen. Sie hatten laut und deutlich gesprochen, wie man zu Kleinkindern spricht. Sie hatten mit den Fingern aufeinander gedeutet und sich gebärdet, Szenen nachgespielt und Konzepte verbildlicht. Und was hatten sie erreicht? Sie wurden ausgelacht und sie wussten genauso viel wie vorher: rein gar nichts.

Rivenport kam nach Mitternacht nach Hause. Er trat leise ein, um Maria nicht zu wecken, doch seine Bemühung war umsonst; vom Treppenabsatz aus bestrafte sie ihn mit einem bösen Blick. Ihre schwarzen Augen funkelten zornig im Gegenlicht. Beim zugegebenermaßen müden Versuch, die Situation zu erklären, brachte sie ihn mit einem Zischen zum Schweigen und bedeutete ihm, sich in seine Gemächer zu verkriechen. Abendessen würde es keines geben. Als er in sein Schlafzimmer trat und die Tür hinter sich schloss, hörte er, wie auch sie in ihrem Zimmer verschwand.

Beim Ausziehen ärgerte er sich immer noch über die Sinnlosigkeit der ganzen Aktion. Bis zum Letzten hatten sie versucht, den Fremden zum Sprechen zu kriegen. Aber er wollte einfach nicht. Sie hatten es so lange versucht, bis der Patient Anzeichen von Erschöpfung zeigte und schließlich in einen tiefen Schlummer gefallen war. Daraufhin hatte Rivenport entschieden, weitere Versuche auf den nächsten Tag zu verschieben. Polizeikommissar Escobar war erst gar nicht aufgetaucht. Er war gescheiter gewesen als sie, und wie er ihn einschätzte, hatte er sich wahrscheinlich mit reichlich Fernet in den Schlaf getrunken.

Morgen wird sich alles auflösen, dachte Rivenport, um wieder auf positive Gedanken zu kommen, während er ins Bett und tief unter seine Decke in die Wärme kroch. Ja, morgen wird sich alles auflösen, und ich werde mich wieder ungestört meinen Schmetterlingen widmen können, frohlockte Rivenport, bevor er endlich einschlief.

8.

Doch am nächsten Tag löste sich gar nichts auf und auch am Tag darauf und dem danach nicht. So verging eine Woche, und der Patient blieb weiter ohne Identität zur Genesung im Krankenhaus. Allerdings vergingen die Tage nicht so leicht wie sie sonst in S. vergehen. Sie vermengten sich nicht zu dem großen Ganzen, in dem ein Tag dem nächsten gleicht. Nein, es war eine außergewöhnliche Zeit für die Einwohner von S., die das Eintreffen des Fremden gleichermaßen mit Neugier und Angst aufnahmen. Und ganz besonders für Rivenport waren es Tage der Unruhe, Tage unerträglicher Anspannung. Seit jenem verflixten Morgen, an dem der Fremde in sein Leben getreten war, hatte er keinen Frieden mehr gefunden. Am meisten quälte ihn natürlich, mit der Neuordnung seiner Schmetterlingssammlung nicht vorangekommen zu sein.

Zum Einen, weil ihm einfach die Zeit fehlte. Zunächst hatte er gehofft, mit einem gewissen Anteil an Selbstinitiative im Handumdrehen hinter die Personalien des Fremden zu kommen, die notwendigen Papiere ausfüllen und ihn dorthin zurückschicken zu können, woher er gekommen war. Je schneller sich der Fall auflöste, desto schneller würde er den Mann loswerden und wieder seine Ruhe haben, so Rivenports Gedanke. So hatte er ein bisschen in S. und Umland rumgefragt, hier war sonst kein Geheimnis lange sicher. Erst über die volkstümlichen Wege, auf dem Marktplatz und auf der Hauptstraße, dann über die elitären im Herrenklub. Doch auch das hatte zu nichts geführt. Die Spuren des Fremden verliefen sich wie seine Schuhabdrücke im Staub der Puna. Ohne dessen Hilfe blieben sie nur lose Stücke eines noch nicht zusammengefügten Puzzles.

Zum Anderen, weil die Ankunft des Blondschopfes etwas in ihm ausgelöst hatte: eine aufflammende Erinnerung, eine Anspannung, eine neue Energie, die er nicht genau benennen konnte. Doch in den wenigen Momenten, in denen er seinen Pflichten entgehen und sich seinem Hobby widmen konnte, passierte etwas Eigenartiges, etwas, wenn er ehrlich war, vorher nie Dagewesenes. Er schaffte es einfach nicht mehr, den Schmetterlingen die gebührende Aufmerksamkeit zu schenken. Sein Kopf war nicht frei. Jedes Mal, wenn er sich an sein Projekt machte und ausnahmsweise auch genügend Zeit mitbrachte, schoss ihm das Gesicht des Fremden durch den Kopf. Die knochigen Züge, die blutverklebten blonden Haare, die undurchsichtigen Augen und die schmalen Lippen, die vor kurzem noch zu einem stillen Schrei aufgerissen waren und jetzt die meiste Zeit liebevoll lächelten. Das Bild hatte sich in seinem inneren Auge festgebrannt und wollte nicht aus seinem Sinn.

Keine zwei Tage war es her, dass er, wie gewohnt in seinen Morgenmantel gehüllt, zu seinen Schmetterlingen geschlichen war – nicht ganz so früh wie sonst, denn auch sein Schlafrhythmus war aus dem Gleichgewicht geraten. Er war also in die Kammer gekommen, fest entschlossen, seine Arbeit fortzusetzen, endlich den Arbeitsschritt zu beenden, bei dem er so brüsk unterbrochen worden war: Den rotschwarzen *Strymon heodes* vom Behälter Q in den Insektenkasten Δ1 überzusiedeln und schließlich mit dem *Gigantorubra nubillum* weiterzumachen. Doch schon in dem Moment, als er den Fuß in die Kammer gesetzt hatte, fühlte er, dass irgendetwas nicht stimmte. Die fast schon spirituell anmutende Empfindung von Ruhe und Ordnung, die ihm die Beschäftigung mit den Insekten sonst schenkte, blieb aus. Als er mit der Pinzette den Körper des *Strymon* griff, suchte die dürre Figur des Fremden seine Gedanken heim. Woher kam dieser Mann? Warum sprach er nicht?

Plötzlich vernahm Rivenport ein ungewohntes Klicken. Schockiert starrte er auf die Pinzette in seiner Hand. Er konnte seinen Augen kaum trauen: Versehentlich hatte er den zarten Körper des Bläulings in zwei Teile geschnitten. So ein Missgeschick war ihm noch nie passiert. Den restlichen Morgen verbrachte er damit, den Schmetterling zusammenzukleistern, was ihm letztlich so gut gelang, dass nur ein geschultes Auge die Operation bemerken konnte. Höchst verstört verließ er die Sammlung.

Rivenport musste es sich eingestehen: die zeitgerechte Einhaltung des Generalmarschplans war in Gefahr. Wenn sich das Rätsel der Identität des Fremden nicht so zügig lösen ließ wie erhofft und er nicht dorthin abgeschoben werden konnte, wo er herkam, musste man diesen Mann anderswo loswerden. Sein Zustand hatte sich stabilisiert, er befand sich nicht mehr in akuter Lebensgefahr. Die größeren Wunden an der Stirn und am Bein verheilten langsam. Er konnte von allein gerade sitzen und unter Beaufsichtigung sogar schon aufstehen und auch ein paar Schritte durchs Zimmer gehen. In wenigen Tagen würde er wieder richtig laufen können. Und dann gäbe es keinen Grund mehr, den Patienten weiter im Hospital zu behalten: ihn irgendwie loswerden, lautete die Devise. Und deshalb ging Rivenport an diesem Morgen zum Rathaus, wo er einen Termin mit dem Bürgermeister hatte.

Das Rathaus war im Gegensatz zu den meisten aus Lehm bestehenden Gebäuden von S. ein Steinbau im spanischen Stil, ein Relikt des Silberfiebers, das an allen Seiten bröckelte: Die dreckig-gelbe Fassade glitzerte schon lange nicht mehr golden, die Treppenstufen aus Marmor waren gesplittert, hier und da schief wieder draufgesetzt oder anderweitig ersetzt worden, und auch im Inneren hing der süßliche Schimmel einer längst verlorenen Glorie an den Wänden. Das geräumige Büro des Bürgermeisters gab sich zwar noch prunkvoll, aber sogar hier ließen die Zeichen des Verfalls sich nicht übersehen: ein breiter Schmutzfleck auf dem Teppich, fehlende Glühbirnen im Kronleuchter, zerplatzte Kissen auf dem Sofa und auf dem prächtigen Schreibpult in der Mitte des Raumes sowie auf den Büchern der Bibliothek eine feiste Staubschicht.

»Su Excelencia« – so der offizielle Titel, auf den der Bürgermeister bestand – trug einen dieser neumodischen Nadelstreifenanzüge, die genauso glänzten wie die Gelatine in seinem Schnurrbart. Manieriert schüttelte er ihm die Hand, schlug ihm zweimal auf die Schulter, lachte feierlich auf, bot ihm etwas zu trinken an, was Rivenport dankend ablehnte, bot folgerichtig auch noch eine feine Zigarre an, die Rivenport genauso ablehnte, und ließ ihn erst nach all diesen Zeremonien, die er für absolut unentbehrlich hielt, Platz nehmen.

»Du weißt, wie gerne ich dir helfe. Die Stadt steht hinter dem Krankenhaus. Ich meine, wer hat den Bau des neuen Flügels durchgesetzt? Der Stadtrat? Die Provinz? Ich muss dich nicht daran erinnern, dass alle dagegen waren. Es sei zu teuer, zu schwierig, keiner hier bräuchte ein so großes Krankenhaus, es sei nicht ökonomisch, blablabla. Das weißt du doch alles noch, oder?«

Es stimmte. Der Bürgermeister hatte sich durchaus für den neuen Krankenhausflügel eingesetzt. Allerdings vergaß er zu erwähnen, dass seine ganze damalige Wahlkampagne darauf gefußt hatte. Abgesehen davon, dass er sich selbst ein Monument errichten wollte. Ein großes Krankenhaus für einen großen Bürgermeister. Es war kein Zufall, dass gleich am Eingang sein Name auf eine Goldplakette eingraviert war.

»Dieser Fremde, deshalb kommst du doch, oder? Was wissen wir über ihn?«

»Nichts. Vielleicht, dass er aus Süden kam und versuchen wollte, den Paso de Jama zu überqueren.«

»Zu Fuß über den Pass? Das ist doch verrückt! Glaubst du das wirklich?«

»Ich glaube gar nichts. Wir kennen seine Gründe nicht und können nur spekulieren. Vielleicht war er nicht allein. Vielleicht hatte er einen Unfall oder wurde angegriffen.«

Der Bürgermeister hob die Arme in die Luft und ächzte.

»Was können wir schon machen? Es bringt nichts, im Dunkeln zu tappen, und es ist auch nicht unsere Aufgabe, weder deine noch meine. Der Kommissar muss sich um die Sache kümmern.«

So eine Aussage hatte Rivenport erwartet. Es war der Moment, das Gespräch auf den Punkt zu bringen. Er schaute den Bürgermeister direkt an und sagte: »In wenigen Tagen werden wir dem Patienten die Fäden ziehen. Wenn er vollständig genesen ist, haben wir keinen Grund, ihn weiterhin im Krankenhaus zu behalten. Die Betten werden gebraucht.«

Der Bürgermeister hatte verstanden, worauf Rivenport hinauswollte und blickte besserwisserisch drein: »Gebraucht ... Gebraucht von wem?«

»Er kann nicht ewig im Krankenhaus bleiben. Wir sind weder ein Sanatorium noch ein Gefängnis.«

Der Bürgermeister stand auf, lief durch den Raum und schüttelte dabei den Kopf.

»Nein. Nein. Nein.«

»Hier muss die Stadt doch eingreifen. Sollen wir den Patienten einfach aussetzen? Findest du das richtig? Du bist der Bürgermeister. Du musst doch was machen können!«

Der Bürgermeister blieb stehen und blickte auf den sitzenden Rivenport herab. Ja, er war der Bürgermeister, und um Bürgermeister zu werden und vor allem um es zu bleiben, musste er hin und wieder über Leichen gehen. So ließ er jetzt die freundliche Maske fallen: »Eigentlich ist es ganz einfach: Der Fremde ist kein Einwohner der Stadt, denn hier ist er nicht gemeldet. Faktisch ist er also nicht mein Problem. Die Polizei arbeitet föderativ, sie muss sich um den Fall kümmern. Verstehst du? Kein Einwohner der Stadt, keine Hilfe der Stadt. So einfach ist das. Also, was kann ich für ihn tun? Was kann ich für dich tun?«

»Ich soll ihn also einfach rausschmeißen? Auf die Straße, zu den Hunden und den Säufern?«

Der Bürgermeister lächelte breit, seine Stimme wurde wieder weicher: »Was du tust, ist dir überlassen, aber ich sage dir, was ich tun werde. Und zwar nur aus Freundschaft. Ich werde persönlich zwei Briefe abschicken. Einen nach San Salvador und einen sogar nach Buenos Aires. Der direkteste Draht zu den zuständigen Dienststellen. Sicher wissen sie dort etwas, die wissen alles. Vielleicht liegt ihnen sogar schon eine Vermisstenmeldung vor und die Sache löst sich gleich auf.«

Geschlagen verließ Rivenport das Rathaus. Bei der desaströsen argentinischen Bürokratie mit ihrer legendären Langsamkeit würden die Briefe auf überfüllten Schreibtischen landen und Staub sammeln. Von wegen »direktester Draht«. Ihm blieb jetzt nichts anderes übrig, als zum Kommissariat zu gehen. Doch auch hier verhielt es sich ähnlich. Kommissar Escobar saß schlaff in seinem Büro, rauchte und blickte beim Reden nach draußen. Nichts schien ihm trister als sein Beruf, nichts bedeutungsloser als seine Existenz. Ihm gegenüber mit dem Rücken zur Wand stand, teilnahmslos wie immer, Polizeiobermeister Rodriguez. In dem Moment wurde Rivenport klar, warum die Beziehung zwischen den zwei Polizisten so harmonisch war – beiden war alles egal.

»Ja, die Ermittlungen sind angelaufen. Und ein paar Wochen wird ermittelt werden. Aber machen wir uns nichts vor. Was soll schon gefunden werden?«

»Was heißt das, was soll schon gefunden werden? Sie müssen doch etwas unternehmen!«

»Wir haben nur begrenzte Mittel und ich hab's Ihnen schon gesagt: Solche Fälle lösen sich meistens von selbst.«

»Aber wann? Wie lange dauert das?«

»Unterschiedlich: Wochen, Monate, Jahre.«

»Wir können doch nicht nur warten, Wochen, Monate, Jahre. Und überhaupt, was ist, wenn der Fall sich nicht von selbst löst?«

»Na dann tut er es eben nicht.«

Diese anmaßende Gleichgültigkeit! Rivenport ballte seine Fäuste vor Wut und hätte am liebsten etwas zerschlagen, hielt sich aber zurück und kam auf den wichtigsten Punkt zu sprechen: »Und der Patient? Körperlich ist er genesen. Bald muss ich ihn entlassen. Gesunde kann ich nicht beherbergen. Was geschieht mit ihm?«

»Woher soll ich das wissen? Das ist Sache des Rathauses, fragen Sie den Bürgermeister.«

Konnte es noch absurder werden?

»Ich komme gerade aus dem Rathaus und kann Ihnen sagen, dass Sie sich irren. Der Bürgermeister hat mir bestätigt, dass es an der Polizei liegt, den Fall zu lösen und den Mann unterzubringen. Die Polizei arbeitet nämlich föderativ, das Rathaus regional.«

Der Kommissar verzog keine Miene, paffte weiter an seiner Zigarette und fragte trocken: »Wie wär's, wenn wir ihn ins Gefängnis stecken?«

Rivenport war entsetzt. War das nicht ein bisschen extrem? Er wollte sich jedoch nichts anmerken lassen.

»Ja, wenn's keine andere Möglichkeit gibt. Ich bin sicher, es geht dort sauber und menschlich zu. Warum nicht? Dann eben ins Gefängnis.«

»Wir haben aber gar kein Gefängnis im Umkreis von S.«

Rivenport spürte, wie ihm die Röte ins Gesicht schoss. Escobar behielt eine halbwegs ernste Miene, aber hinter sich konnte Rivenport den Polizeiobermeister kichern hören. Sie hatten ihn auf den Arm genommen. Sehr witzig. Er riss sich rasch wieder zusammen und sprach mit versöhnendem Ton: »Ist es nicht ein Rätsel? Da versucht ein Mann, über den Pass nach Chile zu fliehen. Über die hohen Berge. Zu Fuß.«

»Ja und?«

»Die Unternehmung ist verrückt. Das wissen Sie genau wie ich. Er muss also gute Gründe gehabt haben. Vielleicht war er auf der Flucht. Aber vor wem, vor was?«

»Reine Spekulation.«

»Ja sicher, aber doch nicht ganz unlogisch. Und woher kamen die Wunden? Hat er einen Kampf mit jemandem gehabt? Wurde er angegriffen? Liegt womöglich dort draußen noch ein anderer, der weniger Glück gehabt hat?«

Rivenport ließ seine Worte sacken und fuhr dann fort: »Wer ist dieser Mann überhaupt? Er scheint komplett das Gedächtnis verloren zu haben, vielleicht hat er sogar einen Hirnschaden erlitten, er kann ja nicht einmal sprechen. Dennoch wissen wir eines sicher: Er kommt nicht von hier. Woher aber dann? Aus Buenos Aires vielleicht? Ist er ein Verbrecher, ein Dieb oder ein Bankräuber, der zusammen mit seiner Bande über den Pass flüchten wollte? Und kamen sie vielleicht ursprünglich nicht zu Fuß, sondern im Auto?«

Jetzt, da Rivenport im Fluss des Redens war, kannte seine Fantasie keine Grenzen mehr.

»Es kam zum Streit über die Aufteilung des gestohlenen Geldes, und dann wurde einer handgreiflich. Unser Mann wird verletzt, aus dem Auto geschmissen und verwundet zurückgelassen, während die anderen das Weite suchen. Er weiß, dass er zu Fuß keine Chance hat, die Passbesteigung zu überleben, also macht er kehrt und läuft Richtung Argentinien zurück. Besser gefasst werden, als in der Steppe sterben. So würden sich seine Fußabdrücke erklären, die vom Pass Richtung Stadt führten.«

»Und wie soll er sein Gedächtnis verloren haben?«

»Vielleicht ist er beim Laufen gefallen und auf den Kopf geknallt. Eine Wunde an der Stirn hat er ja. Oder er war so erschöpft und dehydriert, dass ihn eine Amnesie ereilt hat. Medizinisch ist das nicht auszuschließen. Oder vielleicht hat er gar nicht sein Gedächtnis verloren, sondern tut nur so, weil er hofft, die lokale Polizei – und das wären Sie – an der Nase rumführen zu können.«

Escobar grinste hämisch. Rivenport konnte sich vorstellen, dass Rodriguez, der mittlerweile hinter ihm auf einem Stuhl an der Wand Platz genommen hatte, die Augen verdrehte oder sich mit einer anderen dämlichen Grimasse über seinen Exkurs ausließ. Der Kommisar setzte sich ein wenig auf seinem Stuhl zurecht und sagte dann: »Wissen Sie, wenn man so viele Jahre wie ich bei der Polizei arbeitet, sieht man viel seltsames Zeug. Ich könnte Ihnen Geschichten erzählen, da sträuben sich Ihnen die Nackenhaare. Manchmal ist das Leben verrückter als die wildeste Fantasie. Ihre These, wenn wir sie überhaupt so nennen wollen, ist aber mehr als nur verrückt, ihr fehlt jegliche Grundlage. Sagen Sie mir zum Beispiel: Wenn dieser Mann wirklich ein Bankräuber wäre oder sonst ein Verbrecher auf der Flucht vor den Behörden, warum haben wir nie etwas von ihm gehört? Warum hat sich nicht jemand aus Buenos Aires oder aus der Landeshauptstadt gemeldet, um alle Außenstellen zu warnen? Warum liegt hier bei mir kein Brief auf dem Tisch, wonach ein gefährliches Individuum oder eine ganze Bande auf der Flucht ist?«

Rivenport überlegte kurz, kam aber so schnell auf keine

kluge Antwort. Escobar wurde wieder ernster, er hatte genug von den Spielereien.

»Ist auch egal. Ich verstehe Sie schon. Sie wollen Ihren Patienten loswerden. Aber was soll ich machen? Soll ich ihn wirklich festnehmen und ins Landesgefängnis abschieben? Auch wenn wir uns jetzt an den Papierkram machen, dauert das trotzdem ein paar Wochen. Und eins kann ich Ihnen sagen, angenehm geht es da nicht zu. Im Krankenhaus hat er immerhin ein weiches Bett und hübsche Krankenschwestern, die sich um ihn kümmern.«

Der Kommissar stand träge auf. Rivenport nahm widerwillig seine Hand. Noch eine Schlappe. Alles würde so bleiben, wie es war, der Fall sollte sich von selbst lösen, so wollte es die Polizei, so wollte es das Rathaus. Als Rivenport ins Krankenhaus zurückkehrte, wartete die Priorin auf ihn. Sie schien aufgebracht, das verhieß nichts Gutes. Rivenport spähte nach Fluchtwegen. Weitere schlechte Nachrichten konnte er jetzt nicht verkraften.

»Professor, er hat gesprochen.«

Endlich eine gute Nachricht. Eine großartige Nachricht. Rivenport fühlte, wie ihn Energie durchflutete. Adrenalin. Sein Herz pochte.

»Was hat er gesagt?«

»Wir wissen es nicht genau, aber wir glauben, dass er seinen Namen gesagt hat.«

»Seinen Namen? Das ist wunderbar. Wie lautet er?«

»KURT.«

»Kurt?«

»Kurt.«

9.

Zusammen mit Schwester Iris hatte die Priorin den Morgen mit dem Fremden verbracht und sich bemüht, seine Erinnerung anzuregen. Zunächst ohne Erfolg, genau wie schon bei Rivenport, Oriani, Godoy und den Krankenschwestern, die auch versucht hatten, den geheimnisvollen Mechanismus der Amnesie zu entwirren. Das Dunkel seiner Vergangenheit hatte ihren Mühen aber standgehalten. Zudem waren alle Beteiligten aufgrund seines Sprachdefekts und seiner beständigen Heiterkeit inzwischen davon überzeugt, dass sein Gehirn unwiderruflichen Schaden erlitten haben musste.

Erst als die Ordensschwestern dem Fremden aus einem Bilderbuch vorgelesen hatten, zeigte er plötzlich eine Reaktion. Anfangs hatte er über die Nonnen, die sich beim Lesen abwechselten, nur gelacht. Doch als er auf einer aufgeschlagenen Seite eine Landschaftsidylle erblickte, wie sie im ganzen Jujuy nicht existierte, mit grünen Weiden und grasenden Pferden, gab er einen harten Laut von sich: »Kurt.« Er strich mit den Fingern über das Bild, als könnte er die Bäume und Felder, die grünen Wiesen und die Tiere berühren. Die Schwestern waren außer sich vor Freude, sie hatten den Fremden zum Sprechen gebracht, und von nun an sollten ihn alle Kurt nennen.

Der Vorfall hatte einerseits Euphorie ausgelöst, Rivenport andererseits aber nachdenklich gestimmt. War das ein weiterer Hinweis? Ein weiteres Puzzlestück? Warum hatte er gerade auf diese Bilder reagiert? War das ein erstes

Zeichen der Genesung? Und der Name? Kurt. Was war das für ein Name? Handelte es sich überhaupt um seinen eigenen Namen?

Rivenports anfängliche Hoffnung, dass die Namensfindung zu weiteren Enthüllungen führen würde, blieb unerfüllt. Allerdings wurde das fast ausschließlich aus Konsonanten bestehende Wort, dieses geknurrte einsilbige »Kurt«, ständig wiederholt. Kurt selbst sagte überhaupt nichts anderes. Er sprach das Wort immer wieder gerne aus. Kurt, Kurt, Kurt. Aber es war auch auf den Lippen aller Involvierten, dem Personal des Krankenhauses, den Ordensschwestern, den Polizisten und bald auch den Einwohnern von S. Denn solch eine kurzweilige Neuigkeit flatterte wie ein Blatt im Wind, von Ohr zu Ohr, und ehe man sichs versah, wussten alle davon.

Der Name wurde in allerlei Varianten und immer falsch ausgesprochen. Keiner konnte ihn so hart und klar wie Kurt selbst artikulieren. Die Priorin der Ordensschwestern rundete ihn zu einem weichen »Gurd« ab. In den Gaststätten und Kneipen an der Hauptstraße wandelte er sich, von den Feldarbeitern gegrölt, in »Kurdte«. Auf dem Markt wurde er gerne in »Kuerto« latinisiert. Hier hörte ihn auch Maria, als sie beim Metzger Fleisch einkaufte: Hühnchen für die Consommé und Schweinefilet für den Hauptgang. Sie traute sich erst, Rivenport darauf anzusprechen, als er vor dem Abendessen im Herrenzimmer auf seinem Lieblingssessel saß und durch eine entomologische Zeitschrift blätterte. Doch auch sie formte den Namen um, sodass aus ihrem Mund nur ein schüchternes »Ghurdos« kam, was zu einem Missverständnis führte. Denn Rivenport meinte darin eine Anspielung auf die westasiatische Volksgruppe der Kurden zu erkennen und bekam schon Angst, sie wollte ein orientalisches Rezept ausprobieren. Erst nach längerem Hin und Her wurde klar, dass seine Haushälterin dem allgemeinen Gerede verfallen war. Sie war neugierig, aus direkter Quelle zu vernehmen, wer der geheimnisvolle Fremde war, über den alle sprachen. Rivenport belehrte sie: Der Mann heiße nicht »Ghurdos« (er komme schließlich nicht aus Kurdistan), sondern »Court«, so ähnlich wie der Entomologe John Curtis, dem das vielleicht wichtigste Werk der englischen Schmetterlingsforschung des letzten Jahrhunderts zu verdanken war.

Doch wie man den Namen des Fremden auch aussprach, Rivenport wusste immer noch nicht, wohin mit ihm. Sein Zustand verbesserte sich täglich, die körperlichen Werte waren durchweg positiv: Der systolische Blutdruck lag weit unter 130 Millimeter Quecksilbersäule, der diastolische unter 82. Das Gesamtcholesterin überstieg keine 180 Milligramm pro Deziliter und der Blutzucker lag mit 75 Milligramm pro Deziliter eigentlich noch fast zu niedrig. Er aß mit gesundem Appetit und hatte einen regelmäßigen Stuhlgang. Nach einer Abendvisite schlug Doktor Godoy vor, Kurt auszuführen. Er kenne schließlich nur die vier Wände der Intensivstation und die Gesichter des Personals und der Nonnen.

»Ein kleiner Ausflug kann ihm nur guttun, vielleicht regt er sogar seine Erinnerung an.«

Rivenport war skeptisch. Sie alle wussten doch mit an Sicherheit grenzender Wahrscheinlichkeit, dass Kurt nicht von hier war. Ihn durch die Gegend zu chauffieren, würde wohl kaum den erhofften Durchbruch bringen. Andererseits hatte er keine bessere Idee. Kurt war zwar körperlich komplett wiederhergestellt, wies aber, was seinen mentalen Zustand anging, keine Zeichen von Besserung auf. Rivenport willigte also ein, bestand allerdings darauf, Kurt zu seinem Fundort zu bringen, denn nur dort war eine Reaktion absehbar.

Der Ausflug verkomplizierte sich schnell und besaß bald den Charakter einer Expedition. Zuerst musste die Priorin überzeugt werden, die Kurts Gesundheitszustand für zu labil hielt. Den ganzen Morgen über wurde sie beschwichtigt, und sie willigte erst ein, als sie erreichte, dass neben Rivenport, Doktor Godoy und Krankenschwester Sental auch noch Doktor Oriani mitfuhr. Sie selbst ließ sich von Schwester Iris begleiten, und nachdem der Kommissar von der Aktion erfahren hatte, kam schließlich auch noch Polizeiobermeister Rodriguez dazu. So machten sich zwei vollgeladene Automobile auf die Fahrt, und als man angekommen war, erwartete die Teilnehmer des Ausflugs nicht etwa die vertraute Einöde des Hochplateaus, sondern die Stimmung eines Gartenfestes.

Pedrales stand in erster Reihe nebst Frau und Kindern. Sie waren festlich angezogen. Die jungen Töchter mit Schleifen im Haar, die Ehefrau mit einem verwegen geschwungenen Hut, der besser auf einen Ball in Buenos Aires gepasst hätte. Hinter ihnen standen Familienmitglieder, Freunde und Bekannte. Ein paar von ihnen kannte Rivenport aus dem Herrenklub, wobei viele, wie Pedrales, den hiesigen Klub als zu profan für den eigenen Status betrachteten und in ferner gelegenen Klubs verkehrten. Inmitten der Dienerschaft stach Placho heraus, der auch Teil dieser Menschenansammlung war und wie ein eingezäuntes Zirkustier dreinblickte, das seinem natürlichen Habitat entrissen wurde.

Was für ein Theater, murrte Rivenport, und das nur, weil der »Fall Kurt« zum Geschwätz der Stadt geworden war. Nun gaben sogar die Pedrales dem Sog des allgemeinen Klatsches nach. Auch die Hautevolee wollte den mysteriösen Fremden, von dem ganz S. sprach, unbedingt zu Gesicht bekommen. Die Gegend war nicht gerade reich an Vergnügungen, da war ein solches Ereignis natürlich willkommen. Für gewöhnlich musste man sich mit den Liebschaften des Kleinwarenhändlers Della Luz begnügen oder mit den Geschichten der »Zurückgekehrten«, Gestalten, die aus urbanen Gegenden heimgefunden hatten und, obzwar dort gescheitert, hier als Kosmopoliten eine begeisterte Zuhörerschaft fanden.

Placho war der große Fund zu verdanken und er war, zusammen mit Kurt, der Star des Treffens. Rivenport fiel auf, dass man den Feldarbeiter für die Gelegenheit herausgeputzt hatte: In die gekräuselten Haare war mit reichlich Pomade ein Seitenscheitel gekämmt worden, der Arbeitsanzug gebügelt, die Stiefel blitzblank poliert. Doch so gezwungen gestriegelt zu sein passte einfach nicht zu Placho. Die Haare kämpften gegen die Pomade an, der

Anzug hing unnatürlich steif von seinem Körper. Seine Haltung und die zurechtzupfenden Bewegungen deuteten darauf hin, dass ihm seine Verwandlung unangenehm war.

Hände wurden geschüttelt und Floskeln ausgetauscht, während gleichzeitig diskrete Blicke auf Kurt geworfen wurden, der noch im Wagen saß. Schließlich siegte die Neugier über die Etikette. Das war er also, der famose Fremde? Der Mann, der aus dem Nichts aufgetaucht war? Stimmte es, was über ihn erzählt wurde? Dass er lange gelbe Haare und Augen wie Eis hatte? Dass er fast zwei Meter groß war? Dass er wie eine wilde Bestie nur Brummlaute von sich gab?

Kurt stieg mit der Hilfe von Krankenschwester Sental und Doktor Godoy aus dem Wagen. Die Fäden am Oberschenkel waren frisch gezogen, er sollte noch keine raschen Bewegungen machen. Über dem Krankenkittel trug er einen Mantel. Die Kleidung, mit der er eingeliefert worden war, konnte man nicht mehr gebrauchen, und die Anschaffung neuer Kleidung kam nicht infrage, solange die Rechtslage nicht geklärt war. So hatte Doktor Godoy ihm für diese Gelegenheit seinen Mantel geliehen, den längsten und größten, den er hatte. Der war Kurt allerdings trotzdem viel zu klein. Ganze zwei Nummern war er ihm zu klein, weshalb er ihn wie einen Umhang über die Schultern geworfen trug.

Der Fremde Kurt und der Feldarbeiter Placho wurden voreinander gestellt. Finder und Findelkind. Schnell formte sich ein Kreis um sie. Alle waren gespannt, was sich zwischen den beiden abspielen würde. Wie würden sie aufeinander reagieren? Würde Kurt Placho erkennen? Die zwei schauten sich an, unsicher, was von ihnen erwartet wurde. Der Vorarbeiter sprach als erstes.

»Placho.«

»Kurt.«

Das waren die einzigen Worte, die sie austauschten, dann schwiegen sie. Kurt lächelte wohlwollend, neigte leicht seinen Kopf und sah sich um. Sein Blick schweifte von Krankenschwester Sental zu Godoy und Rivenport, zu Schwester Iris und rüber zu den fremden Gesichtern der hellhäutigen Gäste und ihrer dunkelhäutigen Bediensteten. Rivenport brach die Gegenüberstellung der beiden ab: Kurt hatte Placho nicht wiedererkannt, und während Kurt sich über den Rummel freute, konnte man dasselbe nicht über Placho sagen.

»Placho, sei so nett und zeig Kurt die genaue Stelle, wo du ihn gefunden hast.«

Doch als sie die Stelle erreichten und Rivenport Kurt fragte, ob er sich erinnerte, schien der Fremde nicht zu verstehen, was von ihm verlangt wurde. Auf einmal galt seine gesamte Konzentration der gewaltigen Landschaft, von der sie umgeben waren. Kurt schien fasziniert, vollkommen eingenommen von den weiten Flächen und emporragenden Bergen, die durch die Nacktheit der Landschaft noch gewaltiger erschienen. Ächzend und zerrend gab er zu verstehen, dass er von Godoy und Sental loswollte. Hatte er Rivenport doch verstanden? Er zappelte ja richtig. War ihm etwas eingefallen?

»Erkennst du was wieder? Godoy, lassen Sie ihn laufen.«

Godoy und Sental ließen von Kurt ab. Der lief blitzschnell los. Wie eine Rakete schoss er nach vorne und rannte hunderte von Metern, so weit, bis ihm die Puste ausging. Die Wunde am Oberschenkel war sicher aufgerissen, das musste wehtun, doch Rivenport kümmerte das jetzt weniger, er hoffte auf eine Spur. Als sie ihn eingeholt hatten, wühlte Kurt mit Händen und Füßen im Staub. Er kickte die Erde und herumliegende Steinbrocken weg, wirbelte den Sand auf und drückte die Handfläche gegen den dürren Grund, als wollte er fühlen, um was für ein Element es sich da handelte. Er hob jetzt etwas Erde auf, doch zu Rivenports Schrecken handelte es sich nicht um Erde, sondern um Kot. Kleine getrocknete Kotballen von einem Guanako vielleicht. Kurt griff sie auf und hielt sie sich vors Gesicht, ganz hingerissen davon, überwältigt, als schaute er gerade auf eine Handfläche voller Edelsteine. Dann roch er dran.

Rivenport drehte sich angewidert weg. Aus dem Augenwinkel sah er, wie Godoy und Sental den Kot aus Kurts Hand schlugen. Gar nichts hatte der wiedererkannt. Der Blondschopf spielte! Er spielte im Sand wie ein Kleinkind. Kurts Aufregung rührte wahrscheinlich daher, dass ihm alles neu erschien, und nicht daher, dass dieser Platz in ihm etwas ausgelöst hatte. In seinen Augen musste die Welt als Ganzes eine Neuentdeckung sein und die Energie, die sich während seines Krankenhausaufenthaltes angesammelt hatte, sehnte sich wohl nur nach einem Ausbruch. Der herbe Kontrast zwischen den sterilen vier Wänden seines Zimmers und der Weite der Landschaft, der Vielfalt der Sinne, Farben, Formen und Gerüche unter der strahlenden Sonne des Nordens mussten ihn überwältigen, wie ein Neugeborenes, das zum ersten Mal die Augen öffnet, zum Himmel blickt und sich an der Großartigkeit des Lebens ergötzt.

Rivenport teilte seine Freude nicht. Das Experiment war kläglich gescheitert. Sie befanden sich am einzigen Platz, an dem Kurt mit Sicherheit gewesen war, doch auch hier wurden keine Erinnerungen freigesetzt. Wie konnte es jetzt weitergehen? Nicht nur Rivenport war enttäuscht, sondern auch die Zuschauer. Die anfängliche Aufregung legte sich schnell, nachdem deutlich wurde, dass das Zusammentreffen von Placho und Kurt an seinem Fundort zu nichts geführt hatte. Und so verlief die Abfahrt deutlich weniger spektakulär als die Ankunft.

Rivenport wusste nichts gegen den Vorschlag der Priorin einzuwenden, vor der Rückkehr ins Krankenhaus beim Gottesdienst vorbeizuschauen. Nach diesem erneuten Fiasko fehlte ihm jetzt die Kraft, sich gegen den Willen der hartnäckigen Frau zu stellen. Mit gehobenem Finger predigte die Priorin: »Es gibt kein Medikament, keine Technik, die so gut heilen kann wie die reine Luft im Hause Gottes.« Damit begab sich die ganze Truppe zur Kirche von S., die unweit des Marktplatzes direkt an der Hauptstraße lag.

Sie war eine abgerundete Konstruktion aus dem 17. Jahrhundert, komplett aus hellem Adobe gebaut – ein sonnen- und luftgetrocknetes Amalgam aus tonhaltiger Erde, Sand, Wasser und Stroh. Der Gottesdienst hatte schon begonnen. Als Kurt und seine Begleiter eintraten, stand der Priester vorne am Altar und sprach mit den Gläubigen im Chor die Oration. Sie setzten sich nach hinten, um nicht zu stören, dennoch drehte sich die halbe Kirche zu ihnen um.

Im Einklang wiederholte die Gemeinde die Worte des Priesters: »Allmächtiger Gott und Vater ...«, »Gewähre uns durch Jesus Christus, deinen Sohn, unseren Herrn und Gott ...«, »... der in Einheit des Heiligen Geistes mit dir lebt und herrscht in alle Ewigkeit.« Dann erhob sich ein Herr aus der ersten Reihe, begab sich nach vorne, las aus dem Alten Testament, schloss mit dem »Wort des lebendigen Gottes«, worauf die Gläubigen antworteten »Dank sei Gott«, und so fuhr die Messe fort, wie Messen seit Jahrhunderten fortfahren.

Kurt blieb die ganze Zeit über brav sitzen, stand auf, wenn die Priorin ihn dazu aufforderte, setzte sich wieder, stand wieder auf, setzte sich und kniete sogar einmal auf der Gebetsbank nieder. Die wiederkehrenden Gesten und Worte, der süße Weihrauchgeruch, der einem wie der Singsang der Rituale zu Kopfe stieg, und gewiss auch die körperliche Anstrengung – schließlich hatten sie einen strapaziösen Morgen hinter sich –, all dies schien Kurt zu ermüden. Sein Blick wurde dumpf, die Augenlider fielen zu, und es hätte Rivenport nicht gewundert, wenn Kurt von einem auf den anderen Moment eingenickt wäre. Erst als die Witwe Martinez sich an die kleine Kastenorgel setzte und monotone Kirchenlieder anstimmte, wurde er plötzlich wieder wach und fing sogar an zu zappeln, genau wie zuvor auf dem Hochplateau. Die einfachen Akkorde, die aus den Orgelpfeifen tönten, ließen ihn auflachen und mit dem Kopf wippen, als versuchte er den Takt mitzuhalten.

Als nach der musikalischen Exposition alle Gemeindemitglieder aufstanden und in den Gesang einstimmten, sprang Kurt blitzartig auf. Das Lied schien in ihm eine Art Ekstase auszulösen. Er hüpfte herum, sodass Schwester Sental und Doktor Godoy ihn nur mit beträchtlichem Kraftaufwand beruhigen konnten. Er schien mitsingen zu wollen, konnte aber natürlich nicht, und so summte er die Melodie. In dem plumpen Kirchengesang zwischen Latino und Litanei blühte er förmlich auf.

Dem Friedensgruß, der Kurt ganz besonders zu gefallen schien, weil sich viele Gläubige umarmten, folgte die liturgische Entlassung, und die Kirchgänger warfen Kurt verstohlene Blicke zu, während sie das Gotteshaus verließen. Bevor Pater Guillermo, ein noch junger Pastor, der erst kürzlich in S. in Dienst gestellt worden war, seine Stola abnehmen konnte, drängte die Priorin Kurt und die Gruppe nach vorne. Sie bat den Pater, Kurt speziell zu segnen, obwohl er, wie jeder Teilnehmer der Messe, den Segen schon empfangen hatte.

Pater Guillermo bekreuzigte sich und stellte sich auf die Zehenspitzen, um Kurt, der ihn und alle Anwesenden um mindestens einen Kopf überragte, zu segnen. Kurt war angetan von seiner smaragdgrün-bestickten Stola, er nahm sie sogar in die Hand und befühlte sie. Und er schien auch beeindruckt von den goldenen Behältern und Ornamenten auf dem Altar, verlor dann aber das Interesse, als er den hölzernen Kasten an der Seite des Kirchenschiffs erblickte, in dem die Orgelmechanik steckte. Frech ließ er vom Priester ab, noch bevor dieser ihn mit Weihwasser besprenkeln konnte, und hockte sich auf die Orgelbank.

Was folgte, war einer der verblüffendsten Momente, die Rivenport je erlebt hatte. Kein noch so rarer Schmetterlingsfang hatte ihm jemals eine solche Gänsehaut bereitet. Krankenschwester Sental und Schwester Iris eilten Kurt nach, um ihn zurückzuholen. Die Priorin entschuldigte sich bei Pater Guillermo, denn Kurt wisse in seiner Unschuld nicht, was er tue. Doch ihre Stimme wurde vom überraschenden Erklingen der Orgel übertönt.

Kurt hatte zunächst auf die Tasten geschaut. Er hatte sich tief über sie gebeugt, sodass er mit der Nasenspitze die schwarzen Tasten fast berührte, und einmal die komplette Klaviatur überflogen. Nachdem er diese Inspektion abgeschlossen hatte, fing er ohne vorbereitende Bewegungen einfach zu spielen an. Die ersten Töne kamen zaghaft, vereinzelt und scheinbar zufällig aus den Orgelröhren und verklangen im Kirchenschiff. Rivenport wusste, dass jetzt ein Katzenkonzert folgen würde, mit wilden Dissonanzen und Akkordsprüngen, doch als er genauer hinhörte, meinte er, eine gewisse Struktur im Chaos zu erkennen. Durch die langen Pausen zwischen den Tönen war er sich nicht ganz sicher, aber Katzenmusik war das keine. In seiner Verwunderung war er nicht allein, auch die anderen schienen aufzuhorchen. Die Nonnen und die Krankenschwester waren bei der Orgel stehengeblieben und schauten Kurt zu, wie er die Hände hob und die einzelnen Noten mit den Zeigefingern anschlug.

War es möglich, dass jemand sich an eine Orgel setzte und gleich auf Anhieb eine sinnvolle Melodie spielen konnte? Rivenport war verblüfft. Die Töne, die durch das Kirchenschiff hallten, kamen ihm bekannt vor. Auch wenn eher einfach und scheinbar unzusammenhängend gespielt, erkannte er sie schließlich: Es handelte sich um das Lied, das sie während der Messe im Chor gesungen hatten.

Als Kind war Rivenport die Violine aufgezwungen worden, doch fehlte ihm die Muße, um das Instrument zu erlernen. Seine verstorbene Frau Rosa allerdings war eine Musikliebhaberin und ordentliche Pianistin gewesen und dennoch hätte sie es nicht vermocht, nach einmaligem Hören ein Stück, so simpel es auch war, in Einzelteile zu zerlegen und wiederzugeben.

Doch genau das war es, was Kurt offensichtlich gerade gelang, und es blieb nicht dabei. Die einfache Tonfolge, die er zuerst nur mithilfe seiner zwei Zeigefinger spielte, weitete er nun aus, auf drei, vier und schließlich alle Finger. Das Lied war immer noch dasselbe, nur dass sich jetzt weitere Klänge, Triller, mehrstimmige Akkorde in Terzen, Quarten, Sexten oder Oktaven hinzumischten und zu neuen Melodien zusammenfügten. Die plumpe

Litanei wurde in einem solchen tonalen Crescendo dargeboten, dass es Rivenport vorkam, als handelte es sich um eine raffinierte Komposition.

Kurt spielte einen abschließenden Ton und zog beglückt die Arme zurück. Alle Zuhörer standen sichtlich erschüttert da. Kurts Gesicht nahm nun einen ernsten Ausdruck an, als verdunkelte ein Schatten sein Gemüt. Er schloss die Augen und hob die Hände bis fast auf die Höhe seines Kopfes, bevor er sie mächtig auf die Tastatur herabfallen ließ. So unglaublich es war, Rivenport wurde sich plötzlich bewusst, dass das eben beendete Lied nur eine Einleitung gewesen sein musste. Denn nun bespielte Kurt wild mit allen Fingern die Orgeltasten, als wollte er aus dem kleinen Holzkasten alles herausholen, was ging. Dabei wippte sein Körper im Kreis. Die Augen hielt er fest zusammengekniffen und den Kopf in den Nacken gelegt, als richtete sein innerer Blick sich durch die Kirchendecke hindurch gen Himmel. So spielte Kurt. Und die Musik, ach, was für eine Musik. Wäre Rivenport gläubiger gewesen, ja nur halb so gläubig wie Rosa oder Maria, er hätte es ein Wunder genannt, was sich dort vor ihnen im kargen Interieur der Kirche von S. abspielte.

Denn die Musik war die feinste und allerschönste, die er je zu Ohren bekommen hatte. Von solcher Anmut und Leichtigkeit, dass man sich dazu verlocken lassen wollte, zu meinen, Engel hätten sie komponiert. Rivenport glaubte, bestimmte Ähnlichkeiten mit Johann Sebastian Bach herauszuhören. Seine Frau hatte von Bach geschwärmt und ihm des Öfteren dessen Werke auf dem

Klavier oder auf dem Plattenspieler vorgespielt. Nicht nur Rivenport war gebannt, die ganze Gruppe, Doktor Godoy, Doktor Oriani, der Pater, die Finger noch feucht vom Weihwasser, Krankenschwester Sental, die Priorin und Schwester Iris, ja sogar der einfache Polizist Rodriguez, dessen sonst stets phlegmatische Visage nun ergriffen leuchtete, waren hin und weg. Niemand wagte es, zu sprechen oder sich zu bewegen. Es war, als hätte die Trance, der Kurt beim Musizieren verfallen war, sie alle in einen Zustand musikalischer Ekstase gezogen.

Schließlich war es Rivenport, der das Schweigen unterbrach. Denn er hielt es einfach nicht aus, den Komponisten dieser wunderschönen Melodie, der er da lauschte, nicht zu kennen. Er drehte sich zum Pater und flüsterte, so leise er konnte: »Wissen Sie, was er da spielt?«

Pater Guillermo verneinte kopfschüttelnd, erklärte aber dann einige Sekunden später, dass vielleicht die Organistin, Frau Martinez, es wissen könnte. Rivenport bat Doktor Oriani, nach draußen zu gehen und sie zu holen. Er müsse einfach wissen, was für Musik das sei. Als sie einige Minuten später in die Kirche trat, geriet sie, wie alle Anwesenden, sogleich in den Bann des einzigartigen Konzerts. Sie näherte sich ungläubig dem Instrument, das sie ja täglich mit deutlich bescheidenerem Resultat bespielte, und konnte es nicht fassen, wie dieser blonde Mann mit geschlossenen Augen und begnadeten Händen die schwierigsten Polyphonien fertigbrachte. Als sie neben Rivenport stand, flüsterte er ihr zu, ob sie wisse, welches Stück Kurt denn spiele. Die Organistin hörte noch eine

Minute zu, bevor sie antwortete: »Ich bin nicht sicher, aber ich glaube, das könnte Dieterich Buxtehude sein.«

Rivenport hatte diesen Namen noch nie gehört, aber konnte sich jetzt, da er wusste, dass es sich um irdische Musik handelte, beruhigt auf die vorderste Holzbank setzen und den vielen Lauten lauschen, die in der Luft zu einer einzigen, meisterhaften Melodie verschmolzen. Kurt spielte weiter und weiter, dem ersten Stück folgten viele andere. Fast ohne Unterbrechung floss die Musik aus seinen Fingern, als hätte sie viel zu lange auf ihre Freisetzung gewartet. Er spielte vielleicht eine Stunde, doch es war schwer zu sagen, denn das Zeitgefühl verflog mit der Musik. Rivenport erkannte Pachelbel und Händel, was die Witwe Martinez mit einem Kopfnicken bestätigte, und einige Stücke von Bach, die Rivenport fast am besten gefielen.

Kurt spielte mit einer Besessenheit und Konzentration, die niemand bei seinem sonst so fröhlich-infantilen Charakter erwartet hätte. Genauso war die Pracht der Musik, die an diesem Tag durch die Kirche hallte, für S. unerhört. In jedem der Anwesenden rief sie Emotionen hervor, die keiner je vergessen würde. Ein letzter Akkord hallte durch den Raum, und dann stand Kurt auf. Sein fröhliches Gemüt war plötzlich wieder zurückgekehrt. Es herrschte beklommenes Schweigen. Keiner wagte es, zu klatschen. Kurt schaute verdutzt in die Runde, in jedes der bewegten Gesichter, deren Blicke auf ihm hafteten wie auf einem Marsbewohner. Und dann warf er allen ein wohlwollendes Lächeln zu, als wollte er sagen: »Ja und?«

10.

Beim besten Willen, er kann nicht länger bleiben, der Mann ist genesen!«, rief Rivenport am Fenster seines Büros stehend. Es waren weitere zwei Wochen vergangen und Kurt ging es inzwischen so gut, dass kein noch so vorsichtiger Arzt ihm einen weiteren Krankenhausaufenthalt verschrieben hätte. Bei den Untersuchungen hatte es keine Neuigkeiten gegeben. Die Polizei hatte die Suche nach möglichen Indizien, wie Spuren eines Kampfes, Fluchtfahrzeuge oder Zeugenaussagen, in den Nachbarstädten veranlasst, doch es hatte immer noch keine Befunde gegeben. Rivenport bezweifelte, dass Kommissar Escobar und sein Gehilfe Rodriguez eine anständige Suche je begonnen hatten.

Nun galt der Fall inoffiziell als ungelöst. Offiziell wurde er noch nicht zu den Akten gelegt, aus reiner Faulheit vermutlich. Denn bevor ein Fall als abgeschlossen gelten durfte, mussten eine Menge Briefe geschrieben, Protokolle abgezeichnet, Faszikel arrangiert werden. Das war mit viel Arbeit verbunden. Ein Hoffnungsschimmer, dass sich noch immer etwas tun könnte, blieb also bestehen.

Rivenport blickte aus dem Fenster in den Vorgarten und hätte am liebsten das Glas mit der blanken Faust eingeschlagen. Die ganze Geschichte war ein niemals endender Albtraum. Seine Schmetterlinge lagen weiter unberührt in der Kammer, ganze drei Wochen hing er in seinem Zeitplan zurück. Wie sollte er sein Projekt verwirklichen, wenn er nicht wie geplant bis zum Frühling fertig werden würde? Im Sommer haben Menschen den Kopf woanders, sie lassen sich von der Sonne blenden und wollen keine Insekten sehen. Herbst und Winter, das waren für Insektenliebhaber zweifellos die Monate der Inventuraufnahme, der Sammlungsreinigung, der Planung. Nein, der Frühling war die natürliche Saison der Schmetterlinge, da musste es geschehen. Eine weitere Verzögerung würde ein ganzes Jahr des Wartens bedeuten.

Natürlich lag die Schuld nicht bei Kurt. Er tat Rivenport sogar leid. Ein erwachsener Mann ohne Gedächtnis, ohne Geschichte. Jemand, der nicht verstehen konnte, was um ihn herum geschah, und der nur mit Lauten, Gesten und Blicken kommunizieren konnte. Ohne Frage übrigens ein äußerst interessanter Fall. Ein authentisches Rätsel. Nicht nur medizinisch, sondern auch kriminologisch. Angefangen mit seinem mysteriösen Auftauchen. Wie vom Himmel gefallen. Ein Engel ohne Flügel. Keine Spuren, kaum Indizien. Dann die Verletzungen, die große Wunde am Bein. Kurt selbst war sogar noch interessanter. Er sprach nicht, spielte aber Orgel wie ein Gott. War er ein Berufsmusiker? Ein Kirchenorganist aus Buenos Aires? Was hatte ihn nach S. verschlagen? Vor wem konnte ein Musiker auf der Flucht sein?

Eine Person solchen Schlags war natürlich faszinierend. Sie entfachte die Fantasie und erlaubte abstruse Verschwörungstheorien. Rivenport konnte durchaus nachvollziehen, dass in der Stadt viel über Kurt gesprochen wurde. Er selbst, der ja kein leicht zu blendender Mensch war, fühlte sich auf merkwürdige Weise mit ihm verbunden. Die Möglichkeit, ihn nach dessen Genesung einfach aus dem Krankenhaus zu entlassen, hatte er längst verworfen. Nichtsdestotrotz musste eine Lösung her, und zwar schnell.

Obwohl Kurt nicht sprechen konnte, hatte das gesamte Krankenhaus ihn liebgewonnen. Das lag vor allem an der wunderbaren Musik, die er auf dem Klavier im alten Flügel anstimmte. Einmal am Tag überquerte er die langen Korridore in Richtung des bröckelnden Wartesaals, wo sich das Instrument befand. Für die Zeit seines Spiels füllten sich die Räumlichkeiten mit Leben, und er schenkte seinem Publikum, den Kranken und Alten, die schönsten Momente des Tages. Aber man mochte ihn auch wegen seiner wundersamen Art, der schieren Freude, die er für die alltäglichsten Dinge des Lebens zu empfinden vermochte, und wegen der Ungezwungenheit, mit der er Gefühle auslebte. Er lachte laut auf, wenn die warmen Strahlen der Mittagssonne seine Haut streiften, er konnte stundenlang dem Gesang der Vögel im Garten lauschen und liebte es, die Nase aus dem Fenster zu strecken und den herben Geruch der Erde und Pflanzen einzuatmen.

Besonders den jungen Krankenschwestern, die sich täglich um ihn kümmerten, hatte er es angetan. Es war keine Seltenheit, dass Rivenport den Korridor entlang gelaufen kam und sie alle um sein Bett versammelt fand. Kurt lächelte, die Krankenschwestern kicherten und spielten mit ihm. Sie rissen die Augen weit auf und gaben mit großen »Oohs« und langen »Aahs« Worte von sich, die keineswegs so unschuldig waren, wie sie klangen. Rivenport spitzte die Ohren, um besser zu verstehen, doch sobald die Schwestern ihn bemerkten, verfielen sie in ein geschäftiges Schweigen, taten so, als wären sie mit Kurts Wunden beschäftigt oder schauten zu Boden. Rivenport wies sie dann streng darauf hin, dass ihr Verhalten unprofessionell sei und es in diesem Krankenhaus auch noch leidende Patienten gebe, die ihrer sofortigen Zuwendung bedurften. Dabei merkte er, wie er errötete. Das passierte immer, besonders an den Wangen und an der Stirn bildeten sich kreisförmige Flecken, die Erregung oder Scham verrieten und nicht selten belächelt wurden. Das machte ihn dann noch ungehaltener, worauf die Krankenschwestern sich noch mehr amüsierten, und so musste er schallend in die Hände klatschen, um die heitere Gesellschaft aufzulösen. Wenn er dann endlich mit Kurt allein war, reagierte dieser nie wütend oder traurig. Er schien stets zufrieden, ob allein, im Spiel mit den Krankenschwestern oder mit Rivenport, als könnte ihm nichts auf dieser Welt seine Heiterkeit rauben.

Auch seine behandelnden Ärzte Oriani und Godoy hatten ihn liebgewonnen, allerdings fiel Rivenport auf, dass besonders Frauen für den Fremden schwärmten. Maria kam jeden Tag zur Mittagszeit und brachte ihm trotz Rivenports Protest etwas zu essen. Sie behauptete, dass es schädlich sei, sich länger als eine Woche ausschließlich von der Krankenhausküche zu ernähren. Da halfen die besten Argumente nicht: dass die Kantine auf die richtige Diät der Patienten achtete, dass das Essen die richtige Zusammensetzung an Nährstoffen, Kalorien, Vitaminen aufwies. Maria schimpfte: »Wochen, Monate von diesem Krankenhausfraß, das hält keiner aus. Der arme Junge ist nicht im Gefängnis. Er muss gut und richtig essen. Nur so kann er sich erholen!«

Auch die Nonnen fanden Kurt, wie sie sagten, zum »Knuddeln«, und die Priorin, die zum Glück auch streng sein konnte, wies ihre jüngeren Schwestern immer wieder zurecht. Kurt sei kein Spielzeug, sondern ein Mensch, der in einem tragischen Unfall sein Gedächtnis verloren habe. Leider hatten ihre Worte den umgekehrten Effekt, denn die schrecklichen Begebenheiten, die dem Patienten widerfahren waren, ergriffen die Nonnen umso mehr und machten sie für den melancholischen Charme des Blondschopfs noch empfänglicher.

Kurt hatte es den Frauen von S. tatsächlich angetan. Waren mütterliche Schutzgefühle im Spiel, oder hatte es womöglich auch etwas mit seinem Äußerlichem zu tun? Inzwischen wiederhergestellt, musste man sagen, dass es sich durchaus um einen gutaussehenden Mann handelte. Groß gewachsen, ein wenig dünn vielleicht, aber durchweg athletisch, blond und hellhäutig. Ausdrucksvolle, maskuline Gesichtszüge, hohe Wangenknochen, sinnliche Lippen und diese Augen, die in den Bann zogen. Alle verloren sie sich in seinen blauen Augen.

Doch nun stand Rivenport am Fenster in seinem Büro, jede Hoffnung war von ihm gewichen. Wie lange musste er diese Tortur noch aushalten? Hatte das Auftauchen des blonden Mannes das Ende seiner Träume besiegelt? Die

Priorin sowie die Doktoren Oriani und Godoy waren bei ihm zu einer Krisenkonferenz versammelt. Rivenport wollte dringend eine Lösung finden, der Gedanke daran verzehrte ihn förmlich. Da machte die Priorin einen Schritt nach vorne und sagte etwas Verblüffendes.

Wie Rivenport später erfahren würde, hatte sich hinter seinem Rücken eine Idee entwickelt. Gleich nach Kurts außergewöhnlichem Orgelkonzert in der Kirche war die junge Ordensschwester Iris ihrer Art entsprechend etwas zaghaft auf die Priorin zugegangen, um ihr einen Geistesblitz anzuvertrauen: »Und wenn wir Kurt zu uns ins Kloster nehmen würden?«

Die Idee war natürlich gewagt, genaugenommen sogar blasphemisch, denn im Kloster der Allerheiligsten Jungfrau Maria von Guadalupe waren keine Männer erlaubt. Das strikte Verbot betraf sogar den Pastor, galt allerdings nur im Innenbereich. Im Garten und im Atrium hatten auch Männer freien Zugang. Wie Rivenport herausfand, hatte die Priorin nichtsdestotrotz die Idee als völlig lächerlich befunden. Das Kloster sollte Kurt aufnehmen? Grotesk. Ein Mann in den ehrwürdigen Mauern der Jungfrau? Obszön. So musste die arme Schwester Iris sich neben harter Kritik auch noch tadelnden Blicken aussetzen und fiel sofort in ihre ehrfurchtsvolle Scheu zurück.

Trotzdem war die Idee ausgesprochen. Und wie es eben mit tollkühnen Ideen ist: Wenn sie erstmal in der Luft sind, kann es passieren, dass sie anfangen zu fliegen, um sich dann mit ungeahnter Eile zu verbreiten. Und so geschah es tatsächlich, dass die Nonnen über die Idee von

Schwester Iris zu diskutieren begannen. Langsam und leise verwandelte sie sich in eine Möglichkeit. Die Stimmen bahnten sich ihre Wege durch die Gemäuer, und bald wussten auch die Krankenschwestern Bescheid. Krankenschwestern und Ärzte arbeiten den ganzen Tag lang miteinander, da hält sich eine Idee nicht lange versteckt. Folglich wurden auch die Ärzte eingeweiht, und gleich darauf die Patienten, und bald wurde im Krankenhaus über nichts anderes geredet als darüber, dass die Ordensschwestern Kurt ins Kloster aufnehmen könnten.

Der Einzige, der nicht eingeweiht worden war, war natürlich wieder Rivenport. Und als er nun mehr verzweifelt als wütend ausrief: »Beim besten Willen, er kann nicht länger bleiben, der Mann ist genesen!«, da konnte die Priorin, vielleicht tatsächlich aus Barmherzigkeit, die allgemein verbreitete Idee, die sich inzwischen in den Köpfen der Betroffenen festgesetzt hatte, nicht mehr zurückhalten und sagte: »Es ist nur eine Idee, aber bis sich nichts Besseres findet … Ich meine …, bis eine richtige, permanente Lösung für Kurt gefunden wird …, könnten wir ihn vielleicht bei uns aufnehmen. Er dürfte natürlich nicht ins Kloster rein, Regeln sind Regeln. Aber das Gartenhäuschen steht ja schon seit ein paar Jahren leer, und dort könnte man ihn vielleicht unterbringen.«

Rivenport konnte es kaum glauben. Hatte er das gerade richtig verstanden? Er drehte sich um und musterte die Priorin von Kopf bis Fuß, um sich zu vergewissern. Sie verzog keine Miene. Die Nonnen wollten also tatsächlich Kurt aufnehmen? Halleluja! Gott sei Dank! Er war so erleichtert, dass er für einen Moment seinen sonst nach außen getragenen Ernst vergaß und dem Instinkt nachgab, die Priorin umarmen zu wollen. Doch schon auf dem Weg zu der stämmigen Frau wurde er unsicher, eine so physische Nähe zwischen ihnen, zwischen Rivenport und überhaupt jemandem, nein, das war nicht seine Art. Zweifel überkamen ihn. Sollte er nun die Umarmung wagen oder besser nicht? Mittendrin stockte er, stoppte dann gänzlich. Schließlich streichelte er, um sich nicht komplett lächerlich zu machen, der Frau unbeholfen die Schulter. Gleich darauf reckte er den Rücken, nahm wieder seine übliche Haltung ein und sagte: »Eine wunderbare Idee. Was denken Sie, Godoy?«

Wie Rivenport später rausfand, wusste auch Godoy natürlich schon lange Bescheid. Pros und Kontras standen seit Tagen zur Diskussion. Es wurde abgewogen und geplaudert, doch niemand hatte es gewagt, ihm etwas zu sagen.

»Ich denke auch.«

»Und Sie, Oriani?«

Rivenport schaute zu Oriani, der nervös seine Hände aneinander rieb, wohl aus Angst, dass sein Chef herausfinden könnte, dass auch er längst eingeweiht war.

»Eine tolle Idee.«

Rivenport schenkte der Priorin ein selbstzufriedenes Lächeln, als hätte er gerade die ganze Angelegenheit im Alleingang gelöst und sprach: »Dann ist es also eine beschlossene Sache.«

Mit der Ernsthaftigkeit eines Notars setzte er sich an

den Schreibtisch und griff zu Füller und Papier. Als wollte er einen Vertrag aufsetzen, fing er an zu schreiben. Alle drei schauten ihm dabei etwas verwundert zu. »Was machen Sie da, Professor?«, fragte schließlich die Priorin.

»Was ich mache? Ganz einfach, ich bringe unsere Entscheidung zu Papier. Nun denn: Der unbekannte Patient, vorübergehend »Kurt« genannt und von nun an als solcher bekannt, eingeliefert am 24. Juni 1952 um 7 Uhr 20, wird am Tag ... um ... – Datum, Zeit noch einzufügen – aus dem Kreiskrankenhaus der Stadt S. entlassen und in die Obhut der Ordensschwestern des Klosters der Allerheiligsten ... und so weiter ... entlassen.«

Die Priorin versuchte, noch etwas zu sagen, aber Rivenport war zu euphorisch und zu beschäftigt mit dem Schreiben: »Es gab auch die Idee ...«

»Moment!«

Erst als er zu Ende geschrieben hatte, schaute er zur Priorin auf: »Hier bitte eine Unterschrift als Bevollmächtigte des Klosters.«

Die Priorin unterschrieb. Rivenport auch.

»Godoy und Oriani, Sie bitte auch.«

»Warum?«

»Als Zeugen. Nicht dass ich der lieben Priorin nicht trauen würde, aber es ist immer besser ... das hat alles schon seine Richtigkeit, kommen Sie bitte.«

Godoy und Oriani kamen nach vorne und unterschrieben das Papier ebenfalls.

»Wunderbar.«

Rivenport musterte das Dokument zufrieden. Die

Priorin räusperte sich und sprach: »Wie ich eben schon sagen wollte … es gab noch diese Idee …«

»Noch eine Idee?«

»Man könnte Kurt in der Kirche einstellen. Die Organistin, Frau Martinez, ist ja schon etwas älter und hat sich dazu auch bereits positiv geäußert.«

Doch Rivenport hörte nicht mehr richtig zu. Seine Gedanken waren woanders. Ohne Kurt im Sinn, konnte er sich endlich wieder auf sein Projekt konzentrieren. Es war fantastisch, ein Geschenk, eine unverhoffte Überraschung: Kurt weg aus dem Krankenhaus, Kurt bei den Nonnen. Er war wieder frei. Ach! Er atmete geräuschvoll aus. Jede Anspannung wich von ihm. Als er merkte, dass die Priorin wieder schwieg und man auf seine Reaktion wartete, nickte er den Anwesenden abgeklärt zu.

»Ja sicher, das ist alles ganz wunderbar.«

Damit stand er auf und bedeutete den zwei Doktoren und der Priorin, ihn jetzt alleinzulassen.

»Sie können alles machen, was Sie wollen, ab morgen kümmern Sie sich ja dann um ihn, nicht wahr?«

Damit schloss er die Tür, lehnte sich mit dem Rücken dagegen und schaute strahlend zur Decke: Oh, süße Freiheit.

II.

Am nächsten Morgen wurde Kurt von den Krankenschwestern für den Umzug gewaschen, rasiert und mit einem frischen Schlupfhemd eingekleidet. Rivenport stand am Eingang und sah angespannt auf die Uhr. Er wartete auf die Priorin. Sie war spät dran. Hatte sie es sich vielleicht anders überlegt? Nein, bei all ihren Mängeln: unzuverlässig war sie nicht. Er schweifte in Gedanken ab und sehnte sich in die Mittagspause. Marias Essen würde er schnell zu sich nehmen und dann sofort in seine Kammer abtauchen. Schließlich galt es, ganze drei Wochen nachzuholen. In der Ferne sah er die Priorin näherkommen, Schwester Iris folgte ihr mit ein paar Metern Abstand.

Ohne zu begrüßen, fragte die Priorin barsch: »Wo ist denn Kurt?«

»Die Krankenschwestern bestanden darauf, ihn frisch einzukleiden.«

»Das wäre gar nicht nötig gewesen, wir haben auch Kleider für ihn dabei.«

Sie zeigte auf einen Jutesack, den Schwester Iris in der Hand hielt. Doch Rivenports Aufmerksamkeit galt schon Kurt, der am Ende des Ganges erschien. Er hatte etwas Divenhaftes an sich, wie er im kalten Licht des Korridors auf sie zukam. Eine Gruppe von Krankenschwestern und Doktor Godoy flankierten ihn, seine welligen Haare glitzerten golden. Rivenport bemerkte, dass er zufrieden aussah. Aber war er das nicht immer? Eine ganz und gar ungewöhnliche Eigenschaft. Seit fast einem Monat steckte er hier fest, in einem winzigen Zimmer. Jeden normalen Menschen hätte ein solches Schicksal bedrückt. Nicht Kurt. Aber was war an ihm schon normal? Wenn noch Zweifel an seinem Erkenntnisvermögen bestanden, so verflüchtigten sie sich, da Kurt offensichtlich genau mitbekam, dass es sich in diesem Moment um einen Abschied handelte. Er hielt an und wandte sich zum Krankenhauspersonal, um jeden herzlich zu drücken.

Auch Rivenport, der gerne auf eine Umarmung verzichtet hätte, blieb davon nicht verschont. Kurt packte ihn einfach und drückte ihn fest an sich. Verkrampft nahm Rivenport den gerührten Blick des Krankenhauspersonals und der Nonnen wahr. Sie standen sich gegenüber, wie zwei Fußballmannschaften mit unterschiedlichen Trikots. In der Mitte Rivenport und Kurt, der äffchenartig an ihm klammerte. Die Umarmung löste die steife Stimmung und die zwei Parteien vermischten sich. Es wurden Komplimente ausgetauscht und Versprechungen häufiger gegenseitiger Besuche gemacht. Einige Krankenschwestern hatten Tränen in den Augen, sie würden Kurt vermissen. Die Priorin sah mitleidig in die Runde, Doktor Godoy bot kavalierhaft sein Taschentuch an, um von seinem eigenen Kummer abzulenken, schnäuzte aber schließlich doch selbst hinein. Rivenport hatte genug von den Sentimentalitäten: »Jetzt aber los. Wir haben alle einen vollen Arbeitstag vor uns.«

Und so wurde Kurt in die Obhut der Ordensschwestern gegeben, die sich von nun an um sein Wohlergehen kümmern würden.

Als Rivenport Tage später in Begleitung von Doktor Godoy zu einer ersten Visite in das Kloster fuhr, war er ein veränderter Mensch. All die Anspannung, die sich im Laufe des letzten Monats angesammelt hatte, war in dem Moment von ihm gewichen, in dem ihm die Verantwortung für Kurt abgenommen worden war. Sein Kopf war frei, und endlich hatte er sich seinen Schmetterlingen widmen können. Die verlorene Zeit, die es aufzuholen galt, war enorm, aber trotzdem: er war guter Dinge. Denn sein Leben folgte wieder jener geschätzten Routine, die ihm abhandengekommen war.

Diese Tage wiederhergestellter Weltordnung hatte er mit reger Aktivität verbracht. Zum ersten Mal seit Wochen schlief Rivenport wieder gut und fest, sodass er sich wie gehabt vor Morgengrauen noch aus dem Zimmer schleichen und in den Keller abtauchen konnte. Er war ununterbrochen tätig, nicht nur morgens vor der Arbeit, sondern auch mittags in der Pause und sogar abends nach dem Essen. Er begab sich eiligst aus dem Krankenhaus, ließ sich, ohne überhaupt die Schuhe auszuziehen, das Abendessen von Maria auftischen, löffelte schnell die Suppe, stopfte das Hauptgericht in sich hinein und war, noch bevor Maria Zeit hatte, den Mate aufzusetzen, in seiner Sammlung verschwunden.

Mit diesem Rhythmus hatte Rivenport es tatsächlich geschafft, in wenigen Tagen das Konvolut seiner Bläulinge komplett umzusortieren. Ursprünglich waren dafür zwei Wochen eingeplant gewesen, aber er hatte zeitsparend und zielorientiert gearbeitet. Ah, es war ein so befriedigendes Gefühl, etwas abzuschließen, sinnierte er. Es hatte ihn ganz kirre gemacht, dass durch Kurts Auftauchen die Sammlung stehen und liegen geblieben war, halbfertig und lückenhaft. Nun war jedoch ein Teil abgeschlossen, und den konnte ihm keiner wegnehmen. Zwar nur ein Bruchteil der ganzen Operation, aber immerhin: abgeschlossen, erledigt, ein wohlverdientes Häkchen auf der rechten Leiste seines Generalmarschplans.

Und auch jetzt, da sie auf dem Weg zum Kloster waren, leuchteten seine Augen zufrieden. Heute Abend würde er sich eine Pause gönnen, doch morgen früh würde er sich mit frischem Elan wieder ans Werk machen und sich eine neue Schmetterlingsfamilie vornehmen. Wenn er sich recht erinnerte, sah sein Plan die Ritterfalter vor. Oder vielleicht doch die Edelfalter? Letztlich war es egal, das Wichtige war, Schritt für Schritt voranzuschreiten, immer vorwärts, bis die Arbeit vollendet war.

Auf der Rückbank sitzend rieb er sich die Hände und wurde seines Mitfahrers gewahr. Rivenport lugte zu Doktor Godoy hinüber. Warum redete er nicht? War er vielleicht eingenickt? Godoy saß einfach nur da, den Blick nach vorne gerichtet. Er hatte Recht, was gab es auch schon zu sagen? Sie kannten sich beinahe dreißig Jahre, und wenn Rivenport zurückdachte, konnte er sich nicht daran erinnern, mit Godoy jemals über etwas Persönliches oder Frivoles geredet zu haben. Wenn sie sich mal länger unterhielten, dann nur über die Arbeit. Das war auch nach Rosas Tod nicht anders gewesen, und Rivenport schätzte Godoys Zurückhaltung. Diese Mode, über alles zu sprechen, Emotionen frei rauszulassen, dafür hatte er kein Verständnis. Innere Gefühle hießen so, weil sie gefälligst nach innen gehörten. Er und Godoy verstanden sich prächtig, auch ohne Details ihrer Privatsphäre preiszugeben. Es war eine Frage des Stils – und so sollte es auch bleiben. Überhaupt nichts sollte sich ab jetzt ändern! Die Welt, seine Welt, so wie sie war, funktionierte einwandfrei.

So sehr Rivenport sich über das wiedergefundene Gleichgewicht in seinem Leben freute, kam er dennoch nicht darum herum zu bemerken, dass etwas anders war. Es war schwierig, es sich einzugestehen, und er versuchte, die zaghaft aufkommenden Gefühle zu unterdrücken, doch während der letzten Tage hatte er die Abwesenheit des blauäugigen Hünen gespürt. Ihm fehlten die täglichen Besuche in seinem Krankenzimmer, die Momente, wenn Kurt mit neugierigen Augen, als versuchte er zu verstehen, aus dem Fenster schaute. Er schien zu verstehen versuchen, was für eine Welt das war, wie sie funktionierte, wer ihre Bewohner waren und warum sie taten, was sie taten. Natürlich verstand er nicht, wie konnte er auch, ihm fehlten schließlich die Instrumente dazu, er beobachtete nur, blickte wissensdurstig ins Licht und freute sich zu existieren, Teil dieser Natur zu sein, die ihm genauso rätselhaft erscheinen musste wie er den Einwohnern von S. Es war schon eigenartig, dachte Rivenport, der Mann konnte weder sprechen noch verstehen, und doch fühlte man sich zu keiner Zeit unwohl mit ihm, ganz im Gegenteil, man hatte den Eindruck, verstanden zu werden und zu verstehen.

Auf jeden Fall war Rivenport nicht unglücklich, dass sie heute Kurt besuchten. Streng gesehen, handelte es sich um eine professionelle Visite. Rivenport war eigentlich gar nicht gefragt, Godoy hätte völlig ausgereicht. Aber er wollte dabei sein, zumindest bei der ersten Untersuchung. Durch die abgeschlossene Umsortierung der Bläulinge hatte er auch Zeit.

Wie viele Gebäude der Stadt, war auch das Kloster samt einsäumender Mauern aus Adobe erbaut. Sie kamen durch ein Tor und erblickten sogleich das Gartenhaus. Obwohl von einem Haus an sich nicht die Rede sein konnte, vielmehr handelte es sich um eine Holzhütte. Früher behauste sie den Klostergärtner, doch der war seit einigen Jahren verstorben. Rivenport erinnerte sich gut an ihn. Unweit von hier hatte er den einen oder anderen Schmetterlingsfang gemacht; dabei traf er den alten Gärtner manchmal an. Er war eine Art Faktotum gewesen, der neben seiner Arbeit im Garten auch allerlei andere Pflichten für die Nonnen erledigte. Er hackte Holz, half, wenn es mal schwer anzupacken galt, erledigte hier und da Reparaturen, machte Besorgungen oder Botengänge und diente als Chauffeur. Schon möglich, dass die Priorin insgeheim die Hoffnung hegte, in Kurt seinen Nachfolger gefunden zu haben. Dieser plötzliche Gedanke missfiel Rivenport. Kurt als Lakai des Klosters. Warum hatte er das nicht gleich erkannt? Es hätte ihm doch klar sein müssen, dass die Priorin Kurt nicht aus reiner Nächstenliebe bei sich aufgenommen hatte.

Sie parkten den Wagen und gingen in den quadratischen Innenhof. An den jeweiligen Ecken führten schmale Treppen in den zweiten Stock, wo die Schwestern ihre Kammern hatten und Männern der Zutritt verwehrt war. So wunderte sich Rivenport sehr, als er einen freudigen Aufschrei hörte, nach oben blickte und Kurt die Treppe herunterkommen sah. Der Blondschopf kam auf Rivenport zugerannt – seine Körpermasse hatte nichts mehr mit dem hageren Zustand zum Zeitpunkt seines Funds zu tun – und überwältigte ihn mit einer herzhaften Umarmung. Perplex stellte Rivenport fest, dass Kurt nicht mehr das Schlupfhemd vom Krankenhaus trug, sondern in einen Blaumann gekleidet war, wie ein Klempner oder ein Mechaniker. Eine marineblaue, von Schulterträgern hochgehaltene Latzhose ging ihm bis an die Brust und wirkte an ihm wie ein riesiger Strampelanzug. Dazu trug er dunkelbraune Lederstiefel und, immerhin, ein weißes Hemd.

So stand er breitbeinig da, mitten auf dem bepflasterten Innenhof des Klosters, und wollte ihnen allem Anschein nach etwas zeigen. Denn Kurt kniff die Augenbrauen zusammen und spannte die Hals- und Backenmuskeln an, als versuchte er seine ganze Kraft im obersten Bereich des Körpers zu bündeln. Schließlich riss er den Mund auf. Zwar viel zu weit und unnatürlich, aber Rivenport verstand: tatsächlich, Kurt wollte sprechen! Er hatte ihnen etwas zu sagen. Der Blondschopf war so konzentriert, dass sich über seiner Nase ungewohnte Falten zeigten: »E… E… R… E… R… R. E… R… R. Errr! Kurt. Errr. Err. Er. Kurt.«

Rivenport war verblüfft. Hatte Kurt gerade gesagt,

dass er Kurt sei? Hatte er sich ihnen eben vorgestellt? Aber wieso in der dritten Person Singular? Sprach er über jemand anderen? Rivenport schaute zu Godoy, der sich mit Daumen und Zeigefinger den Schnurrbart zupfte. Ein offenkundiges Zeichen dafür, dass er ebenso beeindruckt war wie er. Hatte Kurt sprechen gelernt? Hatten die Ordensschwestern tatsächlich begonnen, Kurt die spanische Sprache zu lehren? Rivenport wollte etwas sagen, doch Kurt kämpfte weiter. Der Satz war noch nicht vollendet: »E…r…r. Err Kurt. U…nn…d. U…n…d d…u. Un…d… du. Und du?«

Rivenport wartete, ob noch etwas hinterherkam. Erst als er merkte, dass Kurts mimische Windungen und die Anstrengung, die ihm diese Worte gekostet haben mussten, verschwanden und er sich wieder entspannte, antwortete er. Er sprach langsam und deutlich, genauso, wie er es bei seinem ersten Annäherungsversuch kurz nach Kurts Einlieferung getan hatte: »Ich bin Doktor Rivenport, dies hier neben mir ist Doktor Godoy.«

Godoy machte eine kaum merkbare Kopfbewegung. Die Priorin kam die Treppe heruntergelaufen und begrüßte knapp, schmunzelte aber gleich darauf.

»Aber Professor. Sagen Sie ihm doch nicht Ihren Nachnamen. Wie soll er denn wissen, wer oder was ein Doktor ist und dass Menschen überhaupt Vornamen und Nachnamen haben?«

»Wieso spricht Kurt von sich als ›er‹?«

»Er spricht! Ist das nicht toll? Stellen Sie sich doch richtig vor, Professor.«

»Ich denke nicht, dass das angebracht wäre. Ich ... wir sind schließlich seine zuständigen Ärzte und eine gewisse Distanz –«

»Ach kommen Sie schon, Distanz hin oder her. Haben Sie gesehen, wie schnell er gelernt hat?«

»Ja, wirklich, ich bin beeindruckt. Sie haben ganz hervorragende Arbeit geleistet.«

»Loben Sie nicht mich. Es war allein sein Werk. Wir haben uns vorgenommen, unserem lieben Jungen Kurt unsere Sprache beizubringen. Es war eine Idee der Schwestern, aber er lernt so schnell. Das haben wir gar nicht erwartet. Und seit er heute Morgen aufgewacht ist, ist er ganz aufgeregt und wiederholt wie verrückt die paar Sätze, die wir ihm beigebracht haben.«

»Wieso denn aufgeregt?«

»Er wusste, dass Sie kommen, Professor, fragen Sie mich nicht wie, aber er wusste es, er fühlte es. Und als er eben das Auto draußen im Hof gehört hat, hat er alles stehen und liegen gelassen und ist aufgesprungen, um Ihnen entgegen zu rennen.«

Die Priorin führte Rivenport und Godoy zurück in den Garten, um ihnen Kurts neue Behausung zu zeigen. Auf die Frage, wie es gekommen sei, dass Kurt oben im »verbotenen« Bereich Zugang gehabt habe, zuckte die Priorin einfach nur die Schultern und konstatierte: »Es gibt eine Art Unschuld der Natur, die nur Pflanzen und Tiere haben; und kleine Kinder, bevor ihre Stimme zu kratzen beginnt. Kurt hat diese Unschuld.«

Das war allerdings die wohlwollende Version. Nach

etwas genauerer Befragung kam die Wahrheit ans Licht. Kurt entpuppte sich von Anfang an als schwer zu kontrollieren. Er strotzte vor Lebenslust und Neugier. Und ihm war nicht begreiflich zu machen, dass jemand diese Tatkraft als zu stark empfinden könnte. Die ersten Male hatten die Nonnen ihn noch gewarnt und waren laut geworden: »Nein, Kurt. Nein. Hier darfst du nicht rein. Hier oben ist es für dich verboten. Kein Zutritt!«, hatten sie ihn gescholten, aber er verstand sie nicht. Schon bald tolerierten ein paar gelassenere Schwestern sein Verhalten, und das war praktisch das Ende des Verbots, denn wie sollte er je das Verbot verstehen, wenn einige Schwestern ihn ausschimpften und andere es durchgehen ließen? Somit hatte Kurt es geschafft: Es war ihm von nun an erlaubt, sich frei im Kloster zu bewegen. Ein einzigartiges Privileg!

Die Hütte, in der er wohnte, war komplett aus Holz gefertigt und grün lackiert. Es roch nach Pflanzen und feuchter Erde. Der Innenbereich war spartanisch eingerichtet. Eine nackte Glühbirne hing von der Decke, darunter standen ein klobiger Tisch und vier Stühle und am einzigen Fenster ein verratzter Sessel aus Flechtwerk. Eine dürftige Schlafkammer, ein Schrank und eine Feuerstelle schlossen das Bild ab. Waschbecken und Toilette befanden sich außerhalb. Kochutensilien brauchte er nicht, weil er mit den Schwestern die Mahlzeiten zu sich nahm und es zudem unverantwortlich gewesen wäre, Kurt mit Messern und Kochgeschirr allein zu lassen. Die Priorin bat Rivenport und Godoy, sich zu setzen. Doch

Rivenport wollte Kurt sofort untersuchen. Das war schließlich der Grund, warum sie hier waren.

»Deshalb sind wir ja gekommen. Nicht wahr, Doktor Godoy?«, fragte Rivenport unerwartet laut, wie um sich dieser Tatsache selbst zu vergewissern. Godoy, der einen kleinen Medizinkoffer dabeihatte, legte sich das Stethoskop um den Hals, führte Kurt zum Sessel und ließ ihn Platz nehmen. Die Priorin fuhr mit ihrer Zusammenfassung fort: »Wir haben mit Pater Guillermo gesprochen. Er ist begeistert von der Idee, Kurt als Organisten einzustellen. Frau Martinez schafft es kaum noch, eine vollständige Messe fertigzuspielen, und sie ist erleichtert. Übermorgen wird er zum ersten Mal auftreten. Ich bin gespannt, wie die Gemeinde reagieren wird.«

Bei der »Gemeinde«, wie sich die Priorin der Ordensschwestern ausdrückte, handelte es sich beinahe um die ganze Stadt. Denn in S. gingen alle regelmäßig zur Kirche, besonders sonntags, und wenn jemand länger nicht gekommen war, fragten die Anwesenden so lange, warum diese Person fehlte, bis ein Grund gefunden war oder derjenige sich dem sozialen Druck beugte und in den Kreis der Messebesucher zurückkehrte. Aber die Priorin hatte natürlich recht, Kurts Musik war ein ganz besonderes Ereignis, keiner konnte vorhersehen, wie die Reaktion ausfallen würde.

S. hatte keinen Konzertsaal, und die wenigsten Familien besaßen einen Plattenspieler. Selbstverständlich gab es in den Schenken auf der Hauptstraße Radios, aber aus denen schossen meist die schnulzigen Lieder und Melodien, die gerade in Mode waren. Darüber hinaus hatten die Ansässigen nur bei Paraden und Festen Gelegenheit, Musik zu hören. Dort trötete dann die Schulkapelle. Die lateinamerikanischen Rhythmen der Blechbläser und Trommler konnten vielleicht zum Tanz anregen, hatten aber wenig mit Kurts himmlisch strukturierten Melodien zu tun.

»Er wird von der Gemeinde auch eine kleine Entlohnung beziehen. Das gleiche, was Frau Martinez bekam.«

Die Priorin hegte die Hoffnung, dass dieses regelmäßige Einkommen Kurt lehren würde, auf eigenen Füßen zu stehen und das nötige Verantwortungsbewusstsein zu entwickeln, um eines Tages selbständig zu leben. Außerdem würden die Kirche und die Gemeinde von seinem musikalischen Talent profitieren. Es wäre eine Schande, dieses Talent einfach vor die Hunde gehen zu lassen. Rivenport musste gestehen, dass dieser Plan klug und weitsichtig war. Allerdings war er nicht naiv, er kannte die Ordensmutter zu gut. Natürlich war ihm auch bewusst, dass sie in Kurts Musik eine Möglichkeit sah, das Wort Gottes effizienter zu verbreiten. Denn die alte Leier der immer gleichen Lieder, welche die Witwe Martinez tagein tagaus runterspielte, begeisterte nicht einmal mehr die frommsten Kirchgänger. Und auch die Spenden, die mit zu den wichtigsten Einkommensquellen der Kirche gehörten, litten darunter. Musik gehörte seit jeher zum Katholizismus. Schließlich war es kein Zufall, dass die Messdiener genau dann mit dem

Spendenkorb durch die Reihen gingen, wenn die Orgel ertönte.

»Das Herz schlägt noch.«

Mit diesem seltenen Anflug von trockenem Humor beendete Godoy seine Visite und bedeutete Kurt, sein Hemd wieder zuzuknöpfen. Die Priorin sprach zu Kurt: »Freust du dich, morgen in der Kirche zu spielen? Wieder schön spielen, nicht wahr?«

Dann wandte sie sich Rivenport zu: »Hier bei uns kann er ja nicht spielen, wir haben leider kein Klavier.«

Rivenport nickte und stand schließlich auf. Es war Zeit zu gehen. Kurt schien sich hier nicht schlecht eingelebt zu haben, befand er. Doch nachdem er und Godoy sich von der Priorin und den Ordensschwestern verabschiedet hatten und über den Hof zum Auto gingen, meinte Rivenport bei aller Glückseligkeit einen Hauch von Betrübtheit in Kurts Gesicht zu erkennen. War er traurig, dass sie gingen? Die Schwestern waren schon wieder hineingegangen, doch Kurt stand noch am Tor und schaute ihnen nach. Godoy stieg gleich ins Auto ein, aber Rivenport drehte sich noch einmal um und lief zum Eingang zurück. Kurt blickte großäugig drein, als der Professor ihn ansprach.

»Du Kurt.«

»Er. Er Kurt. Kurt.«

»Du Kurt. Ich …«

»Err. Er Kurt.«

»Ja, ja, ich weiß. Du Kurt und ich … Nun gut. Ich … Rodrigo.«

»Er Kurt. Unn... d... d...u... Und du?«
»Ich Rodrigo.«
»Rrr... odrr...«
»Rodrigo.«
»R...odrigo.«
Rivenport nickte steif. Ganz perfekt war es nicht. Das rollende »R«, damit hatte Kurt Schwierigkeiten. Sein »Rodrigo« war mehr ein »Chkrrodrigo«, aber immerhin, sein Vorname war ausgesprochen. Er klopfte Kurt auf die Schulter und ging ein paar Schritte, bevor er sich ruckartig ein letztes Mal umdrehte. Er hielt sich den Zeigefinger vor die Lippen und zischte dabei lautmalerisch, um anzuzeigen, dass dies ein Geheimnis war, was zwischen ihnen und nur zwischen ihnen beiden bleiben sollte.

12.

Die Kirche war prall gefüllt, wie es beim Sonntagszeremoniell in S. gang und gäbe war. Rivenport war kein religiöser Mensch, erkannte aber die Wichtigkeit des Glaubens für die Stabilität einer Gemeinschaft. Seine Kirchenbesuche versuchte er auf die üblichen Festlichkeiten – Ostern, Pfingsten, Fronleichnam und Weihnachten – zu begrenzen. Hinzu kamen noch die Lokalfeiertage, an denen kein Weg vorbeiführte und die meistens in einem allgemeinen Besäufnis endeten. Diese Feiertage bewegten sich auf dem schmalen Grat zwischen Religion und Heidentum. Auch der heilige Kult der Madonna von Guadalupe war, wie einige kritische Zeitungsartikel in den letzten Jahren dokumentiert hatten, gelinde gesagt zweifelhaft. Angefangen mit der Erscheinung der dunkelhäutigen Jungfrau vor dem Indio Juan Diego im Dezember Anno Domini 1531 bis hin zu dem Gnadenbild, das Diego der Sage nach aus dem Mantel hervorgezaubert hatte. Es benötigte keinen besonderen Spürsinn, um in diesen und anderen südamerikanischen Heiligenkulten die Weitsichtigkeit der damaligen Kirche zu erkennen: Heidenkulte wurden christianisiert, um die Indios einfacher bekehren zu können.

Sein Vorsatz, an ordinären Sonntagen den Gottesdienst zu meiden, stieß immerfort auf die scharfe Kritik seiner Hausdame. Maria, die jetzt in der dritten Reihe neben ihm saß und mit geschlossenen Augen ein Gebet murmelte, fand in Gott jene menschenlebensnotwendige Ordnung, der Rivenport in seiner Schmetterlingssammlung begegnete. Zweifellos peinigte sie, dass ein Mensch, den sie liebte, nicht im Glanze des Allmächtigen erstrahlen wollte. Heute aber war sie froh, denn sie hatte keine Szene machen müssen – Rivenport war ganz von allein mitgekommen. Es war natürlich Kurts wegen. Er wollte seinen ersten offiziellen Auftritt als Kirchenorganist nicht verpassen.

Als in der Mitte der Messe der Priester einem zu diesem Zeitpunkt Vielen noch unbekannten Gesicht in der ersten Reihe zunickte, setzte allgemeines Geflüster ein. Hälse reckten und Köpfe drehten sich, alle wollten sehen, was passierte. Kurt erhob sich aus der Klemme des breiten Hinterteils der Priorin und des hageren der Witwe Martinez, die ihm folgte. Es musste den Kirchgängern nicht geheuer erscheinen, dass sich nicht wie sonst die alte Organistin hinter das Instrument setzte, sondern der hellhäutige Hüne. Kurt trug dieselbe Kleidung wie am Abend zuvor im Kloster. Die blaue Latzhose und das weiße Hemd, seine neue Uniform. Zur Feier des Tages hatte man ihm außerdem noch einen schwarzen Schlips um den Hals gebunden.

Die Witwe Martinez nahm neben Kurt auf der Sitzbank Platz und legte die Noten zurecht, die er spielen sollte. Sie sah zu Pater Guillermo hoch, der blinzelte zustimmend, woraufhin sie Kurt leicht mit dem Ellbogen anstieß. Und tatsächlich, er spielte brav die Noten auf dem Papier. Das führte dazu, dass sich die Teilnehmer – zwar immer noch etwas verdutzt, aber nun von der Macht der Gewohnheit ergriffen – erhoben, um zu singen. Doch bevor die Einleitung zur ersten Strophe abgeschlossen war, also bevor der Gesang überhaupt einstimmen konnte, unterbrach Kurt abrupt. Allgemeine Regungslosigkeit. Was war los? In der Kirche war es nun vollkommen still. Niemand wagte es, zu sprechen, zu flüstern oder auch nur zu husten.

Doch die Stille hielt nur einen Augenblick an. Denn zum Schrecken des Paters zog Kurt eine Grimasse und stöhnte so laut auf, dass es durch das Kirchenschiff hallte. Die Organistin flüsterte fieberhaft auf ihn ein. Auch die Priorin, die nach vorne gestürzt war, bemühte sich, ihn zur Vernunft zu bringen. Kurt sollte spielen! Was würden die Leute nur denken? Aber Kurt spielte nicht, und die Gläubigen fingen an, unruhig zu werden. Pater Guillermo stand rot vor Scham auf der Kanzel. In seiner starren Hilflosigkeit ähnelte er dem hölzernen Christus am Kreuz hinter ihm. Selbst Rivenport, der abgeschieden saß, genierte sich. Kurts Auftritt war ein Debakel. War es denn möglich, dass er von einem auf den anderen Tag das Spielen verlernt hatte? Oder lag es an den Noten? Hatte er vielleicht Schwierigkeiten, sie zu lesen?

Das Dringen der Priorin und der alten Organistin bewirkten schließlich etwas – wenngleich das Gegenteil des erhofften Resultats. Denn Kurt klappte beherzt die Notenmappe zu. Allerdings nahm er kurz darauf wieder eine versöhnliche Miene an. Seine Irritation schien genauso plötzlich verflogen, wie sie gekommen war. Jetzt hob er die Hände dramatisch in die Luft, schloss die Augen und kippte den Kopf nach hinten, ganz so, wie er es bei seinem ersten Besuch in der Kirche getan hatte. Schließlich ließ er die Hände klauenartig, wie ein Raubvogel im Sturzflug, auf die Tasten niederfallen.

Rivenport, und mit ihm alle Beteiligten, atmete endlich auf: Die Musik war von himmlischer Schönheit. Schon der erste langanhaltende Akkord, der mächtig durch die Kirche schallte, verursachte eine Gänsehaut, und von dieser Harmonie ausgehend explodierte Kurts Spiel in einem farbenprächtigen Feuerwerk der Gefühle. Wie die Melodie den Raum erfüllte und alle in ihm befindlichen Körper vereinnahmte schien es Rivenport, als wäre an diesem schroffen Ort zwischen Wüste und Bergen zum ersten Mal die Schönheit eingekehrt, als wäre S. für einen Augenblick der Mittelpunkt der Erde.

Mit Mühe entriss er sich für einen Moment dem Bann der Töne und ließ den Blick umherschweifen. In den hinteren Reihen die Gesichter der dunkelhäutigen Arbeiter. Söhne großer gefallener Kulturen, die einst über alle bekannten Länder geherrscht hatten. In den ersten Reihen klüngelnd, die Gesichter der hellhäutigen Mitglieder der Oberschicht. Auch sie waren Kinder vergangener Zivilisationen. Denn sie waren Sprösslinge jener Europäer, die sich vor wenigen Jahren erst auf der anderen Seite der Erdkugel im blutigsten Krieg, den die Welt je gesehen hatte, die eigene Existenzgrundlage genommen hatten.

Doch nun lauschten sie alle wie verzaubert der Musik. Rivenport fand es interessant, wie das vorherrschende Gefühl keinen Unterschied zwischen Stand oder Ethnie kannte. Zunächst war die Musik geschwind und heiter, doch dann wurde sie langsamer, bis sie in eine tiefgründige Melancholie fiel, die sich gleich einem Schatten auf den Gesichtern der Zuhörer ausbreitete. Kurts Klangwelt lebte auf den Antlitzen der Einwohner von S., die, wie Rivenport vermutete, nie derartige Freude und Traurigkeit zugleich empfunden hatten. Das Konzert wusste im reinsten religiösen Sinne emporzuheben, die täglichen Probleme schienen plötzlich fern, nur das Hier und Jetzt zählte, die tiefsinnige Herrlichkeit der Musik schien die einzige Wahrheit, die es zu kennen galt.

Kurt spielte noch immer mit zusammengekniffenen

Augen und wie in Raserei hauten seine Finger in die Tasten. In den finsteren Molltönen hatte er die Klauen eines Kondors, der zum Himmel hochflog und mächtig herabstürzte. In den Durtönen brachte er die Orgel zum Singen; er spielte flink wie ein Spatz im Staccato, schnell wie ein Falke im Prestissimo. Und schließlich kam die Euphorie. Die Musik wurde Jubel und Glückseligkeit. Es war der Triumph der Harmonie, der Möglichkeit einer Weltordnung.

Kurt spielte allein, doch glaubte man einem vollbesetzten Orchester zu lauschen. Die Theatralik, mit der seine Hände auf- und niederflogen, die leidenschaftliche Mimik und seine Körperbewegung hatten mehr von einem Dirigenten als von einem Solisten. Seine Art erinnerte Rivenport an Arturo Toscanini, den er einmal – es musste 1942 oder 43 gewesen sein – zusammen mit Rosa in Buenos Aires gesehen hatte. Ein ergreifendes Konzert, in dem der Italiener das Orchester furios durch Beethovens neunte Symphonie geleitet hatte. Orchester und Chor folgten scheinbar mühelos den Handbewegungen des Maestros. Diese Polarität zwischen Kontrolle und Leidenschaft, zwischen Technik und Gefühl, zwischen Außen und Innen, meinte Rivenport in Kurt zu erkennen.

Der Gottesdienst, der normalerweise nach weniger als einer Stunde beendet ist, dauerte an diesem Tag ganze zwei Stunden. Doch niemand schien es bemerkt zu haben. Genauso störte sich auch keiner an Kurts Aufmüpfigkeit, denn genau genommen hatte er sich ja geweigert, das übliche Programm vom Blatt zu spielen. Nachdem

Kurt sein Konzert abgeschlossen hatte, wirkten die Gläubigen noch ganz benommen. Rivenport verstand, wie sie sich fühlten, denn auch ihm war es bei Kurts erstem Konzert so ergangen. Es war wie aus einem schönen Traum gerissen zu werden, das unangenehme Gefühl, in der Kälte zu erwachen, um sich noch vor Sonnenaufgang zur Feldarbeit aufzumachen. Lediglich vereinzelte Räusperer waren in der Stille zu hören.

Doch als Kurt aufstand, um sich wieder in die erste Reihe zu setzen, klatschte plötzlich jemand in die Hände und ein anderer folgte ihm und lachte schallend. Und jetzt lachten auch andere mit. »Aaiiiiiiiiiii!«, hörte man von hinten jemanden aufjaulen. Der Raum füllte sich mit Leben, die Gläubigen erwachten aus ihrer Trance. Das Schweigen wurde von einer wachsenden Freudenwelle überrollt, glückliche Stimmen wurden laut, Menschen, die ungläubig lachten oder Faszination bekundeten, stampfende Füße, klatschende Hände, Zurufe, Pfiffe, das Quietschen der Bänke. Die Luft war geladen mit Energie. So eine Stimmung hatte die Kirche noch nie erfüllt. »Uuuiiiiiiiiiiiiuiiiiiii«, schrie wieder jemand und stampfte wild auf den Boden, ein anderer trommelte mit den Fingern gegen das Holz der Gebetsbank. Es war, als hätte der Gottesdienst – entgegen dem herkömmlichen Ablauf und doch ganz in seinem ursprünglichen Sinn – die Menschen beglückt, erquickt und innerlich gereinigt. Rivenport und mit ihm die Gläubigen fühlten sich schwerelos.

Das lange musikalische Intermezzo und die Reaktion der Gemeinde hatten Pater Guillermo aus der Fassung gebracht. Nur schwer konnte er zum Ritus zurückfinden. Allerdings waren die Gläubigen nun nicht mehr bei der Sache. Das musste der Priester natürlich spüren. So ratterte er die Messe im Schnelldurchlauf herunter. Die Priorin schaute sich pikiert um, doch niemand schien ihre Entrüstung zu teilen. So animiert die Gesichter eben noch gewesen waren, so teilnahmslos wirkten sie jetzt.

13.

Nach dem Konzert, so schlussfolgerte Rivenport, musste der Priorin bewusst geworden sein, dass sie einen taktischen Fehler begangen hatte: die Musik durfte nicht am Anfang oder in der Mitte der Messe erklingen, sondern am Ende. Nur so würde die Konzentration den Gottesdienst hindurch erhalten bleiben, keiner würde früher gehen, alle würden den krönenden Abschluss abwarten. Der Kirchensaal würde sich zudem auch nicht sofort leeren, sondern die Leute würden sitzenbleiben und der Musik nachlauschen.

Anfänglich trat Kurt nur zur Sonntagsmesse auf, doch der Erfolg war so durchschlagend, dass bald allerseits der Wunsch geäußert wurde, ihn zweimal die Woche zu hören. Und schon bald danach musste die Priorin ihn bitten, fünfmal die Woche zu spielen.

Kurts Konzerte wurden zum Stolz der Stadt, und binnen kürzester Zeit verbreitete sich der Ruf des Organisten von S. auch auf die umliegenden Gegenden. Selbst die Pedrales-Familie, die es normalerweise vorzog, prächtigere Gotteshäuser zu besuchen, wurde nun mit gewisser Regelmäßigkeit in der alten Adobe-Kirche gesichtet. Sie kamen ausschließlich, um Kurts Musik zu hören. Immer häufiger wurden auch unbekannte Gesichter in den Sitzreihen ausgemacht. Bewohner anderer Städte erschienen zum Gottesdienst. Aus Humahuaca oder Iturbe zum Beispiel oder sogar aus San Ramón de la Nueva Orán. Das allgegenwärtige Gerede über Kurt entfachte ihre Neugier und trieb sie über schlechte Bergstraßen ins lehmige Herz von S.

Und so ereignete es sich, dass an einem ungewohnt wolkigen Nachmittag zwei fremde Männer in die Kirche kamen. Sie trugen helle Kleidung und geschwungene Strohhüte, die sie beim Eintreten abnahmen. Ohne ein Kreuzzeichen zu machen, standen sie am Eingang und schauten sich um. Rivenport, der inzwischen öfters beim Gottesdienst vorbeischaute, hatte sofort erkannt, dass es sich um Touristen handelte. Er nahm an, dass sie aus einer benachbarten Stadt angereist waren, um sich Kurts Spiel anzuhören. Bei näherer Betrachtung fiel ihm aber die Aufmachung der zwei ins Auge, sie war merkwürdig: der Schnitt ihrer Hosen zum Beispiel. Viel zu weit. Und eigentlich trug zu dieser Jahreszeit niemand Leinen.

Sie schauten sich weiter um, wie es Touristen eben tun, aber doch mit sichtlich mehr Intensität. Bevor sie sich unweit von Rivenport hinsetzten, gingen sie zur kleinen

Kapelle, in welcher der Schrein der Jungfrau von Guadalupe thronte. Einer der zwei Fremden beugte sich vor und roch an den frischen Blumen, welche die Ordensschwestern aus dem Kloster als Opfergabe gebracht hatten. Nie hatte Rivenport jemanden an den Blumen in der Kirche riechen sehen.

Er starrte auf den Mann, der sich nach vorne beugte, und nahm zwei spitze Wölbungen unter dessen Leinenhemd wahr. Erstaunlich, genau dort wo sich normalerweise ... Oh! Das war ja gar kein Mann. Er sah sich das Gesicht genauer an und erkannte zwar harte, aber unzweifelhaft feminine Züge. Rivenport war peinlich berührt. Das war eine Frau, angezogen wie ein Mann. Jetzt fiel ihm auf, dass die zwei Fremden, so ähnlich sie angezogen waren, sehr unterschiedliche Körper hatten.

Den Ritus verfolgten sie zwar mit Interesse, knieten sich allerdings zum Gebet nicht nieder, standen zum Evangelium nicht auf und kamen nicht nach vorne, um die Kommunion zu empfangen. All das fand Rivenport höchst eigenartig. Woher kamen sie wohl? Und warum hatten sie die Kirche besichtigt, als handelte es sich um die Kathedrale von San Salvador? Die meisten Kirchen im Jujuy waren doch in Adobe gebaut und hatten einen ähnlichen Schnitt und auch eine entsprechende Innendekoration.

Wie immer schloss Pater Guillermo mit den Worten: »Gehet hin in Frieden.« Und das war auch das Stichwort für Kurt. Vermutlich verstand er den Sinn der Formel nicht, wohl aber ihren Klang. Denn er trat nach vorne und setzte sich an die Orgel. Er kniff die Augen zu, atmete tief ein, hob die Arme, ließ sie hinabstürzen und schon schossen die Töne aus seinen Fingern. Kein Sterblicher wäre in der Lage gewesen, dem Strom der Musik, der durchs Kirchenschiff floss, standzuhalten. Das Touristenpaar mit den Panamahüten in den Schößen bildete da keine Ausnahme. Auch ihre steifen Körper schwammen mit der Musik mit.

Rivenport hatte Kurt nun schon recht häufig gehört, und doch war er immer aufs Neue verzaubert. Wieder und wieder erweckte Kurts Musik in Rivenport jene Gefühle, die er seit dem Tod von Rosa in seinem tiefsten Inneren vergraben hatte. Und es waren prächtige Gefühle: Heiterkeit und Lebensfreude, mitunter auch Momente von Melancholie und Nachdenklichkeit, doch niemals überfiel ihn Kummer. Seine Musik vermochte es zu bewegen, zu erquicken und den Zuhörern das zu schenken, was Kurt selbst verloren hatte: die Erinnerung. Denn während man dem Konzert lauschte, konzentriert und gleichzeitig entspannt, war es unvermeidlich, in Gedanken zu verfallen und sich mit bildnerischer Intensität bestimmter Momente zu entsinnen, Momente, die man oft für ausgelöscht gehalten hatte.

An diesem Tag spielte Kurt ganz besonders feinfühlige Stücke, und Rivenport musste an die junge Rosa denken. Seine Rosa kurz nach ihrer Vermählung, die gerne lächelte, breit und herzlich. Er sah sie im Garten, mit dem Rücken zu ihm hinabgebeugt und darauf bedacht, ihre geliebten Blumen zu beschneiden. Er hatte ihr eine Weile durchs Fenster zugeschaut, dann wurde sie ihm gewahr, drehte sich zu ihm zurück und lächelte. Und nun lächelte auch Rivenport.

Durch die Witwe Martinez hatte er erfahren, dass eigentlich alle Stücke aus Kurts Repertoire den verschiedenen Perioden des Barocks entstammten. Neben Bach, Händel und Buxtehude spielte er auch Pachelbel, manchmal Telemann und sogar einige Stücke von Kerll, die Frau Martinez erst nach einer kleinen Recherche in der Kirchenbibliothek der Landeshauptstadt, wo sie sich zu Besuch bei Verwandten befand, identifizieren konnte. Es handelte sich tatsächlich um Kirchenmusik, zwar ganz anderer Art, als man sie in S. gewohnt war, aber keinesfalls unpassend. Sakralmusik, komponiert für die verschiedenen Bräuche der Kirche in Zeiten des Barocks. Bräuche, die sich bis heute gehalten hatten wie Beerdigungen, Hochzeiten, Ostermessen und Kommunionen. Vor wenigen Tagen erst hatte er Rosas Schallplattensammlung aus dem Speicher geholt und sich einige Platten angehört. Ein Experte würde er wohl nicht mehr werden, aber er musste sich eingestehen, dass es ihm Spaß machte, sich mit dieser Musik zu befassen.

Nach der Messe wartete Rivenport auf dem Platz vor der Kirche auf Kurt. Er wollte ihn begrüßen. Doch als Kurt nach draußen trat, bemerkte Rivenport, dass er nicht der einzige war, der auf ihn wartete. Die zwei Touristen hatten sich den Blondschopf geschnappt und redeten euphorisch auf ihn ein. Rivenport hörte, dass sie nur ganz schlecht Spanisch sprachen. Er verstand nicht viel, nur dass sie ihn wohl lobten und sogar »Maestro« nannten. Für Kurt mochte es keinen großen Unterschied machen, wie schlecht sie sprachen, er verstand so oder so nicht. Rivenport gesellte sich zu den dreien und wurde von Kurt mit dem Ausruf seines bis auf das misslungene rollende »R« inzwischen richtig ausgesprochenen Vornamens begrüßt: »Chr...odrigo!«

Die körperliche Nähe, die Rivenport bei anderen Menschen unangenehm war, machte ihm inzwischen bei Kurt nichts mehr aus. Auch jetzt ließ er seine Umarmung über sich ergehen und beschränkte sich darauf, ihm ein paarmal auf den Rücken zu klopfen, wie um zu zeigen: Jetzt ist es aber genug. Einmal befreit, versuchte er, ein Gespräch mit den zwei Touristen anzufangen, die sich für Kurts Musik so sehr zu interessieren schienen. Doch die Kommunikation war nicht einfach, Rivenport musste sich erhebliche Mühe geben, um aus ihren Sprechversuchen einen Sinn zu erschließen.

Was er begriff war, dass sie aus Europa, anscheinend aus der englischen Grafschaft Suffolk kamen. »Suffolk, ja Suffolk«, wiederholte die Frau mit Emphase und zeigte dabei auf sich und ihren Mann. Und, dass sie schon länger in Südamerika unterwegs waren. Ihre Reise hatte sie zuerst nach Buenos Aires und Montevideo geführt, dann weiter nördlich nach Rosario und Santa Fe de la Vera Cruz. Daraufhin ging es östlich nach Córdoba und weiter in die Weinregion von Mendoza, in die Gegend von San Juan und schließlich nach Salta. Dort musste ihnen die Geschichte des Organisten von S. zu Ohren gekommen sein. Den wiederholten Trinkgesten des Mannes nach zu urteilen, musste das unter schwerem Alkoholeinfluss in einer Schenke passiert sein. Rivenport nahm an, dass sie Musikliebhaber waren, sonst hätten sie den Umweg bis hierher kaum unternommen. »Kirche, Platz, Straße«, sagte der Engländer, deutete auf die genannten Objekte und grinste. Rivenport fand es interessant, dass Touristen diese Orte von S. als interessant empfanden, oder hatte der Mann gerade einen Witz gemacht? Wer konnte das schon sagen? Er musste sich ja wirklich den Sinn jedes einzelnen Wortes aus den Fingern saugen.

Was den zwei Engländern sichtlich Schwierigkeiten bereitete, war, zu begreifen, warum Kurt nicht zu ihnen sprach und nur Rivenport sich für sie interessierte. Schließlich wandte sich die Frau gezielt an Kurt und fragte ihn nach seinem Namen.

Kurt verstand natürlich nicht. Er lächelte nur freudig wie immer, vielleicht sogar noch freudiger, denn es gefiel ihm, neue Gesichter zu sehen. Doch die Frau war nun wirklich irritiert. Sie wiederholte ihre Frage mit größerer Dringlichkeit und Rivenport musste eingreifen. Doch er wollte nicht für Kurt antworten, also sagte er: »Ich Rodrigo und du?«

Die Engländer wirkten verwirrt. Sie fragten sich wahrscheinlich gerade, warum Rivenport mit dem Blondschopf wie mit einem Idioten redete. Doch Kurt erkannte diese Worte: »Du R…odrigo. Er Kurt.«

»Er? Wer? Kurt?«

»Er Kurt.«

Das Ehepaar sah sich verdutzt an und sagte dann zerstreut und zu Rivenport gewandt etwas von *alemán*. Nun ging die Frau vom gebrochenen Spanisch zu einer anderen, härteren Sprache über. Unsicher fragte sie: »Herr Kurt. Sprechen Sie Deutsch?«

Jetzt war es Rivenport, der verdutzt war. Was hatte sie da gefragt? *Alemán*? Deutsch? Hielt sie Kurt womöglich für einen deutschstämmigen Argentinier? Hatten die zwei Engländer auf ihrer Reise welche angetroffen? Oder dachte die Frau sogar, Kurt sei Deutscher? Doch bevor er überhaupt einen klaren Gedanken fassen konnte, bemerkte er eine plötzliche Veränderung an Kurt. Sein Gesicht erhellte und verdunkelte sich zugleich. Die Freude, die über sein Gesicht huschte, war nicht die gewohnte Naivität des Unwissenden, der mit jungfräulichen Augen die unbekannte Welt erblickt. Nein, dies war die nüchterne Freude der Erfahrung. Die Feststellung, mit jemandem etwas zu teilen, etwas zu verstehen, ein Puzzleteil der Welt schon zu kennen.

Die sprachlichen Verwirrungen, die Schwierigkeit der Modulation, die schiere Konzentration, die es ihn kostete, auch nur wenige spanische Silben auszusprechen, das alles schien plötzlich vergessen. Knapp und deutlich antwortete Kurt: »Ja.«

14.

Die Angelegenheit hatte eine unerwartete Wendung genommen, wie Rivenport zugeben musste. Kurt war Deutscher. Demnach sprach er auch Deutsch. Seine Muttersprache vergisst man nicht. Ein Deutscher in Argentinien. An sich nichts Besonderes. Deutsche und Deutschstämmige gab es zuhauf in Buenos Aires und in der Pampa, sogar in entlegenen Gegenden wie zum Beispiel in Patagonien, aber hier im Norden, im Jujuy? Hier gab es keine Deutschen. Noch nie hatte er von welchen gehört, die sich in diese Breitengrade gewagt hätten. Dies war Indioland. Hier war der Einfluss der Inka-Kultur noch stärker als der Europas. In den Augen der Einwohner brannte die dunkle Flamme der Königsbrüder Atahualpa und Huáscar. In ihren Venen floss das alte Blut der Sonnenkinder von Qullasuyu, nicht das des heuchlerischen Geschlechts der Pizarros. Was hatte also ein Deutscher hier zu suchen?

Die englischen Touristen sollten ihm helfen, darauf eine Antwort zu bekommen. Allerdings sprach Rivenport kein Wort Englisch. Neben Spanisch konnte er etwas Französisch, das er als Kind in der Schule gelernt hatte. Die Engländer wiederum konnten kein Französisch. Sie sprachen ein miserables Spanisch und ein nicht erwähnenswert besseres Deutsch. So erwies sich der ganze Befragungsprozess als äußerst komplex: Rivenport sprach zu den Engländern auf Spanisch, die diskutierten miteinander auf Englisch, was Rivenport wohl meinen könnte.

Wenn sie sich einig geworden waren, leiteten sie die Frage auf Deutsch an Kurt weiter, besprachen die Antwort wieder auf Englisch, diskutierten erneut miteinander und dolmetschten für Rivenport schließlich ins Spanische zurück. Spanisch – Englisch – Deutsch – Englisch – Spanisch. Es war zum Verrücktwerden.

Dieser sprachliche Wirrwarr ging eine Weile. Die anfänglich neugierig zuhörenden Gemeindemitglieder hatten sich schon lange davongemacht. Auf dem Kirchplatz standen nur noch die zwei Engländer, Kurt, Rivenport und Pater Guillermo, der ab und an nach draußen kam, um nach dem Rechten zu sehen oder die Gruppe einzuladen, die Unterredung doch in den Innenraum der Kirche zu verlegen. Rivenport winkte ab. Er war viel zu aufgeregt, der langersehnte Durchbruch des »Falles Kurt« konnte sich jeden Augenblick ereignen.

Doch der Durchbruch blieb aus. Außer der Tatsache, dass Kurt Deutscher war, hatten sie ihm keine weitere Information entlocken können. Seine Amnesie hatte jede Erinnerung ausgelöscht, da half es auch nicht, ihn in seiner Muttersprache zu befragen. Die Engländer reisten weiter, sie mussten nach Salta. Den demonstrativ ausgestreckten Armen des Mannes nach zu urteilen ging wohl bald ein Flieger nach Buenos Aires. Und Kurt musste zu den Ordensschwestern zurück, sie würden sich Sorgen machen, weil er noch nicht heimgekehrt war. Trotz der pochenden Kopfschmerzen, die Rivenport bei der mühevollen Fragerei befallen hatten, entschied er, Kurt zu begleiten. Zwar kannte der den Weg, doch beim hitzigen

Charakter der Priorin war es besser, Rivenport würde ihn in seinem Wagen mitnehmen und seine Verspätung persönlich entschuldigen.

Wenig später, auf der Heimfahrt, sah Rivenport aus dem Fenster und dachte darüber nach, wie oft er inzwischen auf dieser Straße unterwegs gewesen war. In all den Jahren konnte er seine Ausflüge zum Kloster an zwei Händen abzählen, jetzt war das schon sein dritter Besuch binnen kürzester Zeit.

Er war nicht dazu gekommen, der Priorin die große Neuigkeit zu erzählen – Kurt ein Deutscher –, denn sie hatte ihn erst gar nicht zu Wort kommen lassen. Sie hatte Rivenport zur Seite genommen und nicht aufgehört, sich zu beschweren: »Kurt kann sich einfach nicht benehmen. Er rennt durchs Kloster, als wäre es ein Spielplatz. Er singt und tanzt und springt herum wie ein Guanako-Fohlen. Wir geben ihm zu verstehen, dass das kein Zustand ist. Besonders nicht in einem Kloster. Und er lächelt einfach blöd. Zigmal haben wir ihm den Unterschied zwischen öffentlichem Raum und Privatsphäre erklärt. Dass man sich gefälligst in Gesellschaft anderer anders zu benehmen hat als alleine. Aber er kapiert es nicht. Es will ihm einfach nicht in den Schädel. Öffentlich, privat, Krankenhaus, Kloster, Kirche, Gebetskapelle, Schlafzimmer, Toilette – das ist ihm alles eins! Verstehen Sie? Professor, ich weiß wirklich nicht, was ich mit ihm anstellen soll.«

Rivenport musste schmunzeln. Kurt verursachte also die ersten Probleme. Na, und wenn schon? Das war doch vorauszusehen gewesen. Hatte die Priorin etwa erwartet, sich einen schweren Fall von Amnesie ins Haus zu holen, ohne dabei auf Widerstand zu stoßen? Hatte sie geglaubt, dass allein eine Uniform, eine Hacke und ein Schraubenzieher einen Hausmeister aus Kurt machen würden? Da lag sie falsch: Kurt bedeutete Arbeit. Kurt war ein Synonym für Kopfschmerzen. Er selbst konnte ein Lied davon singen. Nun war also im Kloster die Idylle verflogen und die Realität eingekehrt. Sollte die Priorin doch die Suppe auslöffeln.

Was ihn allerdings weiterhin ins Grübeln brachte, war die Frage nach Kurts Abstammung. Natürlich hatten die Zeitungen zu Kriegszeiten auch ausführlich über Deutschland berichtet. Der Nationalsozialismus, die aufmarschierenden Truppen, Hitler, sein Aufstieg und sein Untergang, das waren alles geläufige Gesprächsthemen gewesen. Argentinien hatte zu Kriegsende sogar selbst Truppen nach Europa geschickt. Eine Farce, denn Deutschland war zu diesem Zeitpunkt schon besiegt. Doch Rivenport erinnerte sich gut, wie glorreich die Medien darüber berichtet hatten.

Das Thema »Deutschland und der Krieg« war häufig zu hören, und nach den Abendnachrichten fiel in den Kneipen auf der Hauptstraße auch mal der ein oder andere deftige Kommentar. Und doch war es nicht wirklich präsent. Allein schon geografisch war der Krieg zu weit weg. In Jujuy herrschte weiterhin die archaische Ruhe der Salzseen. Nur in Form eines schwindenden Hilfeschreis aus einer alten, längst zerbrochenen Welt, der gleich einem Echo in den Weiten des Hochplateaus verhallte, kam hier etwas an. Europa, das war Europa, und hier, das war Südamerika. Dort fielen Bomben, hier kaute man weiter auf Kokablättern und spuckte in den Sand.

Hinzu kam mittlerweile, dass der Krieg schon jahrelang vorbei war. Er gehörte der Vergangenheit an, und über Deutschland wurde schon lange nicht mehr gesprochen. Und so stellte sich die Frage für Rivenport also noch dringlicher: Was trieb ein Deutscher in S.?

»Nein, nicht zum Krankenhaus. Bitte bring mich gleich nach Hause, ich möchte nicht zu spät zum Abendessen kommen.«

Der Fahrer nickte und bog scharf rechts ab. Die Reifen pflügten sich durch den Schotter, und Rivenport überlegte, ob er nach dem Abendessen an seiner Schmetterlingssammlung arbeiten sollte.

15.

Nach dem Vorfall mit den Engländern hatte Rivenport entschieden, dass es an der Zeit war, sich nochmal eindringlicher mit dem »Fall Kurt« zu beschäftigen. So hatte er sich für einen sonnigen Samstagmorgen kurzfristig einen Besuch im Kloster vorgenommen. Im Krankenhaus war er freigestellt und die planmäßige Einhaltung des Generalmarschplans befand sich schon länger nicht mehr in Gefahr. Er hatte also Zeit.

Gleich als Rivenports Wagen vorfuhr, kam die Priorin

ihm mit einem breiten Grinsen entgegengelaufen: »Es ist so schön, Sie zu sehen, Herr Professor. Wie geht es Ihnen denn heute? Ist es nicht ein wunderbarer Tag?«

Rivenport wusste nicht genau, was er vom Empfang der Priorin halten sollte. Das war nicht ihre Art. Er wurde unsicher, ob es eine gute Idee gewesen war, so spontan zu kommen.

»Ich habe mir gedacht ... Ich bin einfach vorbeigekommen, weil ... Also ich wollte –«

»Sie sind hier, um Kurt zu sehen.«

Es war keine Minute vergangen und schon hatte die Ordensmutter die zuckrige Maske fallen lassen, um zu ihrer üblichen Forschheit zurückzukehren. Rivenport war gekränkt. Nun kam er an seinem freien Tag schon her und musste sich dann noch Unterstellungen anhören! Dass es sich dabei um zutreffende Unterstellungen handelte, tat nichts zur Sache: »Nein, nein. Keineswegs. Die wöchentliche Routineuntersuchung ist schließlich nicht für heute angesetzt.«

»Das weiß ich, aber ... wieso sind Sie denn sonst gekommen?«

»Ich wollte ... Ich bräuchte ... Nun ja, ich bin gekommen, weil –«

»Nun sagen Sie schon.«

»Ich bräuchte etwas Honig.«

»Honig?«

»Ganz genau. Honig.«

»Sie sind den ganzen Weg hierhergefahren, um sich Honig zu borgen?«

»Nicht borgen. Kaufen. Ich wollte Honig kaufen. Ihr macht doch welchen?«

»Wir machen seit Jahren schon keinen Honig mehr.«

»Achso ... Das wusste ich nicht.«

Ein peinlicher Moment der Stille trat ein, bevor Rivenport verlegen und vielleicht deshalb eigenartig schrill konstatierte: »Jetzt sollte ich vielleicht doch den Patienten sehen. Wenn ich schon hier bin.«

»Kurt?«

»Ja, ja. Kurt.«

Die Priorin schmunzelte über Rivenport, der ihr grimmig in den hinteren Bereich des Klosters folgte.

»Wir müssen ihn erstmal finden. Ich nehme an, er ist hinten im Gemüsegarten. Da ist er in letzter Zeit öfter. Aber sicher bin ich nicht. Immer rennt er irgendwo rum, der Schelm. Schwester Iris unterrichtet ihn in der Gärtnerei. Er soll lernen, wie man Nutzpflanzen anbaut. Wirklich ein herrlicher Sonnenschein heute.«

Immer noch wegen seines albernen Auftritts beschämt, aber schon wieder halb mit der Welt versöhnt, streckte Rivenport den Kopf zum Himmel. Es war tatsächlich ein besonders schöner Tag. Wenn es etwas wärmer gewesen wäre, hätte man meinen können, der Winter sei schon vorüber.

»Kurt wird sich freuen, Sie zu sehen. Er fragt oft nach Ihnen.«

»Ja, wirklich?«, rief Rivenport neugierig aus.

Die Priorin nickte. Rivenport versuchte, einen sachlicheren Ton zu erwischen: »Hat es wieder Probleme gegeben?«

»Wir haben viel Arbeit mit ihm. Doch so ist es eben. Schließlich liegt das Schicksal nicht in unseren Händen. Kurt hat viel Leid erfahren. Er erinnert sich zwar nicht und lächelt immerzu, aber hinter seinem Lächeln … dahinter versteckt sich Schmerz. Ein Schmerz, den weder er und noch wir jemals verstehen werden. Es bringt auch nichts, lange darüber zu reden. Kurt ist so, wie er jetzt ist, und er ist, nun ja … er ist eben anders. Wir geben unser Bestes.«

Sie erreichten den kleinen Gemüsegarten. Der Boden war feucht. Einige Nonnen bepflanzten mit hochgekrempelten Ärmeln die aufgelockerte Erde. Kurt stand in einer Grube. Sein Gesicht war nicht hellhäutig wie sonst, sondern von Schmutz überzogen. Eine Schaufel lag neben ihm. Allerdings benutzte er sie nicht, denn offenbar zog er es vor, mit bloßen Händen zu buddeln.

Als sie an die Grube traten, blickte Kurt hoch, wurde aber vom Gegenlicht geblendet. Er kniff die Augen zusammen, um besser sehen zu können. Schließlich erkannte er Rivenport. Er ließ einen Freudenschrei los und kam aus der Grube gekrabbelt. Als Rivenport klar wurde, dass Kurt, dreckig wie er war, auf ihn zugelaufen kam, um ihn wie immer zu umarmen, wollte er ausweichen, wusste aber nicht, wohin. Zwar bewahrte er Haltung, musste jedoch sofort an Marias Reaktion denken, wenn er mit einem besudelten Anzug heimkehren würde. Zum Glück stellte sich im letzten Moment Schwester Iris dazwischen. Sie packte Kurt an der Hand, zog ihn entschlossen weg und bewahrte so Rivenport vor dem Schlimmsten.

»Erst gehen wir uns waschen, was, Kurt?«

Kurt folgte ihr, schien aber nicht zu verstehen, warum er Rivenport nicht umarmen durfte. Die Priorin schaute ihnen belustigt nach, dann sagte sie: »Heute muss Kurt nicht in die Kirche. Bis zum Mittagessen hat er frei. Sie haben den ganzen Vormittag mit ihm … wenn Sie das wünschen.«

Doch Rivenport hörte ihr kaum zu. Er war in Gedanken versunken. Sein Blick war auf die Grube vor ihnen gerichtet, die Kurt mit seinen eigenen Händen ausgebuddelt hatte. Wie war es möglich, dass ein erwachsener Mensch wieder von Null anfangen musste? Ein Kind im Sandkasten, das war Kurt jetzt. Allerdings war er eins neunzig groß, achtzig Kilo schwer und verbarg eine Vergangenheit, die niemand kannte. Die Priorin las Rivenports Gedanken und sagte mit einem listigen, doch gleichwohl liebevollen Lächeln: »Es gibt Geheimnisse, die besser Geheimnisse bleiben.«

Kurt und er waren gen Osten gefahren, und schließlich hatte Rivenport den Chauffeur gebeten, mitten im Nichts auf der Straße nach Valle Grande anzuhalten. Rivenport kannte die Gegend, sie befand sich in einer natürlichen Kuhle, geschützt vor Wind und Kälte. Hier war der Winter nie allzu rau und der Frühling würde womöglich schon erste Zeichen seines Erwachens zeigen. Kurt und er liefen weit auf die Felder hinaus, bis hin zu von der Morgensonne gewärmten Hügeln. Es war frisch, aber nicht kalt.

Bald wird die Luft hier von wunderbaren Schmetterlingen nur so wimmeln, sinnierte Rivenport. Ein neuer Frühling wird erwachen, alles wird sich verändern und dann wird der Frühling wieder enden und ein weiteres Jahr wird vergangen sein, seit Rosa gestorben war. Kurt rannte den Hügel hoch, als spürte auch sein Körper, wie die ersten Blättchen, die sich nach den Sonnenstrahlen reckten, den Anbruch einer neuen Jahreszeit.

Rivenport kam aus der Puste. Es war nicht leicht, mit Kurt mitzuhalten. »Dort, wo Blumen gedeihen, ist Leben«, hatte Rosa immer gesagt. Insekten konnte sie nicht ausstehen, aber die Natur als Ganzes und besonders Pflanzen liebte sie. Vor ihm sah er eine und war dankbar, einen Grund zu haben, Kurt anhalten zu können.

»Siehst du die Blume dort? Das ist ein Gänseblümchen.«

Kurt, der schon weiter oben war, kam sofort heruntergelaufen. Rivenport saß in der Hocke und hielt den Blütenkopf nach oben.

»Eine schöne Blume, nicht wahr? Sie ist gerade aus dem Boden gesprossen.«

»Bbbb… Bbblu… Blume«, sprach Kurt ihm nach. Dann neigte er den Kopf zur Seite, vielleicht weil er glaubte, die Blume falsch herum zu betrachten.

»Ja, eine Gänseblume. Es gibt verschiedene Arten von Blumen. Und diese hier heißt Gänseblume.«

»Gg… Gänss… e… bbb… bll… ume«, brachte Kurt angestrengt hervor.

»Die Natur schläft im Winter und erwacht im Frühling. Sie strahlt im Sommer und stirbt im Herbst. So vergeht das Jahr und fängt dann wieder von neuem an. Bald kommt die Zeit des Frühlings und die Blumen erwachen. Gefällt dir das?«

Rivenport riss den Blumenkopf vom Stiel ab und legte ihn Kurt in die Handfläche. Der konnte sein Glück kaum fassen. Er betrachtete die weiße Blüte, als wäre sie der wertvollste Besitz. Rivenport umgriff seine Hand und half ihm, sie zu schließen.

»Gg… Gänss… e… blume«, wiederholte Kurt angestrengt und lächelte dann zufrieden.

»Du musst unsere Sprache lernen. Es ist wichtig. Du musst lernen, mit den Menschen zu sprechen, zu kommunizieren, nicht nur über deine Musik.«

Rivenport war sich bewusst, dass Kurt nicht viel von dem verstand, was er ihm sagte, doch so gingen auch Mütter bei ihren Kindern vor, oder etwa nicht? Sie sprachen mit ihren Säuglingen, als verstünden diese ihre Worte. Sie redeten so lange auf sie ein, bis die Töne in ihren Köpfen irgendwann einen Sinn ergaben. Und wenn die Kinder verstanden, dann dauerte es auch nicht mehr lang, bis sie selbst mit dem Sprechen anfingen. Erst sprachen sie, dann liefen sie. Nicht andersherum. Das Wort war schneller als der Körper. Warum sollte Rivenport nicht genauso mit Kurt verfahren? Er musste mit sanfter und doch bestimmter Hand ins Leben geführt werden.

»Das dahinten ist ein Strauch. Siehst du? Er wächst höher als die Blume, aber nicht so hoch wie ein Baum.«

»Sch…Str…auchh. Bbbb… Bau… Baum«, ahmte Kurt ihn nach.

Rivenport selbst hatte kaum Erinnerungen an seine Kindheit. Die Anforderungen und Notwendigkeiten in seinem Leben hatten sich so sehr angehäuft, dass ein klarer Blick nach hinten unwichtig, vielleicht sogar unmöglich geworden war. Doch auf einen solchen Tag wie diesen zurückblicken zu können, hätte er sich gewünscht. Dass sein Vater ihn eines Morgens an die Hand genommen und ihm die Welt, die Natur erklärt hätte. Doch er erinnerte sich nur daran, wie dieser am Esstisch steif dasaß in seinem grauen Wollanzug und nach dem Essen Messer und Gabel ordentlich nebeneinanderlegte und mit der stets gleichen Geste die Serviette von den Knien nahm, um sich den Schnurrbart abzutupfen.

Etwas später fuhren sie mit dem Auto weiter nach Osten und erreichten die Quebrada de Humahuaca. Rivenport glaubte, Kurt würde von dem einzigartigen Naturschauspiel überwältigt werden – die reiche Farbpalette der Landschaft, von hellen Cremetönen bis zu flammendem Rot, die surrealen Formen der Felsen. Doch er schien davon weniger angetan als von den Kakteen, welche die Hochebene besiedelten. Manche waren so hoch wie ein zweistöckiges Haus, einige hatten drei oder sogar fünf Triebe.

Kurt ließ sich vor Neugier kaum halten und rannte los. Vor einem menschengroßen Kaktus hielt er inne. Rivenport hatte schon Angst, dass sein Hang zu Umarmungen auch die Fettpflanze nicht verschonen würde. Doch plötzlich wandte Kurt sich ab. Rivenport, der ihn, inzwischen außer Atem, eingeholt hatte, sah den Grund: Unweit entfernt hatte sich ein brauner Bussard auf einen Felsbrocken gesetzt. Er schien sie zu beobachteten, so wie sie ihn. In dem Gelb seiner Augen funkelte das Mark des Jägers. Als Rivenport ihn darauf aufmerksam machte, wollte Kurt etwas sagen, doch er konnte natürlich nicht – was ihn nicht davon abhielt, es trotzdem zu versuchen.

»V…o… Vvogg…e…ll.«

»Ja, das ist ein Bussard, ein Raubvogel.«

»S…S…c…hön!«, rief Kurt.

»Du findest ihn schön? Ja, er hat etwas Schönes an sich, edle Züge, einen wohlgeformten Körper, sicherlich ist doch aber das Erste, was einem auffällt, dass er mächtig und gefährlich aussieht. Er ist ein Raubtier. Er sitzt da und beobachtet uns bedrohlich. Wäre das nicht ein passenderes Wiewort für ihn? Bedrohlich?«

Doch Kurt blieb dabei: »Vogel. Schön.«, wiederholte er entschieden. Er empfand ihn nicht als »mächtig« oder »bedrohlich«, er war »schön«. Rivenport widersprach nicht. Er freute sich darüber, dass Kurt anfing, den Worten ein Bild zu geben. War das nicht das Fundament der Sprache? Bilder, die sich in Laute verwandeln? Und verhielt es sich nicht genauso mit der Schrift, dem Alphabet? Nun beschritt auch Kurt diesen Weg. Den Weg der Zivilisation. Die Welt nahm in seinen Augen Form an und wurde in seinem Mund zum Wort.

So verbrachten sie den Vormittag in der Natur. Hier in

der Quebrada war die Luft reiner als in der staubigen Vor-Puna von S. Es war wahrhaftig eine Idylle und kein Tag hätte sich besser für einen solchen Ausflug geeignet. Kurt amüsierte sich prächtig. Die schiere Weite der Landschaft verlieh ihm eine enorme Energie. Er roch an Blumen, befühlte Sträucher, wälzte sich auf dem Boden, nahm Wurzeln in den Mund, spuckte sie wieder aus, als er merkte wie bitter sie schmeckten, und verfolgte sogar eine grasende Guanako-Herde.

Allerdings schien er nicht zu verstehen, warum die Tiere vor ihm wegliefen. Was hatten sie gegen ihn? Er wollte doch nur Freundschaft schließen. Wiederholt ging er auf sie zu und wiederholt rannten sie weg. Rivenport erklärte ihm, dass es an der schwierigen Kommunikation läge. Sie könnten ihn nicht verstehen, weil sie einer anderen Rasse angehörten. Und ihr Instinkt warnte sie vor den Menschen, die ihnen Schaden zufügen konnten. Dass diese wunderschönen Wesen in ihm eine Gefahrenquelle sahen, kapierte Kurt jedoch nicht. Es wollte ihm nicht in den Kopf, dass sie nicht stehen blieben. Warum sollten sie Angst vor ihm haben? Schließlich hatte er ja auch keine Angst vor ihnen.

Rivenport war so guter Dinge, dass er kurzerhand entschied, Kurt den ganzen Tag zu widmen. Sie fuhren in die Stadt zurück, von wo Rivenport das Kloster entsprechend benachrichtigen ließ. Dann führte er Kurt ins Naturkundemuseum, um ihm seinen Schatz zu zeigen. Normalerweise war das Museum am Nachmittag geschlossen, doch natürlich wurde ihm, dem Professor, jederzeit Eintritt gewährt. In seinem Schreibtischfach im Krankenhaus hatte er für alle Fälle sogar einen Privatschlüssel.

»Erkennst du ihn wieder?«

Sie standen jetzt vor einem ausgestopften Bussard, der, an einem Ast festgekrallt, in einer großen Vitrine ausgestellt war. Rivenport hatte Kurt gezielt zuerst in den Raum der Säugetiere und Vögel gebracht. Der Blondschopf hatte vorher schon die Glasaugen des Zwergpinguins gemustert und den Kopf geneigt, wie er es bei der Gänseblume getan hatte. Die erhoffte Freudenreaktion blieb aber aus, und so ging er weiter von Exemplar zu Exemplar, bis er schließlich beim Bussard gelandet war. Doch Kurt wirkte nun etwas matt, als wäre die vorherige Energie plötzlich von ihm gewichen. Rivenport dachte, dass er schlichtweg müde sein musste. Den ganzen Vormittag war er rumgerannt und die Höhenluft kostete doppelte Kraft.

»Siehst du, hier können wir ihn von ganz nah sehen. Die Bedrohung, die von ihm ausgeht, oder, wie du vorher meintest, seine Schönheit. Hinter dem Glas ist sie für immer und für alle erhalten. Solche und viele weitere Wunder verdanken wir der Wissenschaft.«

Aber Kurt war von den Tieren hinter Gläsern offenbar keineswegs überzeugt: Fehlte ihm ein Glitzern in ihren Augen? Plötzlich wurde er sogar unruhig und fing an zu zappeln: »Sch… Schön!«

»Ja? Der Vogel ist schön?«

Aber das vorher so ehrlich bewundernde Adjektiv

hatte nun eine ganz andere Valenz. Der Klang des Wortes hätte nicht unterschiedlicher sein können. Nun war er kreischend, gestört, ein Hilferuf: »Schön! Schön!«

Rivenport griff sich unter Schmerzen ans Bein, Kurt hatte ihm gerade einen Tritt verpasst. Sein Zappeln war so heftig geworden, dass er um sich trat. Es war ersichtlich, dass Kurt mit ihm zu kommunizieren versuchte. Doch da sein Wortschatz noch zu klein war, um sich klar auszudrücken, musste er die fehlenden Vokabeln mit Körpersprache und Lauten wettmachen. Seine Bewegungen und der Ton seiner Stimme verneinten das Wort »schön« – »Nicht schön! Hässlich!«, das wollte Kurt wohl mit seinem gekreischten »Schön« sagen. Der Bussard, der ihn vorhin auf den Feldern vor Freude aufjauchzen ließ, flößte ihm jetzt nur noch Schrecken ein.

Als sie ins Kloster zurückkehrten, war es schon dunkel. Rivenport erklärte der Priorin, dass sie einen wunderbaren, aber auch anstrengenden Tag hinter sich hätten. Das sei der Grund, warum Kurt direkt in seine Hütte gegangen sei, ohne wie sonst die Nonnen überschwänglich begrüßen zu wollen. Rivenport verschwieg, wie Kurt aus dem Museum gerannt war, nach Luft lechzend, das Gesicht voller Tränen. Wie er für den Rest des Abends eine niedergeschmetterte Miene aufgesetzt hatte, bestürzt von dem, was er gesehen hatte. Er erzählte der Priorin auch nicht von Kurts Angst und dem irren Blick in seinen Augen, als ihm plötzlich klar geworden sein musste, dass die Kreaturen in den Vitrinen nicht schliefen. Dass sie nicht ruhten, sondern für immer in ihrer Starre verweilten. Dass ihre Lebensenergie verflossen war, niemals wiederkehren würde und sie bloß noch Gegenstände waren – schöne, herrliche Gegenstände zwar, doch letztlich nur verblassende Erinnerungen an ihre einstige Glorie. Rivenport verschwieg der Priorin auch Kurts »Schön« zum Leben und sein anderes »Schön« zum Tod. Er erzählte nichts von all dem, denn manche Geheimnisse, das hatte die Priorin selbst noch am Morgen betont, blieben besser Geheimnisse.

16.

Rivenport war den Nonnen dankbar, dass sie Kurt Kost und Logis gaben. Doch besonders schätzte er ihre Bemühungen, ihn zu bilden. Mit Geduld, Disziplin und der nötigen Beständigkeit lehrten sie ihn nicht nur grundlegende Fähigkeiten wie Sprechen, Lesen und Schreiben, sondern versuchten, ihn auch weiterführend in die zivilisierte Welt einzuweisen. Sie legten ihm die Pfeiler der Gesellschaft nahe, ihre Funktionsweise, den Sinn hinter Grundbegriffen wie Arbeit, Werten, Gemeinschaft, Geld, Kultur, Natur, Gott. Sie zeigten ihm, wie man sich in der Öffentlichkeit zu benehmen hatte, wie man sich selbstständig kleidete und sauber hielt. Und sie brachten ihm auch Arbeiten bei, die im Kloster von Nutzen waren. Kurz, sie gaben sich Mühe, aus Kurt ein gesellschaftsfähiges Wesen zu machen.

Die Nonnen pflanzten im Nutzgarten Quinoa und weiße und grüne Kartoffeln, Oka sowie Bohnen, Karotten und Alfalfa an, und es erwies sich, dass Kurt einen grünen Daumen hatte. Er liebte es, sich die Hände schmutzig zu machen. Mit derselben Passion, mit der seine Finger zur Morgenmesse auf den Orgeltasten spielten, wühlten sie in der Erde oder im Kompost. Genau wie mit seiner Musik konnte er auch beim Gärtnern unerwartet schnell zwischen Pianissimo und Fortissimo wechseln. Einen Moment streichelten seine Finger noch den Halm einer Pflanze, gleich darauf buddelte er sich energisch bis zu den Ellenbogen in die Erde.

Kurt verbrachte schon bald einen Großteil seiner Zeit draußen beim Gemüsebeet. Es kam nicht selten vor, dass die Priorin oder eine der Schwestern ihn im Vorbeigehen hörten, wie er beim Arbeiten eine Melodie summte oder sogar sang, als wollte er im Kosmos der Musik mit den Pflanzen einen Dialog beginnen.

Im Zentrum der Bemühungen der Ordensschwestern, den Blondschopf zum Zoon politikon zu formen, stand natürlich der Religionsunterricht. Schließlich funktionierte keine Gesellschaft ohne Religion. Aus Kurt sollte ein anständiger Katholik werden. Doch Religion, Gott und Glaube sind ähnlich wie Metaphysik oder Mathematik abstrakte Konzepte, die nicht leicht zu erklären sind. Kurt sah die Nonnen im Kloster beten, und auch in der Kirche knieten die Gläubigen in ihren Gebetsbänken, falteten die Hände und nuschelten vor sich hin. Das machte ihn wohl neugierig, und wie bei Vielem, das er nicht verstand, nahm er es zunächst einfach hin. Das Beten empfand er offenbar als interessant und schön, wie er Vieles in dieser neuen Welt interessant und schön zu finden schien. Doch mitbeten durfte er noch nicht, denn schließlich wusste keiner, ob er getauft war.

Rivenport erfuhr von der Priorin, dass Kurt jeden Abend aus dem Alten Testament vorgelesen bekam und, obwohl er offensichtlich nichts verstehen konnte, Gefallen daran fand. Anscheinend freute er sich besonders, wenn Schwester Iris ihm vorlas und das, obwohl er oft dabei einschlief. Rivenport konnte das durchaus nachvollziehen, von allen Nonnen, die er kannte, war sie ohne Frage die graziöseste.

Er konnte sich die Szene nur zu gut vorstellen: die warme Stimme der Schwester, die schleppenden Worte der Bibel, die in ihrem Mund zu einem weichen Singsang wurden. Kurts Kopf wurde schwer, dann fiel er gegen ihre Schulter, vielleicht kitzelten seine blonden Haare ihren Hals ein wenig. Schwester Iris hielt wahrscheinlich kurz inne, nicht sicher, wie sie reagieren sollte. Sie musste sich fragen, ob es nicht angebracht wäre, ihn zu wecken. Aber warum wecken? Schließlich verstand Kurt die Bibel sowieso nicht, der Priorin ging es ums unbewusste Einsickern. Warum sollte das Wort Gottes also nicht genauso gut im Schlaf wirken? So ließ sie ihn vermutlich ruhen und las, das Gewicht seines Kopfes auf ihrer Schulter, den Geruch seiner Haare, den Rhythmus seines Atems wahrnehmend, behutsam weiter.

Trotz Kurts überraschendem Benehmen bei ihrem

letzten Treffen fühlte Rivenport sich tiefer denn je mit ihm verbunden. Er hatte sich vorgenommen, mehr Zeit mit ihm zu verbringen, und tatsächlich fanden ihre gemeinsamen Ausflüge nun regelmäßig statt. Jedes Mal erkundeten sie einen anderen Ort im Umland von S. Rivenport kannte die Gegend nicht nur aufgrund seiner Leidenschaft für Schmetterlinge. In der Zeit seiner Anstellung im Krankenhaus nutzte er die glückliche Fügung, dass seine Eltern schon früh ein eigenes Automobil hatten. Rosa und er gingen damit fast jedes Wochenende auf Erkundungstour. Sie liebten es, die Zeit zu vergessen und einfach durch die Gegend zu fahren. Manchmal blieben sie sogar über Nacht weg und schliefen in kleinen Gasthäusern oder behelfsmäßigen Unterkünften in den Dörfern.

Leider hielt diese unbekümmerte Phase nicht lange an. Rivenport machte Karriere, seine Pflichten nahmen zu, die Arbeit wurde intensiver, er hatte weniger Zeit und wurde weniger umgänglich. Rosa zog sich zunehmend in ihre Bücher, die Musik und besonders den Garten zurück. Er vergrub sich in sein Insektenhobby, und die gemeinsamen Ausflüge reduzierten sich schnell auf ein Minimum. Rosa begleitete ihn anfangs noch auf Geschäftsreisen oder Konferenzen, bald aber ging er allein. Doch nun erlebte Rivenport auf seinen Exkursionen mit Kurt ein Déjà-vu. Die Landschaft, die sich vor ihren Augen erstreckte, war in sein Gedächtnis eingebrannt, die frische Luft, die sie atmeten, hatte den süßherben Geruch früherer Tage.

Rivenport führte Kurt zu einer archäologischen Stätte, in der die Einwohner seit der Antike wertvolle Artefakte aus Quarz herstellten. Er zeigte ihm die Arbeitsstellen und ließ ihn in einige größere Kristalle hineinblicken. Sie fuhren hoch zu den großen Bergseen, dem Pozuelos und dem Guayatayoc. Kurt bekam den Mund vor Staunen nicht mehr zu, als er neben dem Bussard noch weitere fliegende Wesen entdeckte. Vögel, die nicht braun waren, sondern rosa, wie die Sonne, wenn sie am Horizont unterging. Vorsichtig schlich er sich an die Flamingos heran, denn er hatte seine Lektion mit den Guanakos gelernt. Er näherte sich ihnen so weit wie möglich, bis sie am Ende doch vor ihm erschraken, ihre mächtigen Flügel ausbreiteten und in den Himmel schossen. Kurt rannte ihnen hinterher, das begeisterte Gesicht nach oben gerichtet, und flatterte sogar selbst mit den Armen, als wollte auch er zum Vogel werden.

Sie fuhren durch die Quebrada del Taire und zu den weiteren Salzseen, die sich karg und imposant ins Nichts auszudehnen schienen. Rivenport fragte sich, was für Gedanken dieses Naturspektakel in Kurt auslöste. Wie konnte er sich so etwas wie einen Salzsee erklären? Doch es war ersichtlich: Kurt erklärte sich nichts, er genoss. Er freute sich, unter der Sonne zu stehen, in die Ferne zu blicken und so weit zu laufen, bis er müde wurde. Und er lachte, als Rivenport mit seinem Taschenmesser ein Stück Boden abkratzte und ihn davon kosten ließ. Der Boden schmeckte salzig wie das eingelegte Fleisch, das es jeden Mittwoch bei den Nonnen gab.

Auf der Rückfahrt erblickten sie einen Fuchs. Wachsam stand er da, die Hinterbeine zur Flucht angewinkelt, und beobachtete das Auto mit den beiden Männern aus sicherer Entfernung. Kurt wollte aussteigen und ihn streicheln, doch Rivenport hielt ihn davon ab. Der Fuchs sei wie der Bussard ein Raubtier und zudem auch ein Aasfresser. »Er isst, was schon gestorben ist«, warnte er. Er würde zwar für den Menschen keine direkte Gefahr darstellen, allerdings könnte er an Tollwut leiden oder an einer anderen Krankheit, die sich schon durch einen Biss übertrage.

Anderntags trafen sie auf einen Lamahirten, der seine Herde zum Weiden ausführte. Er war ein alter Mann, eigentlich zu alt für diese harte Arbeit. Durch die Bergsonne war seine Haut rau wie Leder, tiefe Falten kerbten sich durch sein dunkles Gesicht. Als sie ihn begrüßten, lächelte er nicht. Doch er hatte freundliche Augen und schien sich über eine kurze Pause von seiner Einsamkeit zu freuen. Er erklärte ihnen die Unterschiede der verschiedenen Kamelarten der Anden: »Guanako und Vicunja, das sind wilde Tiere. Es bringt nichts, sie zu halten. Sie rennen weg oder werden traurig und weigern sich zu essen. Das Lama aber lässt sich zähmen.«

Rivenport fiel dem Mann ins Wort. Der Moment eignete sich vorzüglich, um Kurt zu belehren: »Wild, das bedeutet, dass der Mensch sie nicht wie Kühe, Schweine oder Hühner etwa im Gehege halten und züchten kann. Als Schlachttier oder Milchtier zum Beispiel, oder als

Felllieferant oder Arbeitstier, nein, wilde Tiere lassen sich vom Menschen nicht zähmen. Deshalb sind sie uns nur schwer von Nutzen.«

Das noble Fell des Vicunjas war so wertvoll, dass es auf den Stoffmärkten von Salta oder Buenos Aires, vor allem aber auch im Ausland, ungeheure Preise erzielte. Kurt durfte das lange, weiche Fell eines beigefarbenen Lamas streicheln und machte alle Anstalten, es zu umarmen. Doch der Hirte warnte ihn und stellte dabei seine großen Zahnlücken zur Schau: »Geh lieber nicht zu dicht dran: die spucken, die Tiere!«

In den Weinbergen von Cafayate zeigte ihm Rivenport die noch fruchtlosen Reben und erklärte, dass hier bald Trauben wachsen würden und man aus eben diesen Trauben den deftigen Wein des Hochgebirges gewinne. Zum Mittagessen ließ er ihn auch einen Schluck aus seinem Glas probieren, doch Kurt verzog die Miene. Der Alkohol bekam ihm nicht, lieber trank er gezuckertes Wasser.

Sie besuchten auch wieder die Quebrada de Humahuaca, an einer anderen Stelle, dort wo die jahrtausendealten Felsschluchten ein ganz besonderes Farbspektakel boten. Die einzelnen geologischen Phasen zeigten sich bunt in den Schichten der Sedimentgesteine, mehrere Millionen Jahre Erdgeschichte wie Farben auf einer Leinwand. Doch wieder hatte Kurt nur Augen für die Riesenkakteen, die sich wie meterhoch aus dem Staub ragende Kandelaber gen Himmel streckten. Rivenport hatte Angst, dass Kurt diesmal dem Drang, die gewaltigen Pflanzen zu berühren, nicht widerstehen könnte. Schließlich liebte er nichts mehr, als neuartige Dinge anzufassen.

Vorbeugend stellte sich Rivenport also hinter seinen blonden Freund, nahm seine Hand und führte sie sachte gegen die haarigen Kaktusstacheln. Kurt strich mit der Handfläche über sie, berührte das eigenartige grüne Gewächs mit seinen ausgestreckten Armen und staunte sichtlich, wie sich die Stacheln an seiner Haut anfühlten. »Aua!«, schrie er plötzlich auf. Nur ein Moment der Unachtsamkeit und Kurt hatte zu fest gegen die Pflanze gedrückt. Nun war ein Stachel in seinen rechten Zeigefinger eingedrungen, Blut trat aus. Auch das musste eine neue Sinnesempfindung für Kurt sein: Schmerz, dachte sich Rivenport, als er ihm den Stachel aus der Haut zog, um sein Leiden zu beenden.

So verstrichen die Wochen, und Kurt lernte bei jedem Ausflug etwas Neues hinzu. Der Frühling hatte langsam begonnen, den Winter abzulösen. Die Temperaturen wurden erträglicher und die Sonne strahlte wieder spürbar Wärme aus. Es war am Wochenende einer dieser ersten Frühlingstage, an dem Rivenport entschied, dass es wieder an der Zeit war, auf Schmetterlingsjagd zu gehen. Bei der Gelegenheit würde er Kurt gleichzeitig in die hohe Kunst der Lepidopterologie einweisen. Ein kleiner Fangtrupp aus Jägern, die schon öfter für Rivenport gearbeitet hatten, war schnell zusammengestellt. Mit Kurt und den nötigen Utensilien passten sie alle knapp in das Automobil.

Wie es sich für ernsthafte Schmetterlingsjäger gehörte,

brachen sie frühmorgens auf. Als sie Kurt im Kloster abholten, fing es gerade an zu dämmern. Die Männer luden Fangnetze, Holzkästen und Glasbehälter in verschiedenen Größen um, sodass Platz für den Blondschopf geschaffen war. Sie schlängelten sich für ein paar Stunden durchs Gebirge, bis sie endlich die fruchtbare Tiefebene des Baritu Parks an der Grenze zu Bolivien erreichten.

Rivenport hatte sich für dieses Anfängerrevier entschieden, weil es sich ganz ausgezeichnet für das heutige Vorhaben eignete: Kurt sollte die Schönheit der Schmetterlinge gezeigt und in die Wissenschaft um diese eingeführt werden. Der Blondschopf bekam ein Netz in die Hand gedrückt, mit dem er auch gleich zu spielen begann. Er schwang es durch die Luft und steckte den Kopf hinein, als wäre er selbst ein gefangener Schmetterling. Nachdem sie sich in zwei Fangtrupps aufgeteilt hatten – Rivenport, Kurt und ein Helfer, der allerlei Material für sie trug, südlich, der andere Trupp nördlich der Straße –, musste Rivenport Kurt das Netz aus der Hand nehmen und ihm mit gebührender Strenge erklären, dass es kein Spielzeug sei.

Es verging keine Viertelstunde, und schon sichteten sie im Blattwerk eines tief wachsenden Strauches einen Schmetterling. Seine Flügel waren zusammengeklappt, der lange, schmale Körper war ganz unscheinbar. Rivenport deutete Kurt an, sich bitte vorsichtig zu nähern. Kurt erkannte zunächst nicht, was sie da beobachteten.

»Siehst du ihn? Den Schmetterling? Siehst du ihn, Kurt?«

»Wo? Kurt nichts sehen.«

»Zwischen den Blättern. Er ruht sich aus. Er gibt seine Schönheit noch nicht preis. Doch wenn er erst die Flügel aufschlägt und losfliegt, wird er seine einzigartige Farbenpracht zur Schau stellen. Und du wirst nicht glauben, wie schön er ist. Dann können wir auch sehen, zu welcher Gattung er gehört.«

Aber Kurt sah das Insekt einfach nicht. So mussten sie sich näher an die Pflanze heranpirschen, doch bevor Rivenport reagieren konnte, flatterte der Schmetterling plötzlich davon. Seine Flügel schimmerten smaragdfarben in der Sonne. Rivenport griff noch nach dem Netz, doch es war zu spät – und als er wieder aufschaute, war der Falter schon verschwunden. Doch seine Schönheit hatte Spuren hinterlassen. Wie Rivenport vorhergesehen hatte, war Kurt ganz hingerissen. Er überhäufte ihn mit seinen »Schöns«, und zwar den echten, den begeisterten »Schöns«, die eigentlich »wunderschön«, »unglaublich«, »prächtig« bedeuteten.

»Das Schmetterling?«

»Ja, das war ein Schmetterling. Ein Edelfalter sicherlich, das konnte man an der Flügelspanne erkennen. Es gibt auch noch andere Arten und Unterarten, aber die Wahrheit ist: keiner gleicht dem anderen. Genauso wie wir Menschen. Wir sind gleich und doch alle anders.«

Kurt nickte nachdenklich und fragte: »Farbe ... Farbe grün?«

»Ja! Sehr gut. Das war tatsächlich seine Farbe. Nicht alle sind grün. Manche sind blau, andere sind orange oder schwarz oder gelb, andere wiederum haben ganz viele Farben gemischt. Man kann alle Farben des Regenbogens in den Flügeln der Schmetterlinge finden. Und auch die Formen der Farbtupfer sind ganz unterschiedlich. Kreise, Punkte, Rauten, ich bin selbst jedes Mal aufs Neue überrascht.«

Rivenport war stolz auf Kurt. Der Blondschopf schien einen Punkt in seiner Entwicklung zu erreichen, an dem er seine Umgebung begriff. Auch sein Spanisch hatte Fortschritte gemacht und er konnte inzwischen bereits Grundkonzepte verständlich machen. Das Hochland und seine Geschöpfe waren in den letzten Wochen sein Zuhause geworden, doch Schmetterlinge hatte er noch keine gesehen. Auf Kurt, der von allen Lebewesen begeistert war, doch bis jetzt am stärksten auf fliegende Tiere reagiert hatte, mussten sie einen magischen Effekt haben.

Es dauerte nicht lange, bis sie weitere Exemplare fanden. Ein Pärchen von hell-getigerten Schmetterlingen flog wie im einstimmigen Spiel vor ihnen durch die Luft. »Juuiii! Juuiii!« Kurt sprang jauchzend hinterher, auch er wollte mitspielen, Teil ihres schwerelosen Tanzes durch die Luft sein. Doch der Spaß wurde jäh unterbrochen. Brachial wurde einer der Schmetterlinge aus der Luft gerissen. Rivenports Netz hatte zugeschlagen. Kurt schrie erschreckt auf: »Nein, nein.« Doch sein Protest tat nichts zur Sache, Rivenport fing geschickt auch das zweite Insekt. Ihr Benehmen war verwunderlich. Weder flatterten noch zappelten sie im Netz, sondern ließen kampflos den Freiheitsentzug über sich ergehen. Und ihre glorreichen Farben verschwanden zusammen mit dem Elan, den sie noch vor wenigen Augenblicken innehatten.

Routiniert umschloss Rivenport die zwei Exemplare im Netz mit der Hand, kehrte dessen Innenseite nach außen und legte sie behutsam in einen Glasbehälter, den der Begleiter aus seiner Tragetasche geholt hatte. Dort blieben die Schmetterlinge eingeschlossen, sodass nur noch das durchsichtige Glas die Illusion ihrer eben verlorenen Freiheit aufrechterhielt. Zu ihnen würden im Laufe des Morgens noch viele weitere Exemplare hinzukommen. Doch mit jedem weiteren Fang verdüsterte sich Kurts Stimmung merklich. Er verstand wohl nicht den Sinn dahinter und fragte bald auch schon irritiert: »Warum Rodrigo … das?« Um seinen Worten einen Sinn zu geben, wirbelte er das Netz demonstrativ durch die Luft und deutete dann auf das tragbare Gefängnis, in denen die Falter mit zusammengeklappten Flügeln ausharrten, als warteten sie auf die Sonne.

»Das ist der Grund, warum wir hier sind, Kurt. Wir fangen Insekten ein. Das ist, was Entomologen machen. Am Anfang mag dir das ein wenig brutal vorkommen. Böse sogar. Aber es ist das Gegenteil. Nicht »hässlich«, sondern »schön«. Das wirst du eines Tages verstehen. Es ist die Schönheit der Kenntnis der Natur. Wissenschaft, Kurt, Sammlung und Katalogisierung, damit nicht nur wir von diesen flüchtigen Momenten profitieren, in denen wir die Schmetterlinge in der freien Natur sehen, sondern alle anderen Menschen auch, für immer. Die Natur ist

Chaos und der Mensch ordnet es. Genau wie du mit deinen Pflanzen im Klostergarten. Wenn du den Boden nicht zuerst umgraben und besäen und schließlich pflegen und hegen würdest, dann würde nur Unkraut aus der Erde sprießen. Nicht anders ist es hier. Aber keine Angst, du wirst schon sehen, es wird dich begeistern.«

»Nein«, erwiderte Kurt trocken. Er wiederholte das Wort immer wieder, nicht mehr kreischend, sondern ruhig und langsam. Wenn Rivenport zum Schwung ausholte, um einen Schmetterling vom Himmel zu holen, hielt er sich die Hand vor die Augen und flüsterte nur noch: »Nein. Nein.«

Am Ende des Morgens hatten sie bestimmt dreißig Schmetterlinge gefangen. Es wären mehr möglich gewesen, wenn Kurt sich nicht quergestellt, sondern beteiligt hätte. Aber er weigerte sich. Gleich nach dem ersten Schmetterlingsfang hatte er Rivenport das Netz zurückgegeben. Seine Haltung war nachvollziehbar, und Rivenport hatte nach dem gemeinsamen Besuch des Naturkundemuseums etwas in der Art erwartet.

Er zog es vor, freie Schmetterlinge zu sehen – auf den Blüten der Blumen, einem Grashalm oder frei flatternd unter dem Firmament. Kurts Naivität musste das Einfangen der Insekten als grundlose Freiheitsberaubung begreifen, als einen puren Akt der Zerstörung. Er konnte noch nicht verstehen, dass es um etwas Anderes ging. Eine notwendige Aggression, ein winziges Opfer für den glorreichsten Preis: die ewige Schönheit. Kurt würde das schon noch kapieren, dachte Rivenport gelassen und überlegte sogar, ob aus ihm eines Tages ein guter Lepidopterologe würde. Ein Mensch, der so feinsinnig musizierte, sollte eigentlich mehr als jeder Andere diese Leidenschaft schätzen. Außerdem war vielversprechend, dass Kurt von den Schmetterlingen sichtlich hingerissen war. Nicht anders war es auch bei Rivenport gewesen, als ihn vor vielen Jahren im Internat ein wohlwollender Lehrer in die Insektenkunde eingewiesen hatte.

Als sie mit ihrem Fang zurück Richtung S. fuhren, beobachtete Rivenport im Rückspiegel den Blondschopf, der auf der Rückbank saß und Trübsal blies. Es war erst Mittag, und doch hatte Kurt heute schon viel erlebt und gelernt. Zuerst war er begeistert gewesen, danach offenkundlich verletzt. Doch am interessantesten war, wie sich sein Wortschatz um ein wichtiges Wort erweitert hatte. Dem entzückten »Schön« hatte sich das trotzige »Nein« dazugesellt, damit konnte er klar und offen kundgeben, wenn ihm etwas missfiel. Kurt hatte die Verneinung entdeckt.

17.

Zu Besuch bei Rivenport war Kurt noch nie gewesen. Solange sie sich nun schon kannten, hatten ihre Treffen entweder in öffentlichen Gebäuden – sei es im Krankenhaus, im Kloster oder in der Kirche – oder in der freien Natur stattgefunden. Nie hatte sich für Rivenport bislang ein passender Anlass geboten, Kurt zu sich nach Hause einzuladen. Nach ihrer morgendlichen Schmetterlingsjagd war es aber soweit.

Maria wartete schon an der Eingangstür, als sie durch das Tor fuhren. Ihre Uniform leuchtete in der Mittagssonne. Nervös hüpfte sie von einem Fuß auf den anderen und zupfte an ihren Rockrüschen. Kurts Besuch war eingeplant und mit ausreichend Vorlaufzeit angekündigt worden. Als Maria davon erfahren hatte, konnte sie ihre Freude kaum beherrschen. Seit dem Tag, als Kurt aus dem Krankenhaus in das Kloster umgezogen war, hatte sie ihn nicht zu greifen bekommen und nur von weitem in der Kirche gesehen. Ihre Kochkünste waren nicht mehr gefragt, schließlich war er in der Obhut der Nonnen. Natürlich hatte sie gegenüber Rivenport ob der spartanischen Klosterkost Bedenken geäußert. Zweifelsohne schmeckte sie Kurt nicht, nachdem er in den Genuss ihrer herzhaften Küche gekommen war!

Rivenport kam mit einer Holzkiste in den Armen die Eingangsstufen hochgetorkelt. Sie enthielt die Glasbehälter mit den eingefangenen Schmetterlingen. Bei jedem Schritt klirrten sie gegeneinander und drohten umzukippen. Rivenport hatte Schwierigkeiten, die Kiste zu balancieren und gleichzeitig auf den Weg vor ihm zu achten, was dazu führte, dass er beinahe über die Türschwelle stolperte. Kurt trat desorientiert aus dem Auto. Er blickte sich um, nicht wie üblich mit Neugier, sondern mit Misstrauen. Der Morgen musste ihn ganz schön mitgenommen haben.

Erst als er Maria an der Tür erblickte, leuchtete Kurts

Gesicht auf. Er stürmte auf sie zu und schloss sie in die Arme. Aus dem Schatten des Gebäudeinneren belächelte Rivenport die Szene. Er wirkte dabei wohl überheblich, doch in Wirklichkeit versuchte er nur, die Gefühle zu kontrollieren, die in ihm aufkamen. Jäh wurde Rivenport in seine Kindheit zurückgeschleudert: Maria klein und breit, er groß und schlank. Ihr Kopf auf der Höhe seines Bauchnabels. Die Wärme, die sie ausstrahlte, und der süße Duft der frischgebackenen Alfajores, der von ihren Haaren und ihrer Schürze ausging. Jeden Sommer, wenn er aus dem Internat zurückkam, bedeutete dies Zuhause für ihn. Doch der Umarmte war diesmal nicht er, sondern Kurt. Als die zwei sich endlich losließen, machte Maria sich daran, ihren Kittel glatt zu streichen. Was Kurt im Gegensatz zu Rivenport vermutlich nicht merkte, war, dass sie von den Tränen abzulenken versuchte, die ihr vor Freude in die Augen getreten waren.

Rivenport wurde die Gefühlsduselei zu bunt. Seine Stimme drang nüchtern in den Raum: »Kurt, folge mir bitte nach unten. Maria, wir wollen natürlich nicht gestört werden.«

Maria fuhr empört auf. Ihre feuchten Augen schienen sie nicht mehr zu stören: »Aber Herr Professor, so geht das nicht! Sie müssen doch etwas essen. Den ganzen Morgen waren Sie unterwegs an der frischen Luft. Sie müssen doch Hunger haben. Kurt hat sicher Hunger. Stimmt's, Kurt?«

Kurt verstand wohl kaum, was sie da von sich gab, schien aber so sehr von ihrer einnehmenden Körpersprache überzeugt, dass er zustimmend nickte und hinzufügte: »Maria. Haus.«

Rivenport war verdutzt. Nicht so sehr darüber, dass Kurt den Namen seiner Haushälterin aussprach. Was ihn überraschte, war die Verbindung mit dem Wort »Haus«. Dachte Kurt, dass sie hier wohnte? Hatte er nicht kapiert, dass Rivenport ihn zu sich eingeladen hatte? Nahm er vielleicht sogar an, er wohne im Krankenhaus und die glorreiche Familienvilla sei das Anwesen einer einfachen Dienstkraft? Pikiert entgegnete er: »Das hier ist mein Haus. Ich wohne hier, nicht Maria. Nun ja, auch Maria wohnt hier, in gewisser Weise ist es also auch ihr Haus –«

Rivenport brach ab. Seine Erklärung war für Kurt viel zu kompliziert, außerdem warf er gerade ein eher schlechtes Licht auf sich selbst. Also lenkte Rivenport ein: »Wenn Kurt Hunger hat, dann essen wir noch eine Kleinigkeit. Aber hier oben bitte und danach Händewaschen. In der Sammlung ist Essen verboten!«

Das war Musik in Marias Ohren. Sie hastete in die Küche und kurz darauf hörte man schon durch die Wände die Anordnungen, die sie dem Koch an den Kopf warf. Rivenport nahm seine Jacke ab und bedeutete Kurt, ihm ins Bad zu folgen, um sich frisch zu machen. Als sie wieder in den Korridor traten und Richtung Esszimmer gingen, blieb Kurt plötzlich stehen. Er wirkte irritiert, wie eben, als er aus dem Auto gestiegen war: »Warum? Kurt. Rodrigo. Warum?«

Kurt deutete auf den Boden und drehte sich im Kreis, als wollte er all das darstellen, was sich um sie herum befand: das Haus, das Bad, den Korridor, den Salon, den großen Tisch im Esszimmer.

»Warum wir hier sind? Du willst wissen, was wir hier machen?«

Maria hatte schon den Tisch gedeckt. Jetzt brachte sie etwas Brot, Wein und Wasser. Rivenport brach ein Stück Brot ab und biss herzhaft hinein. Maria hatte natürlich recht gehabt: Er merkte jetzt, wie hungrig er war.

»Das Fangen ist nur der erste Schritt. Als Nächstes müssen wir die Schmetterlinge präparieren und einordnen, und wenn wir wirklich ordentliche Arbeit leisten wollen, müssen wir die Präparate auch noch beschriften.«

Die Worte sagten Kurt nichts, allerdings schaute er ängstlich, als ihm klar wurde, dass Rivenport etwas mit der Kiste und den Behältern vorhatte.

»Du musst dir keine Sorgen machen. Es ist schön, Kurt.«

»Schön?«

»Ja. Du wirst sehen. Schön … wunderschön!«

Er nahm sich ein weiteres Stück Brot und fiel wieder in seinen Dozierton: »Du musst wissen, Kurt, die Schönheit der Schmetterlinge ist kurzweilig. Schmetterlinge sind besondere Geschöpfe, denn sie verwandeln sich. Zuerst sind sie Raupen. Sie kriechen durch die Natur und nähren sich von dem, was sie finden, um Energie zu sammeln, bis sie sich an einen sicheren Platz zurückziehen. Dort spinnen sie sich in einen Kokon, das ist eine Art Gehäuse, in dem sie wochenlang ausharren. Die harte Schale und das Versteck schützen sie vor Feinden. Und dann schlüpfen sie. Dem hässlichen Kokon entspringt ein wunderschöner Schmetterling, der sich in die Luft schwingt und der Welt seine Farben zeigt. Doch nur für kurze Zeit, denn bald schon stirbt er. Die meisten Schmetterlinge leben etwa einen Monat, doch manche Arten sterben bereits nach wenigen Stunden. Wir Lepidopterologen versuchen, diesen Moment der Schönheit für die Ewigkeit aufzubewahren. Dank uns strahlen die Schmetterlinge nicht nur einen Tag, sondern für immer. Ist das nicht eigentlich unglaublich? Ist das nicht wirklich schön?«

Maria tischte einen dampfenden Eintopf auf. Der Geruch von Knoblauch und Paprika füllte den Raum.

»Jetzt ist aber genug geredet, Professor. Reden, reden, immer reden, und was hat Kurt davon? Nichts. Er hat Hunger. Kein Wunder, wenn er den ganzen Tag ihrem komplizierten Gerede zuhören muss. Armer Kerl. Jetzt wird erstmal gegessen! Danach könnt ihr immer noch weiterreden. Aber nicht beim Essen. Denn während des Essens soll nicht gesprochen werden, sonst füllt sich der Magen mit Luft, und das tut nicht gut. Nicht wahr, Herr Professor? Hat das nicht immer die Señora gesagt? Gelobt sei sie im Himmel.«

Dabei zwinkerte sie Kurt zu, und die zwei Männer taten wie ihnen befohlen und füllten ihre Mägen. Nach dem Essen gab es Nachtisch mit heißer Schokolade für Kurt und schwarzen Kaffee für Rivenport. Erst anschließend durften sie aufstehen und runtergehen.

Rivenport hielt noch einmal auf dem Treppensatz an und drehte sich zögernd zu Kurt. Es war das erste Mal, dass er nach dem Tod Rosas jemanden in seine Kammer ließ. Es handelte sich gewissermaßen um sein Versteck vor der Welt. Das sollte Kurt verstehen, und er machte es ihm mit ein paar einfachen, aber eindringlich gesprochen Worten sowie durch das Eintrittszeremoniell deutlich: das behutsame Herunterlaufen, das bedächtige Aufschließen der dreifach abgeschlossenen Eingangstür und das sequenzielle Anschalten der einzelnen Lichtquellen.

All dies schien allerdings den umgekehrten Effekt auf Kurt zu haben. Eingeschüchtert trat er in die Kammer, und als wäre sie ihm instinktiv nicht ganz geheuer, verschränkte er sogleich seine Arme. Seine Augen fanden das einzige Fenster im Raum. Es war klein, fast auf Deckenhöhe und obendrein noch geschlossen. Was ihn allerdings am meisten zu stören schien, war der derb-süßliche Geruch der Chemikalien, die Rivenport hier aufbewahrte. Er rümpfte die Nase und stützte sich gegen die Wand, als wären ihm die Dünste zu Kopf gestiegen.

Rivenport legte die Kiste mit den Glasbehältern in einer Ecke ab. Auf der Arbeitsbank stand eine Käseglocke, die wiederum auf einem mit nassem Sand gefüllten Teller ruhte. In ihr lagen wie farbige Bonbons verteilt kleine Schmetterlinge aus.

»Das sind Falter aus der Zucht, die ich gestern schon zum Aufweichen gelegt habe. Durch die Nutzung der Todesgläser tritt bei ihnen schnell die Totenstarre ein. Die Feuchtigkeit in der Käseglocke macht es erst möglich, sie zu präparieren … Du hast natürlich keine Ahnung, wovon ich spreche, warte, ich zeig's dir.«

Er hob die Käseglocke und nahm behutsam einen Schmetterling vom Sand. Kurt schaute zu: Das Insekt unternahm keinen Fluchtversuch, bewegte sich nicht einen Millimeter. Kurt schüttelte sich plötzlich, als liefe ihm ein kalter Schauer über den Rücken. Ein Ausdruck des Schreckens überzog sein Gesicht, genau wie beim Bussard im Naturkundemuseum. »Nein«, flüsterte er. Er musste glauben, dass der Falter noch lebte und vielleicht nur Rivenports gekonnter Griff für seine Reglosigkeit verantwortlich war: Zeigefinger und Daumen hielten das Insekt hinter dem Kopf fest. Rivenport zeigte Kurt den Falter im Lichtkegel der Tischlampe: »Komm näher. Schau genau hin!«, wies er Kurt an, wendete seine Hand nach Bedarf und beschrieb einzelne Körperteile des Schmetterlings und ihre Funktion. Dann legte er ihn auf eine lange, schmale Holzplatte mit einem Schacht in der Mitte: das Spannbrett.

»Den Ersten präpariere ich, und du schaust mir über die Schulter. Den Zweiten machen wir gemeinsam, ja?«

Er griff in eine Schachtel, Kurt sah etwas schimmern, doch bevor er verstand, was vor sich ging, hatte Rivenport schon die Metallnadel durch den Thorax des Schmetterlings gestochen. Kurt kniff vor Schreck die Augen zusammen. Für einen Augenblick schien es, dass der Schmetterling beim Einstich der Nadel zuckte.

Rivenport nahm eine Pinzette und klappte vorsichtig die Flügel des Schmetterlings auf. Ein Meer von smaragdgrünen Kreisen und flimmernden Flächen wurde sichtbar. Doch der erhoffte Wundereffekt auf Kurt blieb aus.

Der blickte stoisch nach vorne, als könnte nur diese Starre ihn davon abhalten, sich nicht wegzudrehen. Rivenport ließ den Körper des Falters in die Rinne des Spannbretts gleiten. Dann legte er einen Streifen vorgeschnittenen Papiers über einen Flügel und stach hauchdünne Nadeln neben dem Falter in die Spannbretter, sodass die Flügel ohne Beschädigung nach unten gedrückt wurden. Er wiederholte den Prozess einige Male und auf beiden Seiten, auch mit dickeren Papierstücken, bis der Falter einwandfrei auf dem Brett ausgespannt war. Mit etwas Watte befestigte Rivenport den Körper in der Rinne und korrigierte mit der Pinzette die schräg abstehenden Fühler, wie ein Künstler, der den letzten Pinselstrich auf eine Leinwand setzt. Schließlich schmatzte er und schaute zufrieden zu Kurt.

»Das war's schon. Jetzt lassen wir unseren kleinen Freund auf dem Spannbrett trocknen. Das wird keine Woche dauern. Und dann schauen wir, wie und wo er in die Sammlung passt. Allerdings sind wir Männer der Wissenschaft und keine Pfuscher, deshalb sollten wir der Ordnung halber schon jetzt eine Beschriftung anbringen.«

Rivenport wusste natürlich genau, um welche Schmetterlingsart es sich handelte, aber im Sinne einer angemessenen Einführung Kurts wollte er mit ihm den kompletten Prozess durchgehen. So schlug er den *Großen Illustrierten Atlas der Schmetterlinge* auf, blätterte durch die Seiten und deutete auf eine farbige Abbildung.

»Erkennst du ihn wieder? Das ist er, würde ich sagen. Was meinst du?«

Diesmal war Kurt verblüfft. Seine Augen wurden groß, als er die gleichen grünen Muster, die er soeben gesehen hatte, auf dem Papier erblickte. Die Ähnlichkeit zwischen Darstellung und Realität musste ihm als ein Ding der Unmöglichkeit erscheinen. Rivenport lächelte und schrieb den Namen des Schmetterlings auf einen Zettel: *Caria chrysame*. Weiter unten fügte er noch hinzu, dass es sich um ein Exemplar aus der Zucht handelte. Schließlich holte er aus einem Fach unterhalb des Arbeitstisches ein dickes, in Leder gebundenes Buch hervor: den Gesamtkatalog seiner Sammlung. Er schaute hinein und erklärte gleich: »Wir haben die Art schon in der Sammlung. Macht nichts, haben wir eigentlich sogar gerne.«

Auf die Rückseite des Zettels notierte er die geplante Positionierung des Schmetterlings in seiner Sammlung und legte ihn neben das Spannbrett. Später würde er die Daten auf die Fundorts- und Sammlungsetiketten kopieren und unterhalb des Leibes anbringen, auf dieselbe Nadel, die ihn durchstochen hatte.

»Jetzt gemeinsam, Kurt.« Rivenport griff einen weiteren Schmetterling aus der Aufweichdose und legte ihn behutsam in Kurts Hände. Der wusste allerdings nicht, was er damit sollte, jonglierte ihn unbeholfen und ließ ihn schließlich fallen. Es folgte ein kurzer Schrei: Kurt hatte wohl noch gehofft, dass der Schmetterling am Leben sei, der plumpste aber schnurstracks zu Boden. Er war tatsächlich tot.

»Mach dir nichts draus. Du musst dich dran gewöhnen. Die erste Berührung kann sich eigenartig anfühlen.« Rivenport hob den Schmetterling auf und legte ihn auf das Spannbrett. Doch Kurt schien keine Lust zu haben, den ganzen Präparierungsprozess aufs Neue durchzumachen. Er kniete auf dem Boden und blickte auf die Glasbehälter in der Holzkiste, die ihren heutigen Fang enthielten. Dann fischte er einen der Behälter heraus, wendete ihn in seinen Händen und drückte sein Auge daran, wohl immer noch in der hoffungsvollen Suche nach einem Lebenszeichen.

Rivenport ließ vom Schmetterling auf dem Spannbrett ab: »Was machst du denn da?« Er griff nach dem Glasbehälter: »Den brauchen wir jetzt nicht. Gib her!« Doch Kurt wollte ihn nicht hergeben. Er stand ruckartig auf, stellte sich auf die Zehenspitzen, streckte den Arm nach oben und hielt den Behälter so hoch, dass Rivenport ihn nicht erreichen konnte. Entnervt zupfte der an Kurts Ärmel, bekam das Glas auch endlich zu fassen und versuchte nun, es ihm aus der Hand zu reißen. Doch Kurt ließ nicht los. Da sprang plötzlich der Deckel auf, und schon fiel ein Schmetterling aus dem Glas.

Gebannt folgten beide dem Fall des Falters. Er befand sich im Sturzflug Richtung Boden, genau wie der Schmetterling, den Kurt eben fallen gelassen hatte und der jetzt regungslos auf dem Spannbrett lag. Doch was geschah? Ein Wunder! Plötzlich breitete der Schmetterling seine Flügel aus und flatterte durch die Luft. Aber es war kein normaler Flug, sondern ein verrücktes, orientierungsloses Flattern. Wie ein Betrunkener torkelte der Falter durch die Luft. Kurt aber konnte sein Glück kaum fassen, und so wie das Leben in den Schmetterling war die Freude auf sein Gesicht zurückgekehrt. Rivenport war perplex. Wie war das möglich? Das Gift im Todesglas musste nicht richtig gewirkt haben. Dabei hatte er doch entsprechend seiner Gewohnheit Ethylacetat benutzt. Zugegeben, es war nicht das stärkste Gift, aber es hätte dennoch ausreichen müssen. War vielleicht die Dosierung misslungen? Oder hatte einer der Helfer die Gläser zu lange offengelassen, sodass das Gift entweichen konnte? Wut machte sich in ihm breit: »Nein, nein, nein! Kurt! Was hast du nur angestellt?«

So ein Missgeschick war ihm noch nie passiert. Und schon gar nicht hier unten. Wie er es hasste, wenn Dinge eine unplanmäßige Wendung nahmen! Jetzt musste er nach oben rennen und das Fangnetz holen. Das Insekt mit den Händen einzufangen war schwierig und obendrein auch riskant, er könnte es beschädigen und dann wäre es unbrauchbar für die Sammlung. Verärgert verließ er die Kammer, Kurt blieb allein zurück.

Doch als Rivenport mit dem Fangnetz zurückkehrte erwartete ihn ein noch verblüffenderes Schauspiel. In der Kammer stand Kurt, ein verträumtes Lächeln auf seinem Gesicht. Um ihn herum nicht einer, sondern eine ganze Schar von Schmetterlingen, die mit ihrer Farbenpracht den Raum erleuchteten. Rivenport konnte seinen Augen kaum trauen. In den wenigen Minuten, in denen er Kurt alleingelassen hatte, musste er alle Behälter geöffnet und die Schmetterlinge befreit haben. Der komplette Tagesfang flog frei durch seine Kammer.

Die Falter flatterten noch etwas benommen durch die

Luft, harrten aus, erholten sich und flogen wieder los. Überall waren sie: auf den Schränken, den Kästen, dem Fenster, dem langen Arbeitstisch und den herumliegenden Blättern. Keck hockten sie auf den Giftflaschen und Metallnadeln oder verweilten auf dem dicken Einband der Schmetterlingsenzyklopädie. Rivenport griff sich verzweifelt in die Haare, doch Kurt, wieder mit der Welt und sich im Reinen, sagte nur: »Schön«.

18.

Einige Tage später saß Rivenport missmutig beim Frühstück. Er hatte schlecht geschlafen. Kurt war in seinen Träumen aufgetaucht. Blutig, mager und mit einem angstverzerrten Gesicht. Das war schon lange nicht mehr passiert, doch den Grund dafür kannte er nur zu gut. Träume waren schließlich die Verarbeitung dessen, was einen Menschen beschäftigte. Gedanken, die wie Osterlamm schwer im Magen lagen und die wohlverdiente Nachtruhe störten. Der Grund war ein Zettel.

Genauer genommen der Zettel, den Rivenport in der hektischen Zeit nach Kurts Auftauchen gefunden und zur Aufbewahrung in ein Fach gelegt hatte. Er hatte sich fest vorgenommen, ihn gründlich zu untersuchen, sobald sich alles wieder beruhigt hätte. Doch dann hatte er ihn vergessen. Bis vor wenigen Tagen sein Lieblingskugelschreiber den Geist aufgegeben und er auf der Suche nach einer

Nachfüllpatrone alle Fächer seines Schreibtischs durchgestöbert hatte. Doch statt der Patrone fand er wohlbehütet in einem Umschlag den Zettel.

Er hatte einen Blick darauf geworfen und genau wie damals nichts erkennen können. Also hatte er ihn eingesteckt und noch am gleichen Abend zu Hause in seiner Kammer mit der Lupe untersucht. Genützt hatte es wenig. Die Schrift war winzig und der Bleistift verwischt. Nur ein paar fester notierte Ziffern konnte man ausmachen: 152621. Der Rest war gänzlich unlesbar. Das konnte nun wirklich alles bedeuten, sagte er sich, legte den Zettel wieder weg und nahm sich fest vor, nicht mehr daran zu denken.

Doch er hatte natürlich weiter daran gedacht. Und nun saß er am Morgentisch, schlürfte seinen Kaffee und schaute unzufrieden drein. Kurts Geheimnis nagte an ihm. Rivenport brauchte Antworten. Und zwar besonders für sich selbst. Denn wie er sich eingestehen musste, war er schlichtweg unfähig, ein Leben zu führen, ohne eine schlüssige Begründung für die Ereignisse um ihn herum zu haben.

Die neue Vermutung, Kurts Staatsangehörigkeit, war dank der englischen Touristen aufgekommen, doch Polizeikommissar Escobar hatte sie mit einem Kopfnicken abgetan. »Danke für die wichtige Information«, hatte er, ohne seinen trockenen Sarkasmus verstecken zu müssen, kommentiert und sich wieder dem Aktenstapel in seinem verrauchten Büro zugewandt. Doch auch Rivenport gestand sich ein, dieser möglicherweise tatsächlich wichtigen Information noch nicht hinreichend nachgegangen zu sein.

Das Befragen der englischen Touristen hatte zu nichts als Kopfschmerzen geführt. Der nächste logische Schritt war, die zuständige Behörde zu kontaktieren. In diesem Fall das Institut für Ausländer und Migration, eine dem Außenministerium untergeordnete Dienststelle in Buenos Aires, die zur Aufgabe hatte, den Immigrantenstrom zu regulieren. Schon kurz vor und besonders nach Kriegsende hatten die Asylanfragen erheblich zugenommen. Franzosen, Italiener, Spanier, Portugiesen, Polen, Russen, Tschechen und Griechen trafen in Scharen ein. Jeden Tag legten Schiffe an, überfüllt mit Menschen, die sich auf der anderen Seite des Ozeans ein neues Leben erhofften.

Per Post hatte er dem Institut jenes Foto von Kurt zugeschickt – übrigens das einzig existierende –, das die Polizei im Krankenhaus geschossen und dessen Abzüge er für das Patientenarchiv genutzt hatte. Das Foto entsprach nicht dem jetzigen Stand der Dinge. Kurts Gesicht zeigte sich auf dem Bild noch mit Blut verkrustet und von der Sonne verbrannt. Sein hypnotischer Blick versteckte sich hinter geschlossenen Lidern. Nichts wies auf den heiteren Blondschopf hin, der die Nonnen mit seinem quicklebendigen Wesen verrückt machte. Im beigelegten Brief präzisierte Rivenport, dass die Suche der Dienststelle sich auf deutsche oder deutschsprachige Individuen beschränken sollte. Rivenport versprach sich nicht viel von diesem Schreiben, doch einen Versuch war es wert.

Die zentrale Frage blieb: Was trieb einen Deutschen in

den tiefsten Norden Argentiniens? Und worum handelte es sich bei den sechs Ziffern auf dem Zettel? Ganz banal gefragt: Für was waren die Deutschen denn sonst noch bekannt außer für die schreiende Grimasse Hitlers? Philosophie, Literatur und natürlich Musik. Bei Kurts Können deutete Vieles auf einen Musiker hin, aber was wollte er so weit im Norden? Hier gab es weder Konzerthallen noch ein angemessenes Publikum.

Und dann erinnerte sich Rivenport an einen Zeitungsartikel, den er vor nicht allzu langer Zeit gelesen hatte. Er hatte den deutschen Ausfuhrhandel nach Südamerika, insbesondere nach Brasilien, Chile und Argentinien beschrieben. »Deutschland, die Exportnation«, hatte der Titel gelautet. Er erinnerte sich auch an ein wenig später geführtes Gespräch im Herrenklub mit einem durchreisenden Beamten der Industriekammer, der ihm erzählt hatte, dass die großen Maschinen, die hierzulande für die Zuckerproduktion eingesetzt wurden, zum größten Teil importiert waren.

Damals hatte er der Sache keine besondere Aufmerksamkeit geschenkt, aber nun erschien sie ihm äußerst interessant. Wissenschaft und Technik, das war die wahre Stärke der Deutschen. War nicht ein Deutscher auch der Erfinder der Atombombe? Und überhaupt: für Maschinen, das war unbestreitbar, waren die Deutschen berühmt. Deutsche Maschinen waren zuverlässig, unfehlbar. Niemand vermochte sie mit mehr Präzision zu bauen. Kurt konnte also durchaus ein Handelsvertreter einer deutschen Firma sein.

Und die Ziffern auf dem Zettel? Womöglich eine Seriennummer oder die Nummer eines bestimmten Maschinenmodells. Diese Erklärung gefiel Rivenport. Natürlich war er sich bewusst, dass sie keine faktische Grundlage besaß, dennoch entbehrte sie nicht einer gewissen Logik. Mutmaßung, aber immerhin logisch konsistente Mutmaßung! In jedem Fall war es eine mögliche Spur, der er nachgehen konnte. Denn es musste ja einen Grund, einen ganz rationalen und normalen Grund, für Kurts Auftauchen geben. Und wäre dieser Grund einmal gefunden, dann würde sich der Rest des Puzzles einfach zusammensetzen: Kurts Identität, seine Geschichte und der Unfall. Es galt, den ersten Stein an den richtigen Ort zu legen, danach würde sich das Haus wie von selbst bauen.

Er nahm sich vor, seine Recherchen vor allem auf die subtropischen Gegenden um San Pedro, Ledesma, Valle Grande und Santa Bárbara, wo es die meisten Zuckeranlagen gab, zu konzentrieren. Per Telefon trat er mit einem in der Provinzhauptstadt San Salavador ansässigen Zwischenhändler in Kontakt und er konnte sein Glück kaum fassen, als dieser meinte, dass tatsächlich ein Deutscher – ein gewisser Herr Sommer, der eine große deutsche Maschinenfabrik vertrat – vor einem Monat nach Norden aufgebrochen war, um die dortigen Großgrundbesitzer von seinen Produkten zu überzeugen. Der Zwischenhändler hatte mehrfach versucht, sich mit dem Mann in Kontakt zu setzen, aber nichts mehr von ihm gehört. Diese Nachricht passte zu Rivenports Überlegungen und zwar umso mehr, als er hörte, dass es sich bei der sechsziffrigen Zahl durchaus um eine Seriennummer handeln könnte. Einige Modelle für die Zuckerverarbeitung beinhalteten neben Nummern auch Buchstaben, doch eben nur »einige«, wie Rivenport entzückt vernahm.

Ungeklärt aber blieb, warum Kurt in der Nähe des Passes nach Chile gefunden worden war. Hatte er sich vielleicht verlaufen oder verfahren? Hatte sein Auto eine Panne gehabt oder war er überfallen worden? Oder wollte er auch in Chile seine Verkäufe tätigen? Zudem war es für hiesige Verhältnisse auch ungewöhnlich, dass ein Handelsvertreter so himmlisch Klavier spielen konnte. Doch in einem Land von so gehobener Kultur wie Deutschland, dem Land von Johann Sebastian Bach, Gottfried Wilhelm Leibniz und Julius Theodor Christian Ratzeburg, dem Begründer der Forstentomologie, konnte es schon sein, räsonierte Rivenport. Ja, momentan sprachen mehrere Indizien für seine Theorie.

Sogar die körperliche Beschreibung, die der Zwischenhändler von Sommer machte, passte zu Kurt. Blond, hellhäutig, groß. Die Altersangabe auch. Ebenso entsprach der genannte Zeitrahmen dem Zeitpunkt von Kurts Entdeckung. Das konnte kein Zufall sein, an Zufälle glaubte Rivenport sowieso nicht. So wollte er nun der Sache auf den Grund gehen. Er nahm sich den Tag im Krankenhaus frei und machte sich nach Ledesma auf. Mit Kurts Foto in der Hand ging er von Fabrik zu Fabrik, sprach mit den zuständigen Direktoren, befragte aber auch die Pförtner und sogar ein paar Arbeiter.

Doch der erhoffte Erfolg blieb aus. Weder hatte irgendwer den Namen Sommer gehört noch die Person auf dem Foto gesehen. Der blutige Anblick des hospitalisierten Mannes rief sogar Schreckensreaktionen hervor, und bei einer Fabrik wurde Rivenport höflich, aber durchaus eindringlich gebeten, das Grundstück zu verlassen. Erst als er niedergeschlagen nach S. zurückkehrte, fand er eine Nachricht auf dem Eingangstisch. Der Zwischenhändler aus San Salvador hatte ihn zu erreichen versucht. Rivenport eilte in die Küche zu Maria.

»Ehrlich gesagt, Herr Professor, der Mann war nicht besonders freundlich am Telefon. Da habe ich gar nicht erst gefragt, um was es geht. Aber er hat um Rückruf gebeten.«

Rivenport versuchte es natürlich sofort, konnte den Zwischenhändler allerdings den ganzen Tag über nicht erreichen. Nach dem Abendessen saß er im Salon und blätterte unaufmerksam durch eine Zeitschrift. Plötzlich klingelte es. Das Telefon. Wie eine angespannte Feder sprang er auf, durchquerte den Korridor, erreichte den Hörer aber trotzdem erst nach Maria, die ihn mit großen Augen an ihn weiterreichte und dabei ehrfurchtsvoll flüsterte: »Es ist die Polizei.«

Maria blieb im Zimmer stehen und lauschte gespannt. Aus den Worten, die Rivenport in den Hörer sprach, versuchte sie wohl den Inhalt des Anrufes zu erschließen. »Westlich? Sind Sie sicher? Wie kann das denn sein?«, rief Rivenport ins Telefon. Er hörte noch eine Weile zu, bejahte einige Male und notierte auf einem Zettel eine Adresse, dann legte er auf.

»Was ist passiert?«, wollte Maria wissen. Aber Rivenport hatte keine Zeit, sich mit ihr zu beschäftigen. »Später. Bitte meine Schuhe und den Mantel. Und das Auto. Ich muss raus.« Maria erwiderte ungläubig: »Um diese Zeit? Wissen Sie eigentlich, wieviel Uhr es ist? Also Herr Professor, ich muss doch bitten.« Doch Rivenport war nicht zu einer Katz-und-Maus-Diskussion aufgelegt, und so brachte Maria ihm das Gewünschte und ließ ihn gehen.

Die Nachricht, die ihn anstatt des erhofften Anrufs des Zwischenhändlers erreicht hatte, war von großer Bedeutung. Ein Automobil war gefunden worden. Auf dem Paso de Jama, etwa fünfzig Kilometer westlich vom Punkt, an dem Kurt aufgetaucht war. Das langersehnte Beweisstück, das endlich Klarheit bringen konnte. Zunächst trug es allerdings zu seiner weiteren Verwirrung bei. Er hielt es für schlichtweg unlogisch, dass Kurts Auto so weit entfernt, Richtung Chile, gefunden worden war. Wenn das sein Auto war, wenn es tatsächlich einen Unfall gegeben hatte und ein Fluchtfahrzeug existierte, dann hätte man es doch deutlich weiter im Osten erwartet. Oder im Süden, wo die Straße von San Antonio de los Cobres begann.

Als Rivenport am Fundort eintraf, war die Polizeiarbeit schon in vollem Gange. An einen lauten Generator angeschlossene Scheinwerfer leuchteten in die Schlucht hinein. Ihre Lichtkegel erreichten den Punkt, wo das Auto, oder was davon übriggeblieben war, nach seinem tiefen Sturz aufgeprallt war. Von weitem schon erkannte Rivenport die massige Silhouette von Rodriguez und ein paar Meter hinter ihm, im eigenen Qualm verschleiert, Kommissar Escobar.

Rodriguez rotzte vor sich auf den Sand, steckte sich den üblichen Zahnstocher in den Mund und ließ ihn träge in den Mundwinkel rutschen. Rivenport hatte Schwierigkeiten, seinen Ekel zu verbergen. Die zwei Polizisten schenkten ihm keine besondere Aufmerksamkeit. Die unausgesprochene Nachricht war klar: Das hier war ihre Operation. Sie standen am Rand der Schlucht, Hände in die Hüften gestemmt, und schauten den Kollegen zu, die hinabgestiegen waren, um das Wrack zu untersuchen. Er war ein Gast und hatte sich zu gedulden.

Also geduldete sich Rivenport. Er versuchte sogar, sich desinteressiert zu geben. Doch unnützes Herumstehen lag ihm nicht. Außerdem wurde ihm zunehmend kalt. Beim Verlassen des Hauses hatte er nicht das raue Klima der Puna bedacht, und das auch noch nachts. Mit verschränkten Armen beugte er sich über die Schlucht und blickte hinab. Gedanken schwirrten ihm durch den Kopf. Der Fund ließ sich in keiner Weise einordnen, Rivenport brauchte mehr Informationen und wurde immer unruhiger. Warum sagten diese zwei blöden Polizisten denn nichts? Er konnte sich nicht mehr gedulden.

Doch bevor er den Mund aufmachen konnte, unterbrach Escobar das Schweigen. Er schnippte seine Zigarette in die Schlucht: »Ehe Sie wieder mit Ihren Fragen anfangen: Ein Lamahirte hat das Auto am Nachmittag entdeckt. Morgen werden wir genauere Untersuchungen veranlassen. Bei Tageslicht lässt sich besser arbeiten. Der

Unfall muss vor mehreren Wochen passiert sein. Meine Einschätzung der Lage: Das Automobil kam die Passstraße runter. Aus irgendeinem Grund hat es hart gebremst. Daraufhin hat es die Kontrolle verloren, ist ein Stück geschlittert und schließlich in die Schlucht gestürzt.«

Er sprach gelangweilt und zwischendurch schnaufte er, vielleicht weil die vielen Zigaretten seine Atmung erschwerten. Rivenport fragte: »Aber warum sollte der Fahrer plötzlich bremsen?«

»Warum? Vielleicht ist ein Tier auf die Straße gesprungen. Gibt ja genug hier.«

Rivenport deutete ungläubig Richtung Westen, die steile Straße des Paso de Jama hinauf: »Er kam von dieser Seite?«

»Sag ich doch. Warum müssen Sie denn immer zweifeln? Die Reifenspuren sind noch sichtbar, sehen Sie? Sie kommen eindeutig von oben. Hier hat er angefangen zu bremsen. Hier ist er ins Rutschen geraten und hier ...« Escobar deutete den Kopfsprung eines Schwimmers an. Rodriguez fand das amüsant genug, um zu kichern.

Rivenport kam verwirrt nach Hause. Er nahm kaum wahr, dass Maria ihm zur Beruhigung Mate zubereitete und protestierte auch nicht, als sie ihm einen karierten Schal um die Schultern legte, da er ganz ausgekühlt war. So saß er im Salon und versuchte, seine Gedanken zu ordnen. War das wirklich Kurts Auto? Nicht nur befand es sich weiter westlich als erwartet, sondern war auch noch aus dieser Richtung gekommen. Aber warum, was gab es dort? Den Paso de Jama, Salzseen und Hochebenen, die sich fürchterlich weit, bis zur argentinisch-chilenischen Grenze, erstreckten. Bedeutete das nun wirklich, dass im Gegensatz zu der bisher einzig logischen Annahme Kurt von Chile nach Argentinien gekommen war, aus welchem Grund auch immer?

Am Tag darauf bekam er endlich den Zwischenhändler in San Salvador ans Telefon: »Ach ja. Ich hatte versucht, Sie zu erreichen. Ich hatte ja versprochen, mich zu informieren. Und gestern kam ein Telegramm aus Deutschland. Herr Sommer ist gar nicht weiter nach Norden gefahren, wie er anfangs geplant hatte. Aus privaten Gründen musste er sofort nach Deutschland zurück. Er ist nach Süden gefahren und von dort nach Hause.«

Damit war diese Spur also gestorben. Am Nachmittag kam auch noch die Bestätigung der Polizei: Das Nummernschild des gefundenen Automobils war in Chile registriert. Rivenport gab es ungern zu, aber alles deutete darauf hin, dass das Auto in der Schlucht tatsächlich von Kurt gefahren worden und er auf diesem Weg nach Argentinien gelangt war. Er kam über den Pass gefahren, hatte aus irgendeinem Grund gebremst und war in die Schlucht gefallen. Wundersamerweise hatte er den Sturz überlebt, war aus dem Wagen geklettert und so lange weiter Richtung Osten gelaufen, bis er umgekippt war. Hätte ihn Placho, der Vorarbeiter der Pedrales, nicht gefunden, wäre er wohl gestorben.

Rivenports Theorie war damit widerlegt. Kurt war

kein Maschinenverkäufer. Er war weder von Süden nach Norden noch von Osten nach Westen gekommen. Es war auch völlig sinnlos gewesen, dem Amt für Immigration in Buenos Aires sein Foto zu schicken und eine Fahndung zu veranlassen. Genauso sinnlos war die Nachricht an das Büro für vermisste Personen, die der Bürgermeister damals auf Druck von Rivenport rausgeschickt hatte. Denn Kurt musste in Chile gemeldet sein, nicht in Argentinien.

Doch so richtig überzeugt war Rivenport noch nicht. Die Beweise waren klar, was aber noch komplett fehlte, war das Motiv. Wieso kam ein Mensch, zu allem Überfluss auch noch ein Deutscher, aus Chile nach Argentinien? Und zwar nicht über die üblichen Wege wie etwa dem von Santiago nach Buenos Aires, sondern über den steinigen und selten befahrenen Paso de Jama von einem Niemandsland in das nächste? Die einzig logische Schlussfolgerung war, dass er sich auf der Flucht befand. Zurück zur Anfangsthese also. Nur anstatt von Süden nach Norden, hatte der Fluchtweg von Westen nach Osten geführt. Natürlich handelte es sich bei diesem Gedankenspiel immer noch um pure Mutmaßung. Ein Mann auf der Flucht … Ob Kurt deswegen vielleicht zu schnell gefahren und folglich in die Schlucht gestürzt war? Hatte er Verfolger gehabt? Oder befanden sich doch mehrere Menschen im Auto, sodass ein Streit zu dem Unfall führte? Warum wurden dann aber keine Körper im oder um das Autowrack gefunden? Und noch wichtiger: Konnte ein so reiner und musischer Mensch wie Kurt – dieser Kurt, den sie alle liebgewonnen hatten, der lächelnde Kurt, der sensible Kurt – wirklich ein Verbrecher sein?

Es waren nun beinahe schon drei Monate vergangen, seitdem der Blondschopf aufgetaucht war. Und es schmerzte Rivenport, zugeben zu müssen, dass er faktisch immer noch nichts über ihn wusste. Jedes Mal, wenn er dachte, die richtige Spur zu verfolgen, kam ein neues Element zum Vorschein, das alles davor Angenommene widerrief und ihn zum Ausgangspunkt zurückbrachte. Wer war Kurt? Niemand konnte es sagen. Wer Kurt ist, das wussten sie, aber wer er war … Ein Dieb? Ein Flüchtling? Ein Auswanderer? Ein Musiker? Ein Verbrecher? Oder eben doch ein Engel?

19.

Rivenport wusste nur zu gut, dass in allen Klischees ein Fünkchen Wahrheit steckte. Was die Unterschiede zwischen Argentinien und Chile anging, dienten schon die jeweiligen Wahlsprüche als Anhaltspunkte: auf der Ostseite der Anden das unbefangene »En unión y libertad«, auf der Westseite das scharfe »Por la razón o la fuerza«. Der Volksmund lag nicht falsch, wenn er den argentinischen Staatsapparat als barockes Bauwerk mit 1000 Zimmern bezeichnete, dessen Grundriss niemand kannte, und den effizienten chilenischen als ein Schweizer Uhrwerk. Durch den Fund des chilenischen Wagens auf argentinischem Boden begann jedenfalls eine schwierige und langwierige Kooperation zwischen den zwei entgegengesetzten Nachbarstaaten.

Die Feindschaft Chiles und Argentiniens ging zurück auf die Gründungsjahre beider Nationen. Es war immer die gleiche Leier, Viva Argentina hier und Viva el Chile dort. Dazwischen fünftausend Kilometer Grenze. Die Chilenen beneideten Argentinien um seine Natur: das milde Klima, die weiten Ebenen für die Viehzucht, die fruchtbaren Ackerländer, die üppigen Rohstoffvorkommen, die kilometerlangen Sandstrände, aber auch die herrschaftlichen Berge samt höchstem Gipfel des Kontinents. Und doch behaupteten sie, dass die Argentinier mit all dem Überfluss, den ihnen Gott geschenkt hatte, nichts anzufangen wüssten, weil sie faul und korrupt seien. Anstatt zu arbeiten, faulenzten sie, anstatt vorzuplanen, verschwendeten sie. All ihr angeborener Reichtum sei demnach nichts anderes als Perlen vor die Säue.

Die Argentinier ihrerseits bewunderten die Tugenden der Chilenen sehr. Die Disziplin und die Ordnung, auf denen die florierende Wirtschaft fußte. Doch wenn es einmal zu einem verbalen Kräftemessen kam, gaben sie sich überlegen: den Chilenen fehle jeglicher Sinn für Schönheit. Wie ihre Erde seien sie karg und geizig. Durch ihr unausstehliches Klima, die unergiebige Natur, die schroffe Küste und den eben nur zweithöchsten Berg Südamerikas, seien sie blind vor Neid. Im Schatten der von der Sonne verwöhnten Nachbarn sähen sie nur noch, dass sie zu kurz gekommen waren, was sie hinderte, das zu genießen, was sie hatten. Anstatt sich des Lebens zu freuen, stürzten sie sich in die Arbeit. Immer arbeiteten sie, wie Uhrwerke eben, ohne jemals eine Pause einzulegen, zum Himmel zu schauen und sich im Blau zu verlieren. Was führten sie nur für ein graues Leben?

Der Bürgermeister von S. trat mit dem Amtskollegen der nächstgelegenen chilenischen Ortschaft, San Pedro de Atacama, in Kontakt, während sich Kommissar Escobar gleichzeitig mit der chilenischen Polizei auseinandersetzte. All dies geschah mit gewaltigem Missmut. Rivenport konnte sich gut vorstellen, wie man in den Korridoren des Polizeireviers und des Rathauses von S. diese Tage nicht selten jemanden brummen hörte, dass es besser gewesen wäre, der alte Lamahirte hätte seinen Fund für sich behalten. Mindestens genauso häufig war wahrscheinlich der Wunsch zu vernehmen, das Auto wäre doch ein paar Kilometer weiter westlich – auf der chilenischen Seite – in eine Schlucht gestürzt.

Rivenport konnte über so dümmliche Äußerungen nur lächeln. Die Nation der Wissenschaft, der er anzugehören meinte, kannte das Konzept von Staatsgrenzen nicht und so niedere Gedanken waren ihm fremd. Vielmehr beschäftigte ihn das Autowrack. Seit Tagen schlief er miserabel. Die letzten zwei Nächte war es besonders schlimm. Bis in die Morgendämmerung hinein hatte er sich auf seinem Laken gewälzt und nachgedacht. Er begann sogar, an Kurts Amnesie zu zweifeln. Der Autounfall hatte sie eingeleitet, so viel stand fest, aber wie war es möglich, dass Kurt trotz all ihrer Bemühungen kein einziges Indiz zur

Enträtslung seiner Geschichte preisgegeben hatte? In ihm steckte doch die Lösung, nur er wusste, was geschehen war. Irgendwann musste er schließlich eingedöst sein. Denn als er auf die Uhr schaute, bemerkte er schockiert, dass es bereits nach zehn war. Eine Schande! Er hatte verschlafen.

Als er im Krankenhaus ankam, ging er erstmal seine Post durch. Plötzlich kam die Priorin in sein Büro gestürmt. Jedes Gesicht, sogar das apathische des Polizeiobermeisters Rodriguez, hätte er in diesem Moment lieber gesehen. Was wollte diese Frau nun schon wieder? Sie war außer sich.

»Professor. So kann es nicht weitergehen! Es geht nicht. Es geht einfach nicht mehr. Was zu viel ist, ist zu viel!«

Rivenport hatte wirklich keine Lust. Es galt jetzt, überfällige Arbeit im Krankenhaus nachzuholen, die Indizien zu Kurts Fall von neuem zu überarbeiten, von den Schmetterlingen gar nicht zu reden. Er war noch benommen vom späten Aufstehen, hatte in der Eile nicht gefrühstückt, und es waren noch zwei Stunden bis zum Mittagsessen. Warum sah er sich immer von hysterischen Menschen umgeben? Er selbst war doch ein so ruhiger Charakter.

»Wollen Sie sich setzen?«

Die Priorin setzte sich und brach gleich in Tränen aus. Der Grund war schnell gefunden. Kurt hatte sich wieder einmal danebenbenommen. Diesmal besonders schlimm. Er war den ganzen Morgen lang wie Gott ihn geschaffen hatte durchs Kloster gerannt. Barfuß und splitterfasernackt.

»Verstehen Sie, Professor? Völlig nackt. Ein nackter Mann. Kein Kind, kein Engelchen, ein ausgewachsener Mann mit allem Drum und Dran. In unserem Kloster! Dem Allerheiligsten der Allerheiligsten Jungfrau Maria von Guadalupe: Ave Maria, gratia plena, Dominus tecum …«

Die Ordensmutter machte mehrere Kreuzzeichen und murmelte die Litanei so schnell herunter, dass die Worte ineinander verschmolzen. Kurt war also nackt durchs Kloster gelaufen. Er hatte die Nonnen vor Scham aufschreien lassen und schließlich – die Priorin wollte es nicht zugeben, aber Rivenport erfuhr davon später im Gespräch mit den anderen Ordensschwestern – der Priorin unvermittelt an die Brust gefasst. Komplett nackt, seine Hand auf ihrem wallenden Busen. Vielleicht war es seine kindliche Neugier, die Suche nach der Mutter oder das Frühlingserwachen seines Körpers, der Punkt war: Kurt hatte nach der verbotenen Frucht gegriffen!

Wäre Kurt nicht Kurt, hätte man ihn wahrscheinlich zum Triebtäter erklärt und womöglich sogar eingesperrt. Der Busen einer Nonne gehört nicht begrapscht, lautete eine Regel, deren Allgemeingültigkeit so selbstverständlich war, dass sie nirgendwo niedergeschrieben werden musste. Kein Wunder, dass die arme Priorin neben sich stand und versuchte, ihre Unschuld durch Gebete und Kreuzzeichen zurückzuerlangen. Ihr Glaube ließ keine andere Interpretation als die einer Verunreinigung zu.

Kurts gewaltige Hände waren also nicht nur zum Orgelspielen und Gärtnern gut.

Das alles fand Rivenport eigentlich eher amüsant und er hätte darüber lachen können, wäre die Priorin nicht so offenkundig erschüttert gewesen. Kurts Triebe galten ihr als Teufelszeug. »Luxuria!«, skandierte sie und streckte dabei dämonisch ihre Zunge raus, als wollte sie das Wort ausspucken: die Nummer vier auf der Liste der sieben Todsünden. Unkontrollierte sexuelle Begierde, die Schwäche von Fleisch und Geist. »Sünde«, flüsterte sie immer wieder, sie habe sie in seinen Augen aufblitzen gesehen. Seit Wochen schon beobachteten sie und ihre Ordensschwestern eine befremdliche Veränderung in ihm, die nunmehr in der Zurschaustellung seiner Nacktheit und der Attacke auf den Oberkörper der Priorin ihren Höhepunkt erreicht hatte.

Die Nonnen hatten also die Nase voll von Kurt. Einen Sexbesessenen brauchten sie nun wirklich nicht im Kloster: »Sie glauben vielleicht, das sei der einzige Fall gewesen, eine Ausnahme, aber da liegen Sie falsch: Wir haben uns zurückgehalten, wir haben geschwiegen. Denn wir haben auf Besserung gehofft. Aber genug ist genug!«

Den täglichen Religionsunterricht hatte er die letzten Tage gänzlich verweigert. »Nein. Nein. Nein«, hatte er nur stur wiederholt. Sein neues Lieblingswort. Kurt, der Nein-Sager. Rivenport hatte sein trotziges Nein ja auch schon zu spüren bekommen, als er sich gegen den Fang der Schmetterlinge gestellt hatte.

»Ein beschränkter Mensch, der nur seinen Sinneswahrnehmungen folgt, der nur versteht, was er selbst sieht, hört, schmeckt und riecht. Ihm fehlt jegliches Verständnis für Höheres, von Religion ganz zu schweigen«, führte die Priorin weiter aus und schüttelte dabei entkräftet den Kopf. Der Religionsunterricht habe bei ihm sowieso nichts gebracht, Kurt wolle einfach keine höhere Instanz akzeptieren. Vorgestern hatte die Priorin ihren Ohren nicht getraut, als sie ihn gegenüber Schwester Iris sagen hörte: »Wenn Gott vorher da, dann jetzt tot. Oder warum er nicht Kurt sagen, wer Kurt und warum Kurt hier? Er hier und Gott wo?«

Teuflische Worte! Gott … tot? Wer konnte so etwas Grauenvolles, Ruchloses, Gottesleugnerisches sagen, wenn nicht ein Sünder durch und durch? »Ein wahrer Christ denkt so scheußliche Dinge nicht einmal. Der Mann ist auf einem dunklen Weg …«

Rivenport hörte sich ihre Ausführungen an. Die Frau litt unter den Vorfällen, das war nicht zu bestreiten. Sie hatte gekämpft und verloren. Und in gewisser Weise konnte er verstehen, dass das ein gewaltiger Verlust sein musste, denn er wurde begleitet vom Scheitern ihrer Lebensphilosophie, der jahrhundertealten Kraft der Kirche, Menschen zum wahren Glauben zu führen. Doch Kurt hatte sich als erstaunlich widerstandsfähig erwiesen. Und nun war sie mit ihrem Latein am Ende.

»Er ist kein unschuldiges Kind, sondern ein wildes Tier. Tiere kann man nicht erziehen. Ich habe mich geirrt. Furchtbar in ihm geirrt. Deshalb kann er nicht länger bei uns bleiben. Kurt muss gehen. Ich meine das ernst, Professor, meine Entscheidung steht nicht zur Debatte.«

Mit diesen letzten Worten wurde auch Rivenport auf einen Schlag der Ernst der Lage bewusst. Was sollte das heißen? Sie war nicht wie sonst gekommen, um ein wenig Dampf abzulassen? Sie war mit einer Entscheidung gekommen? Sie wollte tatsächlich Kurt aus dem Kloster schmeißen? Rivenport versuchte sich versöhnlich: »Aber meine liebe Priorin, ich bin sicher, also ich bin ganz davon überzeugt, dass es nicht so schlimm sein kann, wie Sie das jetzt beschreiben. Sie wissen doch, wie sich solche Dinge entwickeln: Es passiert etwas, zugegebenermaßen etwas Unerwartetes, sogar etwas Unangenehmes, und man ist sehr aufgeregt und kommt im ersten Moment nicht damit zurecht. Aber ich bitte Sie, wollen Sie nicht eine Nacht darüber schlafen? Er ist ja eigentlich doch nur ein Kind. Er weiß nicht, was er tut.«

Jetzt kreischte die Priorin sogar: »Nein! Das ist mein letztes Wort. Wir haben ihn lange genug ertragen. Kurt muss weg.« Als sie Rivenports Erschrecken merkte, beruhigte sie sich ein wenig und fügte hinzu: »Er kann nicht im Kloster bleiben. Ich weiß nicht, ob das Krankenhaus ihn wieder aufnehmen kann …«

Rivenport verwarf diese Möglichkeit mit einer abwertenden Handbewegung.

»Das Krankenhaus? Unmöglich. Wie soll das Krankenhaus ihn denn aufnehmen? Wir sind kein Obdachlosenheim.«

»Und wir sind ein Haus Gottes, kein Bordell!«

Rivenport bekam eine Gänsehaut, so sehr ging ihm die Stimme der Priorin durch Mark und Bein. Er wagte es nicht, ihr direkt in die Augen zu sehen, aber er beobachtete ihre kleinen Hände, die sich am Stuhl festkrallten. So außer sich hatte er die Frau noch nie gesehen. Rivenport richtete sich in seinem Stuhl gerade auf. In seinem Kopf formten sich blitzschnell Alternativen.

Warum sich eigentlich so aufregen? Stand nicht das an, was er sich die letzten Wochen gewünscht hatte? War es nicht sein unausgesprochener Traum, mehr Zeit mit Kurt zu verbringen? Handelte es sich bei diesem Vorfall im Kloster nicht eigentlich um einen Glücksfall? Schließlich interessierte er sich inzwischen ja durchaus auch persönlich für Kurt. Der Mann stellte ein Rätsel dar und war nicht nur ein rarer medizinischer Fall, sondern belebte auch das intellektuelle Brachland von S. Gerade dieser letzte Zwischenfall schien ihm ein Beweis dafür, dass Kurt eine reine Seele war, ein leerer Behälter, den es mit Sinn zu füllen galt. Ihm könnte Rivenport sein Wissen und seine Passion weitergeben. Der junge Mann hatte sich als sensibel, künstlerisch begabt und außerordentlich neugierig herausgestellt. Zudem war er auch noch gut gebaut, schön und wie er selbst von europäischer Abstammung. Rivenport wagte es kaum, so weit zu denken, doch könnte er vielleicht sein Nachfolger werden? Der Erbe seiner Schmetterlinge? Wenn er ihn adoptieren würde, hieße er dann Kurt … Rivenport?

Rivenport unterbrach seine Gedanken und sagte: »Er kann zu mir kommen.«

Die Priorin schaute ungläubig hoch. In ihre Augen war sofort das Schlaue, Abwägende zurückgekehrt. So schnell können Tränen trocknen? Aber Rivenport war es egal, er lächelte zufrieden. Denn er fühlte, dass er eine gute, eine richtige Entscheidung getroffen hatte. Kurt Rivenport. Kein schlechter Name, dachte er sich.

Und so geschah es, dass Kurt – nach dem Krankenhaus und dem Kloster – in der Villa Rivenport sein drittes Heim in S. fand.

20.

In den Augen der Priorin hatte Kurts Grapschen jenen Urtrieb der Natur offenbart, dem die Menschen durch das Werk des Teufels anheimfallen. Was sie eigentlich wirklich störte, war sein Atheismus: er wollte einfach nicht an Gott glauben. Rivenport aber fand: er konnte nicht an Gott glauben. Schließlich war die haptische Sphäre für ihn eine fortwährende Entdeckungsreise, welche Reize konnte ihr die geistliche Sphäre entgegensetzen? Aus philosophischer Sicht war Kurt ein radikaler Empiriker, für den lediglich das physisch Wahrnehmbare existierte. Aber mit dieser Erklärung hätte die Priorin sicher wenig anfangen können. Doch auch sie musste verstehen: Wie konnte ein Mensch, der keine Erinnerung und keine Geschichte hatte, kein Vorher oder Nachher kannte, der ausschließlich die Gegenwart wahrnahm, an so etwas Abstraktes wie einen Geist, eine Seele oder einen Gott glauben?

Als tags darauf Rivenport im Kloster erschien, wirkte die Priorin ruhiger. Ungeachtet ihrer gestrigen Tirade über den Einfluss des Teufels auf Kurts Benehmen meinte Rivenport sogar ein wenig Trauer in ihren Augen zu erkennen. Sie hatte wohl nicht erwartet, dass ihre Intervention so schnell Konsequenzen haben würde. Kurt dachte zuerst, sie gingen wieder auf Spritztour, denn er fragte: »Wo bringt Rodrigo Kurt heute hin?«

Als er aber darauf keine Antwort bekam und dann noch sah, dass Rivenports Fahrer sein Gepäck aus der Holzhütte in den Kofferraum des Wagens lud, und als er daraufhin den Kopf zur Seite wandte und die herunterrinnenden Tränen in den Gesichtern der Nonnen bemerkte, musste er sich wohl für einen Augenblick in der Zeit zurückversetzt fühlen und verstand: Dies war ein Abschied, so wie damals im Krankenhaus. So funktionieren Erinnerungen. Neue Empfindungen lassen alte wieder gegenwärtig werden und man vergleicht.

Damals waren die Krankenschwestern traurig gewesen, diesmal die Nonnen. Ganz besonders Schwester Iris, obwohl sie es sich nicht ansehen lassen wollte. Sie stand oben auf der Balustrade und verabschiedete sich aus der Ferne. Rivenport nahm ihre Melancholie wahr: Wem würde sie jetzt abends aus der Bibel vorlesen? Wessen Kopf würde in ihren Schoß fallen? Durch wessen Haare würde sie streicheln? Die Psalmen, der Geruch seines Körpers, ein Kind, ein Mann.

Kurt unterbrach Rivenports Tagträumerei. Ihm schien nämlich keineswegs klar zu sein, warum er gerade jetzt von hier wegmusste. Blieben Menschen nie fest an einem Platz? Wechselte man ständig Wohnorte? Doch bevor Rivenport reagieren konnte, ergriff die Priorin das Wort: »Wir haben dir mitgegeben, was wir dir mitgeben konnten. Ich hoffe, es hat dir hier bei uns im Kloster gut gefallen – und dass du uns nicht vergessen wirst. Auch wenn du nicht viel davon hältst, wünsche ich dir den immerwährenden Schutz der Heiligen Jungfrau von Guadalupe. So, und jetzt bist du frei, die Welt kennenzulernen.«

Als sie bei Rivenport zu Hause ankamen, stellte der erschreckt fest, dass Maria alles so feierlich hergerichtet hatte, dass sich Kurts Ankunft wie ein Kindergeburtstag anfühlte. Im Salon brannten Kerzen, bunte Luftballons und Lichterketten hingen von der Decke. Die komplette Dienerschaft stand herausgeputzt in Reih und Glied. Das Haus war blitzblank, als würde Perón persönlich erwartet.

Wie Maria das so schnell geschafft hatte, war Rivenport schleierhaft. Er konnte nur annehmen, dass sie die Dienerschaft Tag und Nacht durch die Gegend gehetzt hatte und selbst nicht zur Ruhe gekommen war. Jetzt hieß sie müde, aber zufrieden Kurt willkommen. Sie stand auf den Zehenspitzen und übersäte seine Stirn mit Küssen. Dann gab es Kaffee und Kuchen und für Kurt heiße Schokolade. Kaum hatten sie ausgetrunken, bestand Maria darauf, Kurt durchs Haus zu führen, als wäre er niemals zuvor hier gewesen. Als Rivenport etwas zu sagen versuchte, wurde er böse angeguckt und musste sich mit der Rolle des stillen Zuschauers zufriedengeben.

Maria ging während des Rundgangs in allerlei Details. Sie führte Kurt in die reich bestückte Bibliothek, von der er jederzeit Gebrauch machen durfte und zeigte ihm den Herrensessel, auf dem Rivenport gerne saß und las. Sie erläuterte auch zahlreiche wertvolle Gegenstände, die Rivenports Vater und Großvater gekauft hatten: die goldgerahmte Jagdszene aus der Hand eines spanischen Künstlers, die große Bodenstanduhr aus Eiche und das fein geschnitzte Elfenbeinpferd auf dem Kaminsims. Doch am kuriosesten empfand Rivenport Marias Halt im Salon vor dem Foto von Rosa.

Ihre Stimme wurde zittrig, als sie von der verstorbenen Señora zu sprechen begann. Von allen Fotos war es das authentischste. Ein Schnappschuss bei den Vorkehrungen für eine Gartenparty. Sie trug einen Strohhut und den Kittel, den sie bei Hausarbeiten gerne anzog. Der Fotograf hatte den Auslöser gedrückt, als sie gerade dabei war, die Dienerschaft einzuweisen. Ihr Gesichtsausdruck lag irgendwo zwischen streng und vergnügt. Als wohnte diesem Moment der Freude das Wissen um die Arbeit inne, die bis zum wahren Vergnügen noch getan werden musste. Erst die Arbeit und dann das Vergnügen. Ja, das traf sie ganz gut, fand Rivenport.

»So, und jetzt dein Zimmer«, sagte Maria und schritt voran, die Treppe hinauf zur Schlafetage. Sie hatte für Kurt das geräumige Gästezimmer vorbereitet und mit einigen persönlichen Details versehen. Das Bett war mit hellen, flauschigen Laken und einer regenbogenfarbenen Wolldecke überzogen. Im Schein des Fensters stand ein Schreibtisch samt Stuhl und Lampe, denn schließlich musste Kurt ja auch lernen. Zwei grobgläserne Biergläser mit Gussverschluss waren darauf platziert. Maria hatte sie im Keller gefunden und ihm hingestellt, weil sie annahm, dass sich Kurt als Deutscher daran erfreute. Eine begeisterte Reaktion blieb allerdings aus. Doch die größte Besonderheit war das alte Klavier von Rosa, das man gegenüber des Bettes hingestellt hatte. »Nur für dich«, verkündete Maria stolz, und das machte Kurt tatsächlich glücklich.

Der Vorfall im Kloster war natürlich nicht vergessen. Rivenport sah die Sache zwar einerseits mit Gelassenheit, andererseits wurde ihm schnell bewusst, dass es tatsächlich ein Problem war. Es reichten wenige Tage mit Kurt, um zu verstehen, was die Priorin mit ihrer »Luxuria« gemeint hatte. Keine Frau kam mehr an Kurt vorbei, ohne sich seinem lüsternen Blick entziehen zu können. Seine Augen fixierten Brüste, Beine und Haare des Objekts seiner Begierde, und er drehte schließlich, nachdem es vorbeigegangen war, seinen Kopf und verlor sich in den Rundungen des Hinterteils. Es war, als hätte Kurts Körper den Winter über geschlafen. Jetzt, zum Anbruch des Frühlings, war er erwacht. Ein Problem eben, und Rivenport wusste nur zu gut, dass Probleme es leider an sich haben, niemals von selbst zu verschwinden.

Bevor es auch in seinem Haus zu einem unangenehmen Vorfall kommen würde – es war nicht auszudenken, wenn

Maria seinen Regungen zum Opfer fiele – galt es, Kurts Lust unter Kontrolle zu kriegen. Rivenport beschloss, sich darüber zunächst mit Doktor Godoy zu unterhalten. Godoy war ein vernünftiger Mensch, mit ihm ließ sich gut reden, auch über so sensible Themen. Zwei erwachsene Männer, Wissenschaftler, in konstruktiver Diskussion: »Kurt ist ein Mann.«

»In der Blüte seiner Männlichkeit.«

»Auf dem Zenit seines Fortpflanzungstriebs.«

»Ich weiß nicht, warum sich die Priorin so aufspielt. Was hatte sie denn erwartet? Einen Eunuchen?«

»Ein Mann braucht eben eine Frau.«

Sie kamen zu dem Schluss, dass die Natur des Problems, nämlich die Natur selbst, nur eine einzige Lösung vorsah. Was Kurt brauchte, war körperliche Erlösung, die angesammelte Spannung musste freigelassen werden. Kurz: er brauchte »professionelle« Hilfe.

Doch weder Godoy noch Rivenport hatten im Bereich derartiger Dienstleistungen Erfahrung. Selbst Godoy, der ewige Junggeselle, sein ganzes Leben unverheiratet, vielleicht aus Zurückhaltung, Angst oder sogar Desinteresse am anderen Geschlecht, sah hilflos hinter seiner Brille hervor. Und auch Rivenport, mit seinem selbstbeanspruchten Grundwissen und umfassendem Überblick über die Welt, wusste hier nicht weiter. Nein, von Prostitution hatte er, der mehr Begierde für die Beschaffenheit der Flügel eines peruanischen Nachtfalters als für Aktfotos empfand, nicht die geringste Ahnung. So heikel und riskant es war, sie mussten eine weitere Person einbeziehen, jemanden, der sich besser auskannte als sie. Ihre Wahl fiel schließlich auf Doktor Oriani. Der war schließlich deutlich jünger und gehörte einer anderen, verwegeneren Generation an. Sicher, der Mann war glücklich verheiratet, aber er hatte wohl Freunde, die sich auskannten. Außerdem war Oriani, wie übrigens so ziemlich alle im Krankenhaus, Kurt zugetan und würde sicherlich helfen wollen und sensibel genug sein, die Sache geheim zu halten.

Sie weihten ihn also ein und mussten sich doch sehr über seine Reaktion wundern. Ohne langes Geschwätz schlug er waghalsig vor: »Ganz klar. Das Haus der Mätresse Caloyenes.« Rivenport blinzelte ein paar Mal ungläubig, bevor er sich empört zeigte: Dieser Oriani, Nerven hatte der! Da hat sich Rivenport für die Liebe eingesetzt, ihm durch eine feste Anstellung geholfen, und was machte Oriani? Allem Anschein nach besuchte er Freudenhäuser! Godoy strich sich nervös über den Schnurrbart. Beim Wort »Caloyenes« waren rote Flecken auf seinen Wangen aufgetaucht. Rivenport dachte an Rosa. Hätte sie das eben gehört, sie hätte sich in ihrem Grab umgedreht. Ganz zu schweigen von Maria, die ihn mit dem Nudelholz traktieren würde. Er empfand sich keineswegs als Purist, aber die Mätresse Caloyenes? Wenn es in S. ein Tabuwort gab, dann war es das. Der Schmutz, den die anständige Gesellschaft unter die Decke der Scheinheiligkeit kehrte.

Rivenport hatte sich an die Stirn gefasst und die Krawatte gelockert. Kurt ins Haus der Caloyenes? Er erinnerte sich plötzlich an die Höllenvisionen der Priorin. Aber Kurts Frühlingserwachen musste gelindert werden. Unter allen Umständen. Und wenn es keine andere Möglichkeit gab, dann eben mit der Caloyenes. Schnell wurde ein Plan entworfen. Um Mitternacht, wenn Maria und der Rest der Dienerschaft schon lange schliefen, würden Godoy und Oriani Kurt und Rivenport abholen.

Es war eine klare Nacht. Kurt stand geistesabwesend an der Eingangstreppe und blickte zu den Sternen. Rivenport musste ihn, nachdem er leise die Haustür zugezogen hatte, fast aus dem Vorgarten ziehen. Er hakte sich bei ihm ein und lenkte ihn Richtung Straße. Orianis Wagen stand bereits in der Einfahrt. Das Scheinwerferlicht blendete sie.

»Sind Sie verrückt geworden? Die Scheinwerfer aus!«, zischte Rivenport, als er die Hintertür öffnete. Oriani war über seinen Ton verwundert. So angespannt hatte er seinen Chef wohl noch nie gesehen. Rivenport fügte noch deutlicher hinzu: »Und zwar sofort!« Oriani schreckte zusammen und kam mit dem Ellbogen gegen die Hupe. Das Auto gab einen kurzen Ton von sich. Rivenport schien das der höllischste Lärm zu sein, den er je gehört hatte. Augenblicklich drehte Oriani den Lichtschalter um. Die Scheinwerfer gingen aus, und die vier Männer harrten für ein paar Sekunden regungslos in der Dunkelheit aus.

Rivenport wandte seinen wütenden Blick von Oriani ab. Zum Glück schien niemand im Haus das Hupen wahrgenommen zu haben. Godoy, der auf der Rückbank saß, war der erste, der sich wieder bewegte. Er half Kurt auf den Platz neben sich. Rivenport setzte sich auf den Vordersitz und Oriani fuhr los. Rivenport schlug einen versöhnlicheren Ton an: »Wir sind spät dran, ich weiß. Aber wir mussten warten, bis in Marias Zimmer das Licht ausging. Gott weiß warum, gerade heute wollte sie anscheinend nicht früh ins Bett gehen.« Ein paar Augenblicke vergingen, bevor Oriani es wagte, die Scheinwerfer wieder anzuschalten und etwas schamhaft zu fragen: »Haben Sie das Geld dabei?«

»Natürlich. Wie abgesprochen.«

Sie fuhren durch die Nacht. Die Straßen waren leer und die Kakteen an den Straßenrändern nahmen ominöse Formen an. S. war zu dieser späten Stunde etwas unheimlich, vielleicht unterbrach Oriani deshalb das Schweigen. Dabei nahm er seine übliche, etwas nörglerische Haltung an: »Warum muss ich überhaupt dabei sein? Anfangs hieß es, es ginge nur um einen Rat.« Rivenport antwortete trocken, ohne den Blick von der Straße zu nehmen: »Godoy hat bekanntlich keinen Führerschein.« »Aber Sie hätten doch Ihren Wagen nehmen können.« Rivenport blieb unberührt: »Zu riskant.« Dann fügte er etwas temperamentvoller hinzu: »Außerdem können Sie mich und Godoy doch nicht bei einer solchen Angelegenheit allein lassen. Wir brauchen jemanden, der uns führt, der das Handwerk kennt.«

Oriani schürzte die Lippen. Seine Stimme klang plötzlich einen Halbton höher: »Warum nehmen Sie an … also … wieso sollte ich das Handwerk kennen?« Rivenport drehte den Kopf zur Seite und warf Oriani einen einschneidenden Blick zu. Der sah schuldbewusst weg, gab sich aber weiterhin pikiert: »Ich möchte nur zu Protokoll geben, dass es mich einiges gekostet hat, hier zu sein. Sogar einen Vertrauensbruch! Denn ich musste meine Frau anlügen. Sie denkt nämlich, ich hätte Spätschicht im Krankenhaus.« Rivenport richtete den Blick wieder auf die Straße und seufzte kaum hörbar auf. Die meisten Menschen mussten sich eben kleine Lügen erzählen, um ihre heile Welt aufrechtzuerhalten. Godoy wechselte durch den Rückspiegel einen Blick stummen Einverständnisses mit ihm.

Aus Angst, gesehen zu werden, parkten sie das Auto so weit weg, dass sie noch zehn Minuten durch die staubigen Straßen des Zentrums laufen mussten. Oriani schimpfte, Rivenport zog Kurt hinter sich her, der zum Glück bisher geschwiegen hatte und alles in allem einen vergnügten Eindruck machte. An der Ecke zu einer schummerigen Nebengasse hielten sie an. »Dort drüben ist es. Das dritte Tor links«, flüsterte Oriani. Rivenport und Godoy kniffen die Augen zusammen, um in der fernen Dunkelheit etwas zu erkennen. Der Plan war simpel. Sie würden Kurt ins Freudenhaus führen, ohne jede Diskussion das nötige Geld bezahlen, am Ausgang warten, bis der Akt vollzogen war, und so schnell wie möglich wieder abhauen. Kurts Frühlingsproblem wäre gelöst und sie würden nie wieder ein Wort über diese Nacht verlieren.

»Also bringen wir es hinter uns«, sagte Rivenport und wollte mutig voranschreiten, wurde aber sogleich von

Oriani zurückgehalten. Der hob nämlich die Arme in die Luft, als bedrohte ihn jemand mit einer Waffe: »So weit habe ich euch gebracht. Ich gehe keinen Meter weiter.« Die Mundwinkel nach unten gezogen, drehte er demonstrativ den Kopf zur Seite, als wollte er sich mit dem ganzen Körper von der Unternehmung distanzieren. »Sind Sie verrückt geworden, Oriani?«, zischte Godoy.

Rivenport hatte keinen Sinn für Spielchen, jede Sekunde barg das Risiko, erwischt zu werden. »Wir machen das jetzt. Gemeinsam. Wir sind alle beteiligt. Keiner kann sich mehr zurückziehen.« Doch Oriani wollte nicht nachgeben: »Ich bin ein verheirateter Mann. Das Gelübde zu Linda verbietet mir –« Plötzlich griff Rivenport Oriani mit unerwarteter Kraft am Arm und zog ihn einfach mit sich. Von seiner Grobheit überrumpelt, wehrte Oriani sich nicht weiter.

Als sie die Eingangstür des Bordells erreichten, mussten sie für den Türsteher ein kurioses Quartett abgegeben haben: Vorne der Professor mit kühner Miene, seine Arme in die seiner Nebenmänner eingehakt, zu seiner Rechten der unschuldig dreinblickende Hüne Kurt, links daneben der trotzige Oriani und etwas abseits der schmächtige Godoy, der sich ängstlich hinter seiner Brille versteckte.

Drinnen empfing sie ein süßlicher Geruch, der Rivenport gleich zu Kopf stieg. Es roch faul, aber nicht unangenehm, eine betörende Fäule, wie nach aufgeweichten Früchten. Aus der Ferne war Tanzmusik zu hören, sie folgten ihr, bis sie zu einem bordeauxroten Samtvorhang kamen. Offensichtlich dämpfte er die Musik. Rivenport sah ein letztes Mal in die Runde – Godoy schwitzte an der Stirn, gab sich aber Mühe, beipflichtend aufzublicken, Oriani biss sich nervös auf die Lippen, Kurt blickte selig aus seinen blauen Augen drein – bevor er den Vorhang aufriss.

Vor ihnen entfaltete sich ein geräumiger Saal. Er war gerade ausreichend von Kerzen und gegen die Decke gerichteten Lampen beleuchtet, sodass man zwar den Raum grob erkennen, doch keine Details wahrnehmen konnte. Auf den ersten Blick ein durchaus prächtiger Saal: hohe Decken, goldbestückte Ornamente, feine Möbel und bemalte Dekorationen. Erst bei näherem Hinsehen erkannte Rivenport den in die Jahre gekommenen Stuck und die Brüche im Anstrich. Die Damen waren im Raum verteilt. Einige saßen auf violetten Sofas, andere bewegten sich zur Musik. Sie unterhielten lächelnd die wenigen männlichen Gäste oder flüsterten und kicherten aufreizend miteinander.

So unwirklich die Szenerie Rivenport erschien, so bewusst wurde ihm plötzlich, dass seine Anwesenheit und die seiner Begleiter durchaus reell war und auch wahrgenommen wurde. Vier Frauen waren aufgestanden und kamen ihnen entgegen. Sie schienen sich endlos langsam zu nähern, wie Schlangen glitten sie über die am Boden verteilten Teppiche. Rivenport und die Anderen standen weiterhin starr am Vorhang. Der Geruch, die Musik, die ganze laszive Atmosphäre hatten sie hypnotisiert.

Die Frauen kamen immer näher, und Rivenport konnte

nun erkennen, wie dick sie geschminkt waren. Bei jedem Schritt, den sie machten, erschienen sie ihm vulgärer. Sie waren aufreizend gekleidet, mit hohen Schuhen, peinlich kurzen Röcken oder dünnen, um die Körper gewickelten Tüchern, die kaum etwas der Fantasie überließen. Und dann das Parfüm, es überdeckte jeglichen natürlichen Geruch, es war obszön. Plötzlich stand eine der Frauen vor ihm. Sie war so großgewachsen wie Rivenport, sodass er ihr direkt in die Augen sehen konnte. Zwar war sie nicht mehr jung, aber ihre Gesichtszüge waren nicht ohne Reiz. »Das ist die Mätresse«, flüsterte ihm Oriani zu, der selbst eine Dame vor sich stehen hatte.

Rivenport versuchte, sich zu fassen. Er deutete mit dem Daumen zur Seite auf Kurt. Doch alle Kraft schien aus ihm gewichen, er vermochte es nicht, den Kopf zu drehen, und murmelte nur verlegen: »Wir haben Ihnen diesen jungen Mann gebracht und, nun ja …« Als die Mätresse Caloyenes ihm so nahegekommen war, dass ihr Geruch ihn gänzlich einmummelte, verlor er vollkommen den Faden. »Das Geld. Das Geld.«, hörte er Oriani noch neben sich zischen. Doch bevor Rivenport agieren konnte, sprach die Mätresse. Ihr mit blutrotem Lippenstift geschminkter Mund war so nah an seinem, dass er tief in ihren Schlund sehen konnte. Die Mundhöhle, das nass-glitzernde Fleisch, die Zähne, die Zunge fast auf seinen Lippen, ihr warmer Atem auf seinem Gesicht: »Über Geld sprechen wir später.« Dann verloren sie sich im Nebel der Düfte, in der Hitze der Nacht, im Rausch der Luxuria.

Rivenport und Kurt traten als Letzte wieder ins Freie. Oriani und Godoy standen schon in der Gasse und warteten. Oriani rauchte. Noch nie hatte Rivenport ihn rauchen sehen. Das sonst jugendliche Gesicht aufgequollen, lief er Kreise im Sand ab. Auch Godoy hatte eine wirre Miene. Irgendetwas war anders an ihm. Erst bei näherer Betrachtung konnte Rivenport es erkennen: sein sonst pingelig gekämmter Schnurrbart war zerzaust und stand schief ab.

»Was habe ich nur getan?« Oriani winselte im Rauch vor sich hin und lief weiter seine Kreise. Er war mit seinem Schuldgefühl nicht allein. Alle vier hatten sie die Dienste des Freudenhauses in Anspruch genommen. Der anfängliche Plan, Kurt abzusetzen, zu zahlen und draußen auf ihn zu warten, war gescheitert. Nun hatte jeder mit seinen eigenen Gewissensbissen zu kämpfen. Oriani, weil er seine Frau betrogen hatte, Rivenport, weil er im Terror des Geistes von Rosa oder seiner deutlich korpulenteren Materialisierung Maria lebte, und Godoy aus unerfindlichen Gründen, die nur Godoy selbst kannte. Denn wer kannte Godoy schon so gut, dass er etwas so Privates über ihn hätte wissen können? Nur Kurt schien frei von jeglichem Schuldgefühl. Er benahm sich, als wäre er im siebten Himmel. Für ihn musste es die Entdeckung der Sexualität sein. Ein ganz anderer, herrlicher Aspekt dieser neuen Welt. »Nochmal, nochmal«, rief er und klatschte dabei in die Hände.

Drinnen hatte Rivenport Kurt noch suchen müssen, was sich als schwieriges Unterfangen herausgestellt hatte.

Wie in einem Labyrinth war er von Zimmer zu Zimmer geirrt, hatte wild an Türen geklopft und Dinge gesehen, an die er vorher niemals auch nur zu denken gewagt hätte. Sodom und Gomorrha. Wahrlich teuflisch. Wenn Maria von dieser ganzen Geschichte Wind bekäme, wäre das der schnellste Weg, Rosa ins Grab zu folgen.

Nach langer Suche hatte Rivenport ihn schließlich in einem Eckzimmer mit gleich drei Mädchen gefunden. Drei fröhliche Mädchen und Kurt. Als er eintrat, lachten sie und auch Kurt lachte. Wie er splitternackt auf dem Bett dalag, Beine und Arme zügellos ausgestreckt, hatte er Rivenport an Da Vincis vitruvianischen Menschen erinnert. Die Mädchen spielten mit Kurt, als wäre er kein zahlender Kunde, sondern ein Kuscheltier. Sie kitzelten und kniffen ihn, schmiegten sich an seine Brust, zwickten seine Warzen, und als Rivenport ihn zum Gehen aufforderte, ihn schließlich sogar wegziehen musste, protestierten sie heftig. Hatten auch sie sich in Kurt verliebt? War das der Grund, weshalb die Mätresse ihnen einen speziellen Rabatt auf die abschließende, exorbitant hohe Rechnung gegeben hatte?

Eine Rechnung, die sie zu allem Überfluss nicht einmal begleichen konnten. Denn natürlich hatten sie auf Rat von Oriani nur das Geld für Kurt kalkuliert; für Kurt mit einer Frau und nur einmal. Nicht auch noch für sie drei und Kurt gleich viermal mit mehreren Frauen! Ja, ganze vier Mal hatte Kurt die Freude gehabt. So hatte Rivenport sich gezwungen gesehen, das mitgebrachte Geld mit einem Versprechen auf spätere Bezahlung als Vorschuss dazulassen. Der Mätresse war das recht und Kurt sei ein immer gern gesehener Gast, eine gute Unternehmerin erkenne schließlich das Potenzial für Stammkundschaft. Dann fügte sie zu Rivenports Schrecken noch hinzu: »Aber auch wir beide können uns gerne wieder amüsieren, es würde mich wirklich freuen.« Ja, in dieser Nacht waren sie alle auf ihre Kosten gekommen, musste sich Rivenport rot vor Scham eingestehen.

»Wie kann ich Linda jemals wieder in die Augen schauen?« heulte Oriani, als sie alle endlich heimgingen.

21.

Trotz dieser wilden Nacht oder gerade deswegen – denn Kurt besuchte das Haus der Mätresse Caloyenes mit einer nach Rivenports Auffassung notwendigen, den Hormonspiegel senkenden Regelmäßigkeit – lebte Kurt sich schnell in seinem neuen Heim ein. Er gehörte bald dazu, genau wie die Dienerschaft, wie Maria, wie Rivenport selbst, wie die Schmetterlingssammlung, wie der Geist von Rosa, der weiterhin im Haus steckte, in der Bibliothek zwischen den Büchern, in den gerahmten Lithografien von Blumen und Tieren und in all den kleinen Souvenirs aus besseren, langsam verblassenden Zeiten.

So dauerte es nicht lange, bis eine gewisse Routine eintrat und die einzelnen Tage im Alltagstrott ineinander zu verschmelzen begannen. Morgens, wenn Kurt aufstand, saß Rivenport meistens schon in voller Montur am Frühstückstisch, nippte an seinem Kaffee und las die Tageszeitung. Zuvor hatte Maria ihn aus seiner Kammer holen müssen, wo er sich, in die Anordnung seiner Schmetterlinge vertieft, wie so oft darüber wundern musste, dass die Zeit an diesem Morgen so schnell verstrichen war. Kurt wurde ein herzhaftes Frühstück aufgetischt, nahrhaft und lecker: heiße Schokolade und Orangensaft, frisch getoastete Medialunas oder Churros, Kekse, sogar Kuchen, wenn es welchen gab, dazu Margarine, Marmelade und natürlich reichlich Dulce de Leche. Rivenport verabschiedete sich dann und ging zur Arbeit.

Kurt verbrachte den frühen Morgen stets im Garten, wo er Gemüse anpflanzen durfte, wie er es im Kloster gelernt hatte. Mit viel Fleiß und Freude hatte er ein kleines Beet angelegt, das er hegte und pflegte. Gegen zehn Uhr holte ihn Maria aus dem Garten, er ging sich waschen und umziehen, sie half ihm, den Schlips zu binden. Danach brachte sie ihn zur Morgenmesse in die Kirche. Pater Guillermo predigte, die Gläubigen gähnten, Kurt spielte, die Kirche belebte sich und Maria saß mit den Händen auf den Knien in der ersten Reihe, hörte andächtig zu und strahlte vor Stolz.

Mittags kam Rivenport nach Hause, und er und Kurt aßen zusammen. Nur selten redeten sie dabei, brav die Regel der Señora Rosa befolgend. Gelegentlich ging Rivenport nach dem Mittagessen in seine Kammer und bat Kurt, ihn zu begleiten, wobei dieser nur ungern einwilligte. Anfangs ging er noch mit, als wollte er seinen

Rodrigo nicht enttäuschen. Doch dann blieb er immer häufiger auf dem Treppenabsatz stehen, setzte sich und wartete ruhig, bis Rivenport seine Arbeit in der Sammlung abgeschlossen hatte und wieder rauskam. Rivenport blieb Kurts Abneigung natürlich nicht verborgen, aber er wollte sie schlicht nicht wahrhaben. In seinem Kopf hatte er Kurts Missfallen an der Kammer und an der Schmetterlingssammlung als temporäres Phänomen gewertet, als etwas Vorübergehendes, das sich mit zunehmender Reife lösen würde.

Weil Rivenport in der Regel ein gutes Stück Arbeitspensum schon am frühesten Morgen erledigte, verkürzten sich seine Aufenthalte in der Kammer am Mittag. So verwandelte sich die Siesta zunehmend in eine Zeit des Beisammenseins. Kurt zeigte Rivenport seine Arbeit im Garten, sie gingen an die frische Luft und redeten, dann griff Rivenport ein Buch aus der Bibliothek und las ihm etwas vor. Immer öfter spielten sie auch Schach, ein Spiel, das Kurt erstaunlich schnell meisterte. Bald war er ein ebenbürtiger Gegner, und ihre Partien zogen sich mit Unterbrechungen manchmal über mehrere Tage.

Abends achtete Rivenport darauf, nicht allzu spät aus dem Krankenhaus zurückzukehren, um sich vor dem Essen Kurts Lektionen widmen zu können. Er unterrichtete ihn mit viel Geduld und Ehrgeiz in Mathematik, Physik, Chemie, Biologie, Geografie, Völkerkunde, Geschichte und natürlich der spanischen Sprache. Das erwies sich als kein einfaches Unterfangen, und obwohl Kurt eine besondere Intelligenz bewies, war der Unterricht oft anstrengend, manchmal schlichtweg frustrierend, sodass Rivenport sogar ab und zu die Beherrschung verlor und seine Stimme erheben musste.

Er versuchte, seinem Schüler auch das Metaphysische näherzubringen. Doch die Nonnen hatten schon richtig gesehen: Jedes Mal, wenn er auch nur ansatzweise auf etwas Religiöses hingewiesen wurde, war Kurt nicht mehr zu erreichen. Als liefe man gegen eine Steinwand, die keinen Zentimeter nachgab. Kurt wollte einfach nicht wahrhaben, dass es Menschen gab, die an einen Himmel und eine Hölle, an fliegende Engel und an unermessliche Wunder glaubten. Warum sollte es neben dieser Welt eine Parallelwirklichkeit geben, ein Paradies? Die Erde selbst, auf der sie mit ihren Füßen standen, war doch schon das Paradies, gefüllt mit zauberhaften Wesen, Farben, Gerüchen, was brauchte es denn mehr?

Nach dem Abendessen gingen sie gerne zusammen auf die Veranda und schauten schweigend zu den Sternen. Wenn es kalt war, machten sie es sich im Wohnzimmer gemütlich. Im Kamin brannte das Feuer, und Rivenport las Kurt etwas vor, oder sie saßen einfach nur beieinander, und ein Gläschen Brandy nippend beobachtete er Kurt, dessen azurblaue Augen sich in den Flammen verloren.

Am Wochenende setzten sie ihre Erkundungsfahrten fort. Sie unternahmen Ausflüge in die Berge oder aufs Land, um rare Pflanzen zu studieren oder Vögel zu beobachten. Auch Maria kam gelegentlich mit und hatte einen Picknickkorb dabei, der bis obenhin mit gekochten Eiern, belegten Brötchen, Reisbällchen, Käsestangen,

Früchten und Gebäck gefüllt war. Zu den Mittagspausen suchten sie sich einen schönen Platz und verzehrten die herzhaften Speisen auf einem ausgebreiteten Tuch in der Wärme der Sonne.

So durchstreiften Kurt und Rivenport die abwechslungsreiche Natur des nördlichsten und wildesten argentinischen Bundesstaats. Und immer wieder besuchten sie auch die Ordensschwestern im Kloster, wo Kurt sein Gemüsebeet begutachtete. Mit gehobenen Augenbrauen ging er herum, betastete die Erde, fühlte die Blätter, strich über die Stiele, roch an den Blüten und nuschelte dabei geheimnisvoll vor sich hin, als wäre er der Erbe einer altertümlichen Pflanzenweisheit, einer Sprache, die sonst nur Tiere und Kinder kennen. Jedes Mal mussten die Nonnen diese eigenartig penible Untersuchung ihrer Arbeit über sich ergehen lassen. Und dann fing Kurt meistens zu singen an. Der Zustand des Beets bestimmte die Melodie, sodass die Nonnen und besonders Schwester Iris, der Kurt das Beet anvertraut hatte, befreit aufatmeten, wenn er einen heiteren Ton anstimmte.

Langsam aber sicher wuchs in der Villa Rivenport eine kleine, ganz außergewöhnliche Familie zusammen. Denn es schien schon so, als hätte Kurt in Maria eine Mutter und in Rivenport eine Vaterfigur gefunden. In dieser neuen Idylle konnte man meinen, dass die Zeit stillstand und doch schritt sie unentwegt voran.

Einmal, als Rivenport und Kurt im Garten standen und in einer besonders klaren Nacht die leuchtenden Sterne am Firmament betrachteten, fragte Kurt Rivenport, wie viele Sterne es denn gebe. Denn so oft sie schon zum Himmel hochgeschaut hatten, immer entdeckte Kurt neue Sterne. Daraufhin hatte er sich vorgenommen, die hellen Lichter einmal zu zählen, doch er schaffte es nicht. Plötzlich leuchtete ein neuer Stern auf, den er vorher übersehen hatte, und seine ganze Zählstruktur brach aus dem Ruder. Verwirrt blinzelte er einen Augenblick und verlor den Fokus, sodass er wieder von Neuem anfangen musste.

Des Öfteren schon hatte Rivenport Kurt nahezubringen versucht, dass es für manche Dinge keine Erklärung gab. Der Mensch konnte nicht alles wissen. Darin lag doch der eigentliche Grund, weshalb Menschen überhaupt an etwas glaubten. An eine Ideologie, eine Fantasie, eine Psyche außerhalb des materiell Erfahrbaren, an ein Leben vor der Geburt und nach dem Tod, an eine Philosophie, das Schicksal, eine höhere Macht. Doch Kurts Abneigung und sein kategorisches »Nein« zu Gott blieben trotz dieser Erläuterung bestehen.

Wie konnte es denn einfach keine Erklärung geben? Sie hatten doch Augen zum Sehen, Hände zum Fühlen und Ohren zum Hören, eine Zunge zum Schmecken und eine Nase zum Riechen. Mit den Sternen zum Beispiel war es doch ganz einfach. Man musste sich nur einmal ganz und gar konzentrieren und sie in einem Rutsch zählen. Es waren zu viele? Na gut, dann konnte das vielleicht nicht ein Mensch allein schaffen, aber zwei, drei oder vier Menschen gemeinsam. Jeder würde ein Stück Himmel abzählen, und am Ende addierten sie die Zahlen, so wie

Rivenport es Kurt beigebracht hatte. Wieso sollte so etwas unerklärlich sein?

Aber es gab auch Fragen, die er sich nicht so einfach beantworten konnte: beispielsweise seine persönliche Geschichte. Hatte Rodrigo wie so oft auch hier eine Antwort parat? Wie war er hierhergekommen? Und warum? Doch Rivenport schwieg. Sein herzliches Lächeln über Kurts Enthusiasmus hatte sich in sein Gegenteil verkehrt.

Nein, er hatte keine Antwort parat und er hatte auch keine Lust, irgendwelche Thesen aufzustellen, die Kurt trotzig ablehnen würde. Schließlich war auch Rivenport klar, dass Kurt ja recht hatte: Jede Erklärung des Unerklärlichen hinkte wie eine kurzbeinige Lüge. Und sogar er, mit seiner hochverehrten Vernunft, lebte sie nicht bis zur Ultima Ratio konsequent aus. Er war nicht mutiger als andere, denn auch er gab in einem ständigen, unaufhörlichen Verlust der Vernunft, anderen, vernunftwidrigen, aber deutlich schöneren Ideen nach. Wie in der Nacht nach Rosas Tod, als er zu feige gewesen war, jene dem Medikamentenkabinett des Krankenhauses entwendeten Pillen zu schlucken, die zu seinem eigenen schmerzlosen Ende geführt hätten.

Nein, auf solche Gedanken hatte er keine Lust und so ließ er – den Kopf träumerisch nach hinten geworfen und das Licht der Sterne in seinen Augen – los und sprach frei heraus: »Früher gab es nicht nur einen Gott, sondern viele Götter, weißt du? Vielleicht sogar so viele Götter wie Sterne. Vielleicht gab es sogar eine Zeit, eine schon lang vergangene Zeit, in der Männer und Frauen wie du und ich die Sterne direkt vergötterten. Die Menschen, die diese Landschaft Tausende von Jahren besiedelten, verehrten unter anderem auch die Sonne. Sie glaubten nicht an einen einzigen allmächtigen Gott, wie es die Ordensmutter und Maria tun. Genauso die antiken Völker in Europa. Sie hatten einen Gott für die Liebe und einen für die Landwirtschaft, einen für den Tod und einen für das Schicksal, für jede Aktivität gab es einen eigenen Gott. Das Christentum meint, es habe den großen Schritt gemacht. Vom Polytheismus zum Monotheismus. Das heißt: vom Glauben an viele Götter zum Glauben an einen einzigen Gott. Doch wenn man darüber nachdenkt, merkt man, wie so oft im Leben, dass der Schein trügt. Die Vielgötterei ist ihrem Wesen nach nie wirklich gestorben. Nur nennen wir sie nicht mehr alle Götter, sondern Propheten, Jünger, Apostel, Märtyrer, Heilige. Aber wir beten sie trotzdem an. Wie die Inkas ihre Gottheiten. Und sie gehören tatsächlich zur Himmelshierarchie, denn wir wollen etwas von ihnen, legen ihnen Opfer dar, wir bewundern sie, geben ihnen also Macht. So wie der Bürgermeister, der Polizeidirektor oder die Priorin zur Hierarchie der Stadt gehören. Jeder mit seinem eigenen Geltungsbereich und seinen eigenen Wundern. Wenn wir ein Kind haben wollen, beten wir zum heiligen Gabriel. Wenn die Bauern das Vieh vor Schädlingen beschützen wollen, beten sie zum heiligen Erasmus von Antiochin. Gegen Bauchschmerzen helfen die heilige Frameilde oder der heilige Alban. Gegen Erdbeben richten wir uns an den heiligen Albert, gegen Schluckauf an den heiligen

Blasius von Sebaste, gegen die Wollust an den heiligen Thomas von Aquin ... deshalb haben dir die guten Nonnen auch sein Ebenbild unters Kopfkissen gelegt ... du verstehst, was ich meine?«

»Und trotzdem glaubt Rodrigo?«

»Ja.«

»Aber warum?«

»Warum nicht? Vielleicht, weil Rosa sich sonst im Grab umdrehen würde, vielleicht, weil ich an der Idee gefallen finde, dass sie glücklich im Paradies ist, vielleicht auch, weil Maria mich sonst mit dem Küchenlöffel prügelt, du weißt, wie sie werden kann ... Vielleicht, weil ich Angst habe. Vielleicht, weil ich so erzogen wurde und weil meine Eltern glaubten und ihre Eltern vor ihnen, weil alle glauben. Aber vielleicht auch, weil es keine bessere Erklärung gibt. Soll ich an die Dunkelheit glauben? Soll ich an das Nichts glauben? An das Chaos? Aber ich sehe doch, die Welt ist nicht im Chaos, der Kosmos, vom Mikro bis zum Makro, bewegt sich in einer Symphonie. Es besteht ein größeres Bild, ein Zusammenhang, den wir nicht immer verstehen können, der aber spürbar ist und an den ich glaube. Alles hat einen Platz, jeder Stern, jeder Stein, jeder Atemzug, jedes Atom, sie stehen zueinander, reagieren miteinander, im Gleichgewicht, in einer ständig mutierenden, aber stets perfekten Anordnung. Es ist leicht, rational zu sein, doch es gehört sehr viel Mut dazu, nein, es ist eigentlich unmöglich, bis zum Ende rational zu bleiben. Irgendwann muss man einen Kompromiss eingehen. Das Unerklärliche können wir nur hinnehmen, die Vernunft vergessen, für eine Sekunde, für länger, wer weiß. Vielleicht glaube ich nur, weil es mir ein angenehmes und versöhnliches Gefühl gibt, einfach die Augen zu schließen und ohne weiteres Kopfzerbrechen an eine kosmische Ordnung zu glauben und mich auf meine Schmetterlinge konzentrieren zu können. Sind sie nicht das Allerschönste?«

22.

Eines Abends kam Rivenport ungewöhnlich spät nach Hause. Doktor Oriani hatte sich mit seiner üblichen Ausrede schon vor Schichtende davongemacht. Obwohl seit der wilden Nacht im Hause der Mätresse Caloyenes keiner der Teilnehmer auch nur ein Wort darüber verloren hatte, zeugte Orianis Benehmen von einer gewissen Reue. Besonders gegen Schichtende kam er gerne auf Blumensträuße, Pralinenschachteln oder ähnlich romantischen Unfug zu sprechen, alles Geschenke für seine geliebte Linda, die er noch schnell einkaufen musste. Oriani war also wieder mal weg, als es einen Notfall gab: eine außerplanmäßige Geburt. So hatte Rivenport selbst einspringen müssen, was schon sehr lange nicht mehr vorgekommen war.

Rivenport verfluchte Oriani. Zum Glück hatte er aber sein glückliches Händchen nicht verloren. Die Geburt verlief problemlos. Mit beiden Händen hielt er den blutigen Säugling hoch in die Luft, als wäre er eine Siegestrophäe. Es war ein Junge. Er kreischte heftig und strampelte widerwillig in die Welt. Die Mutter, eine hagere Indiofrau, lächelte müde. Ihre körperliche Erschöpfung wurde von dem Glück, ihren Sohn vom Professor in die Arme gelegt zu bekommen, übertrumpft. Rivenport blieb noch etwas, redete mit dem Ehemann und wartete, bis die Frau eingeschlafen war.

Als sein Wagen endlich durch das Eingangstor der Villa gefahren kam, war die nächtliche Dunkelheit schon vollkommen, und doch glaubte er, im Garten einen weghuschenden Schatten gesehen zu haben. Im Haus suchte er Kurt, er wollte sich dafür entschuldigen, dass ihre tägliche Lektion ausgefallen war, doch er fand nur Maria. Die erwiderte seine Begrüßung kühl, und wo Kurt wäre, wisse sie nicht, das könne er doch bitte selbst herausfinden. Sie nahm ihm natürlich übel, dass er nicht zum Abendessen erschienen war und nicht einmal Bescheid gegeben hatte. Dass es sich um einen Notfall gehandelt hatte, interessierte sie nicht. Mürrisch deutete sie auf einen Teller, der lieblos auf dem Esstisch stand, dann verschwand sie in der Küche.

Rivenport aß sein Abendessen, aber Kurt war immer noch nicht aufgetaucht. Er brachte den schmutzigen Teller sogar selbst in die Küche, ging dann nach oben, fand den Blondschopf jedoch auch nicht in seinem Zimmer. So trat Rivenport nach draußen in den Garten. Er rief nach Kurt, bekam aber keine Antwort. Er lief um das angelegte Beet herum, nur das Gezirpe der Grillen unterbrach die Stille. Schon wieder glaubte er, eine Bewegung wahrgenommen zu haben, aber nun weiter draußen. Und tatsächlich, erst als er das Anwesen verließ, fand er ihn abseits der Schotterstraße, im freien Gelände. Rivenport war schnell gelaufen, um ihn einzuholen, und als er endlich neben ihm lief, sah er, dass Kurt keine Schuhe trug.

»Wir haben dich gesucht. Was machst du hier?«

Kurt antwortete nicht. Er wirkte nachdenklich. Rivenport fragte weiter: »Und deine Schuhe?«

»Kurt wollte sehen, wie sich der Boden anfühlt. Hier und nicht da.«

Er zeigte auf das Haus. Rivenport fragte ihn: »Und wie fühlt er sich an?«

»Kalt und warm.«

»Das sind Gegensätze. Entweder kalt oder warm. Beides geht nicht.«

»Oben kalt, aber unten, wenn Kurt die Füße in die Erde steckt, ist es schön und warm.«

Rivenport kniete sich hin und befühlte mit der Hand den Boden. Er war kalt. Und unterhalb der Oberfläche? Tatsächlich. Wenn man die Hand etwas in die Erde grub, wurde es plötzlich warm. Der steinige Grund fühlte sich angenehm an, als wäre er von unten beheizt. Wie konnte das sein?

»Die Steine müssen das Sonnenlicht des Tages gespeichert haben, oder unter uns fließt eine heiße Quelle.«

»Auch Rodrigo. Es ist schön. Steck die Füße in die Erde.«

Rivenport wollte eigentlich erwidern, dass es Zeit sei,

hineinzugehen, dass Kurt nicht einfach so allein nach draußen gehen solle, mitten in der Nacht, ohne jemandem Bescheid zu sagen, dass sie sich Sorgen um ihn machten, es eigentlich schon lange Schlafenszeit sei, dass es überhaupt nicht angebracht sei, mit nackten Füßen im Staub herumzulaufen, und dass es um diese Uhrzeit vor Skorpionen und Schlangen nur so wimmelte. Aber sonderbarerweise tat er das nicht. Er sagte nichts von all dem, sondern stützte sich auf Kurts breite Schultern und zog sich erst den einen, dann den anderen Schuh aus. Dann entledigte er sich auch noch seiner grauen Strümpfe, grub sich barfuß in den Sand ein und ließ die Wärme auf seine Fußsohlen wirken.

Es war ein ungewöhnliches, ein befreiendes Gefühl. Sie liefen eine Weile so, im Einklang mit den Elementen, bis sie plötzlich aus dem Garten Marias donnernde Stimme hörten. Wer weiß, wie lange sie schon dort stand und sie beobachtete: »Was auch immer ihr treibt, wenn ihr nicht sofort reinkommt, schließe ich alle Türen und ihr könnt die Nacht draußen verbringen!«

Rivenport und Kurt sahen sich an, mehr überrascht als schuldig, und schließlich drehten sie sich um und liefen so schnell sie konnten, ohne sich die Schuhe anzuziehen, Richtung Haus zurück. Wie bei einem Streich erwischte Lausbuben überquerten die zwei Männer die Straße. Sie stolperten über den Schotter, und wäre Maria ein paar Sekunden länger an der Tür stehen geblieben, hätte sie in Rivenports Gesicht eine sorglose Freude gesehen, wie er sie nur während seiner Kindheit gezeigt hatte. Doch einzig

Kurt und die Himmelskörper waren Zeugen dieses flüchtigen Augenblicks. Schon zogen sie die Tür hinter sich zu, und das Echo ihrer Schritte verhallte in der Nacht, bis die Dunkelheit auch jede Erinnerung daran verschluckte.

An einem Wochenendausflug zu den heißen Quellen von Agua Caliente de Tuzgle ließ Rivenport den Chauffeur in der Nähe eines Feldes von der Straße abfahren und bat ihn, im Auto zu warten. Er hatte von weitem einige Termitenhügel gesehen, die er Kurt zeigen wollte.

»Termiten gehören zu den staatenbildenden Insekten. Im Insektenreich zeichnen sie sich durch ihre Organisation aus. Sie bauen richtige Städte von höchster Komplexität, die nach präzisen Regeln funktionieren. Sie bauen Nester, Höhlen oder Hügel, teilen sich die Arbeit auf und leben in einer strikten sozialen Hierarchie. Es gibt die blinden Arbeiter, die nur eines tun: arbeiten. Dann gibt es die Soldaten, man erkennt sie leicht am größeren Kopf und ihren kräftigen Mandibeln. Sie haben die Aufgabe, das Nest und seinen größten Schatz, das Fortpflanzungspaar, zu beschützen. So eine komplexe Struktur in der Natur ist faszinierend, nicht wahr? Andere Insekten leben allein oder in kleinen Gruppen, wieder andere in Symbiose mit Pflanzen und Tieren.«

Sie gingen um den Termitenhügel herum. Kurt wirkte beeindruckt und wollte den Bau berühren, wie er es immer gerne tat, wenn er etwas Neues entdeckte, doch Rivenport hielt ihn am Arm fest: »Besser nicht, sie würden dich angreifen.« Anscheinend hatte Kurt seine Erfahrung mit dem Riesenkaktus nicht gereicht. Sie liefen das

Feld hinauf und beobachteten hundert Meter weiter das rege Treiben eines zweiten Termitenstamms.

»Keiner kann genau sagen, wie das Leben auf der Erde angefangen hat. Das ist eine dieser Fragen … Manche Wissenschaftler nehmen an, dass die ersten lebenden Zellen durch den Einschlag eines Asteroiden auf die Welt gebracht worden sind. Was allerdings als erwiesen gilt, ist, dass die Insekten zu den ältesten Bewohnern unseres Planeten gehören. Sie existieren seit dem Erdaltertum, seit 400 Millionen Jahren.«

»Wie lange leben wir hier?«

»Wir Menschen? Den aufrecht gehenden Menschen gibt es keine 100 000 Jahre.«

Kurt dachte über die Zahlen nach. Er kämpfte damit, versuchte sie einzuordnen. Doch es fiel ihm sichtlich schwer, so hohe Zahlen hatte er noch nie gehört. Rivenport deutete mit einer Kopfbewegung wieder auf die Insekten und ihr Treiben in dem Hügel.

»Wenn man sie so sieht, denkt man, dass sie klein und wir groß sind. Doch im größeren Bild der Natur sind sie groß, riesig sogar, und wir unendlich klein. Allein in diesem Nest leben schätzungsweise 50 000 Termiten. Hinzu kommt, dass Insekten mit großem Abstand die artenreichste Klasse aller Tiere sind. Wir kennen über 500 000 Insektenarten, aber es werden ständig neue entdeckt.«

»Wie viele Insekten gibt es denn?«

Rivenport drehte sich zu Kurt und sah ihn nicht ohne Stolz an. Es freute ihn immer wieder, wenn er es schaffte, sein Interesse zu wecken: »Witzig, dass du das fragst. Letztlich hat Sabrosky, ein amerikanischer Insektenforscher, einen Artikel zu diesem Thema geschrieben. Es wird viel darüber diskutiert.«

Rivenport leckte sich mit der Zunge über die Lippen, er war sichtlich bei einem seiner Themen: »Wie viele Insekten es auf der Welt gibt, ist sehr schwierig zu ermessen, denn es handelt sich nicht um feststehende Zahlen, sie variieren ständig und mit hoher Geschwindigkeit. Viele Faktoren kommen ins Spiel. Die Jahreszeit zum Beispiel – und sogar die Tageszeit – kann große numerische Unterschiede bringen. Sabrosky gibt keine definitive Antwort, er sagt, dass keiner es wagen kann, eine Ziffer anzugeben. Wir können nicht einmal die Anzahl pro Quadratkilometer nennen. Fest steht, dass es unglaublich viele sind. Mehrere Millionen. Es sind so viele, dass sie einen beträchtlichen Teil der globalen Biomasse ausmachen, also das Gewicht aller Lebewesen zusammen.«

»Mehr als alle Menschen?«

»Viel mehr. Allein die Masse aller Ameisen ist größer als die aller Menschen auf der Welt.«

Kurt versuchte, sich eine Vorstellung von dem Gesagten zu machen. Doch Rivenport ging nicht auf ihn ein, er war in seinem Element: »Insekten sind aber nicht nur schön, sondern auch wichtig für die Natur und die Menschen. Viele biologische Entdeckungen haben wir ihnen zu verdanken. Aber noch wichtiger sind sie für uns auf praktischer Ebene. Sie beeinflussen unser Leben ausschlaggebend. Positiv wie negativ.«

»Wie meint Rodrigo das?«

»Die Weinberge, die wir besucht haben, erinnerst du dich?«

Kurt nickte.

»Das sind alles Nutzpflanzen, also Pflanzen, die vom Menschen kultiviert werden, um von ihrem Ertrag zu leben, so ähnlich wie du und dein kleines Gemüsebeet. Der Befall mit Pflanzenschädlingen kann bei Nutzpflanzen zu großen Ausfällen der Ernte führen. Manchmal wirkt sich das katastrophal aus. Bauern verarmen und müssen in die Städte ziehen. Sogar die Bibel erzählt davon, wie Schwärme von Heuschrecken ganze Jahresernten zerstörten.«

Sie gingen weiter hoch, bis sie die Spitze des Hügels erreichten. Unten auf der Straße sahen sie den Fahrer eine Zigarette rauchen.

»Andere Insekten befallen uns und saugen unser Blut, wie die Stechmücken oder die Läuse. Manche bringen Krankheiten mit sich. In Europa sind früher Millionen an der Schwarzen Pest gestorben, einer Krankheit, die durch den Biss des Rattenflohs übertragen wurde. Die Termiten, die du hier siehst, ernähren sich von Holz, wehe dir, wenn sie in dein Haus eindringen. Denn wir bauen unsere Häuser aus Holz und richten sie auch mit Holzmöbeln ein. Menschen ernähren sich auch direkt von Insekten. Heuschrecken kann man frittieren, dann schmecken sie wie Papas Fritas, sagt man. Auf jeden Fall proteinreich. Na, wäre das was für dich?«

Rivenport zog eine Grimasse und zeichnete mit der Hand einen Kreis auf seinem Bauch. Kurt kicherte.

»Doch die meisten Insekten tun Gutes für uns: Sie bekämpfen Schädlinge und halten die Natur im Gleichgewicht. Einige Insekten wie Bienen oder Schmetterlinge spielen eine wichtige Rolle im Fortpflanzungsprozess der Natur, da sie die Blumen bestäuben. Andere Insekten dienen der Hestellung von oder auch direkt als Lebensmittelzusatzstoff. Das rote Getränk bei uns Zuhause im Spirituosenschrank bekommt seine Farbe durch das Blut der Schildläuse. Dann gibt es noch den Seidenspinner. Er war der Stolz einer Nation. Dank dieses Insekts konnten die Chinesen Seide produzieren, ein unglaublich feines und sanftes Material. Für Jahrhunderte konnten sie ihr Geheimnis hüten, bis jemand Puppen des Insekts stehlen und nach Europa schmuggeln konnte. Ah, ein weiteres Nutzinsekt: Kerria lacca. Aus ihm wird Schellack gewonnen, ganz wichtig für deine Musik. Damit werden nämlich Schallplatten hergestellt. Viele Menschen haben Angst vor ihnen oder ekeln sich, aber Insekten sind unsere Freunde.«

Kurt blickte Rivenport ernst an und sagte: »Kurt hat keine Angst vor ihnen.«

Am Abend saßen Rivenport und Kurt dann noch länger draußen auf der Veranda und verdauten das herzhafte Abendessen. Rivenport hatte es mit dem Käse übertrieben, den es zum Abschluss mit etwas Konfitüre gegeben hatte. Schwer und faul hing er im Korbsessel. Normalerweise ließ er es mit dem Essen und Trinken eher maßvoll angehen, doch heute Abend hatte er sich so richtig sattgegessen. Er war zufrieden, wie er dort mit

Kurt zusammensaß, zu voll, um sich zu bewegen. Das Verandalicht lockte Nachtschwärmer an, und Rivenport fühlte sich so frei, auch ohne einen ersichtlichen Verbindungsfaden seine Insektendissertation vom Vormittag fortzuführen: »Warum Nachtfalter vom Licht angezogen werden, ist immer noch ungewiss. Vielleicht, weil sie sich am Mond orientieren und die Lichtquelle damit verwechseln.«

»Rodrigo liebt die Insekten.«

Rivenport wunderte sich über das starke Wort, das Kurt benutzt hatte. Liebte er Insekten? Wohl kaum. Es war nicht angebracht, von Liebe zu sprechen. Also verbesserte er ihn.

»Ich interessiere mich für Insekten, und ganz besonders für Schmetterlinge. Ich studiere sie, ich sammle sie.«

»Weil sie schön sind?«

»Sicher. Schmetterlinge sind die schönsten aller Insekten. Ihre Grazie ist im ganzen Tierreich unübertroffen. Deswegen werden sie auch viel in der Kunst, der Literatur und der Poesie besungen. Doch das Faszinierendste an ihnen ist ihre Metamorphose.«

»Meta… mo… Metamo…pose?«

Das Wort hatte zu viele Silben für Kurt.

»Me-ta-mor-pho-se. Siehst du diesen Falter zum Beispiel, der so hektisch um das Licht schwirrt? Er weiß es wahrscheinlich nicht, aber er befindet sich in der letzten Phase seines Lebens. Davor war er ein Ei, dann eine Raupe und schließlich eine Puppe.«

»Er war so viel?«

»Ja. Schmetterlinge durchleben verschiedene Phasen. Das ist die Metamorphose. Eine Veränderung, eine Umformung.«

»Aber bleibt er immer er, oder wird er ein anderer?«

Rivenport dachte nach.

»Eine gute Frage. Äußerlich verändert er sich, soviel steht fest. Aber innerlich, ist er immer noch derselbe? Das kann ich nicht sagen. Um das zu wissen, müsste man ein Falter sein.«

Kurt schien die Antwort nicht auszureichen, doch bevor er eine weitere Frage formulieren konnte, fantasierte Rivenport: »Es ist ein ganz einzigartiger Prozess. Ist die Raupe erwachsen, beginnt sie mit der Verpuppung, indem sie sich zum letzten Mal häutet. Einige Wochen verweilt das Insekt bewegungslos in dieser Phase, und dann ...«

»Und dann?«, fragte Kurt gebannt.

Rivenport schlug die Augen weit auf und machte eine Armbewegung wie ein Zauberer bei einem Trick. Dabei hielt er die Fäuste vor Kurts neugierigem Blick geschlossen: »Plop! Es schlüpft ein wunderschöner Schmetterling.«

Rivenport öffnete die Hände und Kurt schaute gespannt auf sie, als hoffte er wirklich einen Schmetterling daraus emporfliegen zu sehen.

»Der Puppe entspringt der Schmetterling. Er öffnet die Augen, schlägt seine farbigen Flügel auf und setzt zu seinem ersten Flug an. So vollendet sich der Lebenszyklus.«

23.

Die Idylle in der Villa Rivenport mit ihrer wohltuenden Routine, den täglichen Lektionen, den Ausflügen, den langen Abendessen und der einfachen Freude am Miteinander ließ die Zeit so unbemerkt vergehen wie die herabrieselnden Körner einer Sanduhr. Rivenport spürte, dass seine Verbindung zu Kurt mit jedem Tag stärker wurde und dass sie auf dem besten Weg waren, eine Einheit zu bilden, ein bisschen so wie er und Rosa zu Zeiten ihrer Ehe.

Und doch, dachte er gleichzeitig, war es ganz anders. Denn obwohl er Kurt inzwischen gut zu kennen meinte, schien er nie ganz durch die mysteriöse Aura zu dringen, die ihn umgab. Auch Rosa hatte eine Zeit lang solch eine Ausstrahlung gehabt. Doch Rivenport erinnerte sich genau, wie diese Hülle gleich zu Anfang ihrer Ehe von ihr abfiel und Rosa plötzlich nur noch Rosa war. Er musste zugeben, dass diese Änderung besonders in der ersten Zeit nicht leicht zu akzeptieren war. Rivenport verlor ein wenig das Interesse an ihr, die Leidenschaft nahm ab, und doch wurden sie langsam aber sicher ein Ehepaar, wie es Millionen andere Ehepaare gab. Genau diese Aura, die, wie Rivenport schloss, oft am Anfang einer Beziehung steht, fand er bei Kurt wieder, doch hielt sie nun schon so lange an, dass er daran zweifelte, ob sie sich je auflösen würde.

Eines Morgens wurde Rivenport in seinem Büro benachrichtigt, dass der Bürgermeister ihn eiligst sehen wolle. »Eiligst« hieß sofort, und das beunruhigte Rivenport. So ein plötzliches Treffen passte nämlich überhaupt nicht zum Stil des Bürgermeisters oder überhaupt zum Stil von irgendjemandem in S.

Ihren wenigen Begegnungen im Rathaus ging normalerweise eine schriftliche Einladung voraus, meistens betreffend der Sicherheitsvorkehrungen für die zwei großen Jahresfeste von S.: dem der Allerheiligsten Jungfrau Maria von Guadalupe und dem der Nuestra Señora de la Candelaria. Denn nur an diesen beiden Tagen des Jahres war das Krankenhaus voll ausgelastet, vor allem mit Betrunkenen und Opfern der Raufereien auf den Straßen. Doch beide Feiern lagen jetzt noch fern, und so bezweifelte Rivenport, dass es sich darum handeln konnte.

Im Rathaus hastete Rivenport, ganz im Sinne des geforderten »eiligst«, die Treppe zum Büro des Bürgermeisters hinauf. Eine Sekretärin hielt ihm die Tür auf, und als er zügig eintrat, war er überrascht, den Bürgermeister im lockeren Gespräch mit Kommissar Escobar vorzufinden. Die zwei waren einander zugewandt, jovial lehnten sie sich an den mächtigen Schreibtisch in der Mitte des Zimmers, der Bürgermeister saß sogar halb darauf, nur mit einem Bein den Boden berührend.

Es war eigenartig, den Kommissar so gesprächig zu sehen, überhaupt schien er verwandelt: seine ordinäre Zigarette hatte er gegen eine braune Havanna ausgetauscht und anstatt seiner üblichen deprimierten Miene schien er fast heiter dreinzublicken. Der Bürgermeister streckte die Arme aus: »Ah, hier ist er, unser guter Professor. Wie gut, dass du so kurzfristig kommen konntest. Es gibt Wichtiges zu besprechen.«

Rivenport blieb an der Tür stehen und versuchte, seine Aufregung zu verstecken. Das Büro stank nach Zigarre. Die ganze Situation stank ihm. Der Bürgermeister sah ihm das wohl an, denn er sagte: »Na, na. Was hast du denn? Ich habe gute Nachrichten. Kannst dich beruhigen. Ich habe Escobar gerade davon erzählt.«

Rivenport spürte im Ohr das Pochen seines erhöhten Pulses. Und er schwitzte sogar etwas. Der Bürgermeister legte ihm den Arm um die Schulter und führte ihn ins Zimmer. Escobar nahm einen Zug von seiner Zigarre und nickte ihm zur Begrüßung zu. Der Bürgermeister legte Rivenport ein Zigarrenetui vor und klappte es auf: »Zigarre?«

»Nein, danke. Was für gute Nachrichten?«

»Immer nein sagen tut nicht gut, das Leben ist zu kurz dafür. Was hast du denn? Feinste importierte Zigarren, und du spielst den Puristen. Was sollen wir denn jetzt von dir halten? Wir rauchen. Wir sind schuldig. Wer nicht zu sündigen wagt, begeht die größte Sünde. Willst du lieber etwas trinken? Ich habe einen ganz fantastischen Rum aus Nicaragua. 12 Jahre gealtert. Es ist mir ein Rätsel, warum unsere hiesigen Zuckerproduzenten immer noch keinen Rum herstellen. Gott weiß, wie oft ich Pedrales das gesagt habe. Feinster argentinischer Rum aus Jujuy. Unsere Region könnte das nächste Zacapa werden. Nicht auszudenken, wie wunderbar das für die Stadt wäre. Die richtige Materia prima haben wir. Nicht wahr?«

Rivenport schüttelte den Kopf und nahm auf dem Stuhl Platz, den ihm der Bürgermeister zuschob.

»Also auch kein Gläschen Rum? Vielleicht hast du recht, kommen wir gleich zur Sache, danach ist dir möglicherweise eher nach einem Tropfen zumute. Wie ich gerade schon unserem Herrn Kommissar erzählt habe, wurde etwas von oben entschieden, von ganz oben, und unser Problem ist damit ab heute kein Problem mehr. Ein für alle Mal gelöst.«

Dabei hob er die Augen zur Decke, als schaute von dort jemand auf sie herab, ein höheres Wesen, ein Überbürokrat. Rivenport folgte dem Blick, doch an der Decke gab es nichts zu sehen. Nur den über ihnen hängenden Kronleuchter mit fehlenden Glühbirnen. Kupfer und Kristall auf dunklem Holz. Er konzentrierte sich wieder auf den Bürgermeister.

»Wie meinst du das? Wurde etwas über Kurts Identität rausgefunden?«

»Aber was redest du denn da? Viel besser. Viel einfacher. Unser mysteriöser Freund, Herr Kurt, ist nicht mehr länger in unserer Verantwortung. Na, du bist aber ganz schön angespannt heute.«

Rivenport hatte vor Ungeduld mit dem Fuß auf den Boden gestampft, wohl etwas lauter als beabsichtigt. Aber er wollte, dass der Bürgermeister endlich zur Sache kam.

»Also, es ist so: Da nun ja feststeht, dass Auto und Fahrer aus dem Staatsgebiet von Chile kamen und unbefugt die Grenze überquert haben, wurde nun auf politischer Ebene entschieden, dass der Fall zum Zuständigkeitsbereich unserer Nachbarn gehört. Hätte es sich um ein argentinisches Auto mit argentinischem Fahrer gehandelt, müssten wir uns kümmern. Wie dem auch sei: Die Sache geht uns nichts mehr an. Ab jetzt übernehmen die chilenischen Behörden. Escobar wird die komplette Dokumentation archivieren und eine Kopie an die chilenischen Kollegen senden. Der Fall Kurt geht uns nichts mehr an. Ein Hoch auf die Politik. Ein Hoch auf unsere eifrigen Nachbarn!«

Rivenport saß wie festgewurzelt auf seinem Stuhl. Ungläubig sah er zum Polizeichef. Der erwiderte den Blick auf eine Weise, die Rivenport zuwider war. Er presste die Lippen zusammen und wippte besserwisserisch, fast schon genießerisch mit dem Kopf, als wollte er ihm zu verstehen geben: »Habe ich es Ihnen nicht schon immer gesagt? Habe ich Ihnen vielleicht zu viel versprochen? Und Sie wollten mir nicht glauben, Sie konnten es nicht über sich ergehen lassen: Man muss nur lange genug ausharren, und irgendwann lösen sich die Probleme von selbst.« Dabei hob er in einer feierlichen Geste seine Zigarre. Wie sehr Rivenport in diesem Moment den Kommissar und die Freude, die er verspüren musste, hasste! Für ihn war die Sache gelaufen, der Fall war, ohne einen Finger krumm zu machen, gelöst. Die Chilenen würden sich kümmern.

»Wer hat das entschieden? Warum wurde das entschieden? Und wie konntest du das einfach so hinnehmen?«, platzte es wütend aus Rivenport heraus. Bei der letzten Frage war er aufgesprungen. Der Bürgermeister stand ihm verdutzt gegenüber: »Aber Rodrigo. Ich dachte, du würdest dich freuen. Du hast mir doch die Hölle heiß gemacht, von wegen Kurt hier, Kurt da, er kann nicht im Krankenhaus bleiben, der Fall muss gelöst werden, Herr Bürgermeister, tu doch was, schreib diesen Leuten und diesem Institut in Buenos Aires und diesem anderen ... Du hast dich immer beschwert, dass zwischen dem Rathaus und der Polizei der Dialog fehlt. Und jetzt sitzen wir hier zusammen, Escobar und ich, rauchen Zigarre und freuen uns. Die feinen Herren der Politik haben endlich etwas Ordentliches zustande bekommen, und was machst du? Vielleicht hast du zu viel Zeit mit deinen Insekten verbracht ... Ich verstehe dich nicht. Jetzt ist der Fall endlich gelöst, das Problem existiert nicht mehr, wir sind entlastet und, Herrgott, du bist immer noch nicht zufrieden?«

Er hatte natürlich recht. Vor nicht allzu langer Zeit wäre Rivenport dem Bürgermeister für diese Nachricht äußerst dankbar gewesen. Er hätte ihm die Hand geschüttelt und wäre sogar wahrscheinlich auf das Angebot von Zigarre und Rum eingegangen und schließlich geradezu leichtfüßig zu seinen Schmetterlingen zurückgekehrt. Das traf auf damals zu, aber nicht auf heute. Jetzt sah alles anders aus. Kurt war kein Fremder mehr, kein einfacher Patient. Er war ein Mensch, ein inzwischen äußerst wichtiger Mensch. Ein Mensch, der redete und Klavier spielte, der Meinungen zu Themen und Vorlieben hatte, der »nein« und »schön« sagte, der lachte und manchmal gegen Rivenport im Schach gewann. Kurt war ein Freund, ja ein Mitglied der Familie, und wenn vor einigen Wochen die Nachricht, dass er abgeschoben werden könnte, ihn noch erleichtert hätte, so war jetzt genau das Gegenteil der Fall.

Rivenport setzte sich wieder und bemühte sich um einen nüchternen Ton: »Ich wundere mich nur ... Ich meine: Wieso wurde gerade jetzt diese Entscheidung getroffen? So plötzlich.«

Der Polizeichef antwortete anstelle des Bürgermeisters: »In Chile sind Papiere gefunden worden mit Informationen zu Kurt. Soweit ich verstanden habe, handelt es sich dabei um Daten über seine Einreise nach Südamerika. Vielleicht ist sogar inzwischen seine Identität bekannt. Ich habe mich nicht weiter damit beschäftigt. Aber auf solche Informationen, also diese Papiere zum Beispiel, hätten wir nie stoßen können. Das konnte nur die chilenische Polizei. Deshalb ist es auch sinnvoller, wenn sie ab jetzt alle weiteren Untersuchungen übernimmt.«

Rivenport war wieder ganz aufgeregt, die Fragen sprudelten aus ihm heraus: »Aber was für Papiere denn genau, und wie haben sie sie gefunden, es war doch nichts über ihn bekannt?«

»Durch die Herstellungsnummer des Autos konnten sie die Spur zurückverfolgen und –«

Rivenport unterbrach ihn abrupt.

»Haben wir Zugriff auf diese Papiere?«

»Ich denke schon. Bis zum Ende des Monats wird der Fall offiziell noch von uns geleitet. Nur befinden sich die Papiere natürlich in Santiago.«

Der Bürgermeister verfolgte das Gespräch zwischen Rivenport und Escobar nur mit einem Ohr. Für die Details der Angelegenheit schien er sich nicht besonders zu interessieren, für ihn zählte das Gesamtbild. Er holte einen Umschlag hervor und erklärte, als hätte die Konversation der letzten Minute zwischen dem Polizeichef und Rivenport nie stattgefunden: »Diese Spur hat sich ja nun erledigt. Aber trotzdem, du hast damals darauf bestanden: die Antwort des Vermisstenbüros in Buenos Aires.«

Er wollte Rivenport den Umschlag in die Hand drücken. Doch der mochte ihn nicht nehmen und nach einem ungeschickten Hin und Her zwischen den Beiden fiel der Umschlag schließlich unbesehen auf den Tisch. Was sollte er mit dem blöden Umschlag, rumorte es in Rivenport. Es schien ihm auch völlig unpassend. Hatte der Bürgermeister denn nichts kapiert? Die Chilenen hatten den Fall womöglich gelöst, Kurts Identität endlich gelüftet, und sie saßen da, mit Zigarren und Rum und redeten über belangloses Zeug. Kurt war plötzlich jemand. Nicht länger ein Gespenst, nicht länger ein Rätsel oder Engel. Er existierte. Schwarz auf weiß. Auf einem Papier stand sein Name, in einem Archiv in Santiago lag womöglich eine Meldebescheinigung von Kurt. Wollten sie nicht ebenso wie er wissen, wer er war, was er machte, warum er hier war? Rivenport stammelte: »Ich fahre hin.«

»Wohin?«

Rivenport war wieder auf den Beinen. Doch diesmal nicht vor Aufregung, ganz im Gegenteil, er strahlte eine selbstsichere Ruhe aus. Er schaute weder den Bürgermeister noch den Kommissar an. Sein Blick war auf nichts Konkretes im Raum gerichtet und doch wirkte er fokussiert. Und sehr klar verkündete er: »Ich fahre nach Santiago.«

24.

Kurt ein paar Tage mit Maria allein zu lassen sollte kein Problem sein. Auch im Krankenhaus sollte Rivenports Abwesenheit nicht viel ausmachen, denn er würde vor Beginn der Vorbereitungen für die Feier der Nuestra Señora de la Candelaria zurückkehren, die demnächst anstand. Sicher, seine Reise würde wahrscheinlich auf Verwunderung stoßen. Seit Rosa verstorben war, hatte er sich keinen einzigen Tag Urlaub gegönnt. Immer wenn die Urlaubszeit kam und die Unbeschwertheit des Sommers bis in die Korridore des Hospitals drang, Oriani mit seiner Frau ans Meer fuhr, die Krankenschwestern der Reihe nach zu ihm ins Büro kamen, um sich ihre Urlaubsanträge unterschreiben zu lassen und sogar Godoy für eine Woche zu seinem Bruder an die Mündung des Rio Negro verschwand, blieb Rivenport in S. zurück.

Wohin sollte er auch? Eine Familie hatte er nicht, die Konferenzen der Insektenforscher fanden an Wochenenden statt, und allein in die Ferien zu fahren war ihm zu blöd. Den Sommer in S. zu verbringen, fand er im Übrigen auch gar nicht schlimm. Im Krankenhaus gab es noch weniger zu tun als sonst, denn die Stadt war wie leergefegt, und ihm blieb viel Zeit für sein Hobby. So ließ er Jahr um Jahr den Urlaub ausfallen, verschob ihn im Geiste auf den nächsten Sommer und hatte inzwischen Anrecht auf 132 aufgelaufene Ferientage.

Wie er sich schon gedacht hatte, schlug die Nachricht seiner Reise Wellen. »El Profesor gönnt sich Urlaub.« »Er fährt in die Ferien? Ist er verrückt geworden?« »Vielleicht ist er krank.« »Oder hat er eine Geliebte?« Dem Krankenhauspersonal lieferte eine solche Neuigkeit Klatschmaterial für mehrere Tage. Doch Rivenport hatte keine Zeit, sich mit dem Geschwätz der Leute auseinanderzusetzen. Sollten sie doch denken, was sie wollen. Dass er in die Ferien fahre, ans Meer oder in die Berge, mit einer Geliebten oder ohne, mit unehelichen Kindern oder ohne – das war ihm nun wirklich schnurz.

Das Einzige, was in diesem Zusammenhang zählte, war, dass Kurt nicht den wahren Grund der Reise erfahren durfte. Nicht auszudenken, wenn er verstände, dass er selbst der Anlass war. Denn was wäre, wenn Rivenport in Chile auf schreckliche Neuigkeiten stieße? Wenn er wirklich ein Verbrecher war? Oder andersherum: Was, wenn er enttäuscht werden würde und sich herausstellte, dass Kurt ein ganz gewöhnlicher Mensch war? Wenn er irgendwo in Deutschland oder sogar in Chile eine Ehefrau und Kinder hatte, vor denen er möglicherweise geflüchtet war? Wie würde Kurt darauf reagieren? Und wie er selbst? Nein, Kurt musste wenigstens für den Moment im Dunkeln gelassen werden.

Etwas vor Kurt geheim zu halten war allerdings gar nicht so einfach, schließlich war er bekannt für seine Neugier und seine bohrenden Fragen, auf die niemand eine befriedigende Antwort hatte. So erfanden Maria und Rivenport kurzerhand eine Ausrede. Und zwar, dass Rivenport wegen einer entfernten Tante nach Chile reisen würde. Um Kurts lästiger Fragerei vorzubeugen (Warum muss Rodrigo gerade jetzt die Tante besuchen? Warum kommt sie nicht hierher? Was macht Rodrigo bei der Tante? Warum nimmt Rodrigo Kurt nicht mit?), wurde weiterhin vereinbart, dass die Tante verstorben sei. Rivenport fuhr zu ihrer Beerdigung. Zudem wurden nun noch die Nonnen und Pater Guillermo eingeweiht (die Priorin war natürlich nicht gerade glücklich über diese Lüge, aber es handelte sich ja schließlich nur um eine nützliche Notlüge, damit konnte sie leben), und so stand der Reise nichts mehr im Wege. Rivenport würde am frühen Morgen aufbrechen und Kurt erst später davon erfahren.

Als er aber dann am nächsten Morgen reisefertig an der Tür stand, den beigen Regenmantel über den Schultern, seinen Aktenkoffer mit allem Nötigen in der Hand, nahm er Geräusche aus der Schlafetage wahr. Erst hörte er eine knallende Tür, dann eilige Schritte, und schon kam Kurt die Treppe heruntergerannt und wurde erst langsamer, als er Rivenport erblickte. Der war verdutzt. Um diese Uhrzeit schlief Kurt normalerweise noch fest. Dabei war er doch ganz leise gewesen, er konnte ihn nicht geweckt haben.

Kurt sah zwar noch verschlafen aus, war aber schon angezogen: Er trug seine übliche blaue Uniform, das letzte Überbleibsel seines Aufenthalts bei den Nonnen. Maria hatte mehrere Versuche unternommen, ihn »passender« anzukleiden. Sie hatte ihn sogar zum Herrenausstatter gebracht, wo sie für Rivenport einkaufte, aber egal was für Kleidungsstücke ihm auch gezeigt wurden, Kurt antwortete nur »nein«, »nein« und wieder »nein«. Er liebte seine Latzhose, alles andere mochte er nicht. Inzwischen hatte er sich sogar Argumente dafür zurechtgelegt: Sie sei gemütlich und es sei unkompliziert, die Hose anzuziehen. Außerdem störten ihn Gürtel um die Taille, sie engten ihn ein. Zudem eigne sich die Latzhose hervorragend für die Arbeit im Garten.

Zuletzt war ihnen nichts anderes übriggeblieben als nachzugeben und sich mit seinem funktionellen Kleidungsgeschmack abzufinden. Maria hatte ihm zwei weitere, genau gleiche blaue Latzanzüge schneidern lassen, so konnte er sie wenigstens zweimal die Woche wechseln.

So stand Kurt jetzt unten an der Treppe, wobei ihm ein Hosenträger an der Seite herunterbaumelte. Aber wie konnte er von Rivenports Abreise wissen? Spürte Kurt solche Sachen? Rivenport fluchte innerlich. Wäre er doch nur zwei Minuten eher weggefahren. Dieser Abschiedsmoment hätte unter allen Umständen vermieden werden müssen. Aber nun war er auf frischer Tat ertappt worden, und es blieb ihm nichts anderes übrig, als sich der Situation zu stellen. Kurt fragte: »Geht Rodrigo weg?«

Rivenport versuchte sich heiter zu geben: »Du bist aber früh wach heute, was Kurt?«

Kurt antwortete nicht, Rivenports Aktenkoffer schien ihn zu faszinieren. Was für ein eigenartiges Objekt, musste er sich denken, so rechteckig und klobig. Er ging auf ihn zu, nahm ihn in die Hand, schätzte sein Gewicht. Es war kein schwerer Koffer.

»Wo geht Rodrigo hin?«

Rivenport befürchtete den Anfang der üblichen Fragerei.

»Ich muss für ein paar Tage verreisen, zu einer Tante. Also sie ist ... Maria wird dir alles später erklären. Du solltest zurück ins Bett gehen.«

»Reisen. So wie Rodrigo und Kurt mit dem Auto?«

»Ja, so ähnlich, aber weiter, länger, mit dem Flugzeug. Ich werde dir davon erzählen, wenn ich zurück bin.«

Rivenport war nicht zufrieden mit seiner Erklärung, sie ließ viel Platz für Fragen. Doch zu seiner Verwunderung schien Kurts Neugier befriedigt. Denn er sagte nichts mehr, sondern umarmte Rivenport einfach und ließ ihn kurz danach wieder los. Für einen Moment trafen sich ihre Augen. Es stand ihm frei, zu gehen. Doch Rivenport meinte, in Kurts Blick etwas zu erkennen, einen Anflug von Melancholie. Für einen Augenblick schien es ihm fast, als hätte Kurt den Grund seiner Reise durchschaut. Das war natürlich völlig unmöglich, da er die Zusammenhänge nicht kennen konnte und überhaupt nichts von der Angelegenheit wusste, aber doch war in solchen Momenten bei Kurt diese rätselhafte Aura zu spüren, und gerade jetzt war sie präsent wie nie. Rivenport unterbrach den Blickkontakt, schob alle Gedanken zu Kurt und seinem sechsten Sinn beiseite und ging, ohne sich noch einmal umzudrehen, aus dem Haus.

Chile war nicht nur bezüglich der Mentalität eine andere Welt. Der verrufene Nachbar befand sich auch weiter entfernt, als ein Blick auf die Landkarte verriet. Von S. bis nach Santiago musste sich Rivenport einer Odyssee unterziehen, die eine Reihe von Zwischenstopps beinhaltete und ihm erhebliche Kopfschmerzen bereitete. Zunächst ging es mit dem Auto nach Humahuaca, wo erst vor wenigen Jahren die Eisenbahngleise der nördlichen Linie fertig ausgelegt worden waren. Per Zug verließ er das Hochland und erreichte Salta. Am Bahnhof stieg er in ein Taxi, das ihn direkt zum Flugfeld brachte, wo das Flugzeug schon zum Abflug bereitstand. Auf eine erste Zwischenlandung in Córdoba folgte eine zweite in Mendoza. Passagiere stiegen aus und neue stiegen ein. Sie überflogen die Weinregion, dann stieg die kleine Maschine in die Wolken hinauf, überquerte die Anden und landete endlich in Santiago.

Während des Flugs las Rivenport den Brief der Vermisstenbehörde in Buenos Aires. Er tat dies mehr aus Langeweile als aus Interesse, denn er war überzeugt, dass nichts Besonderes in ihm stehen konnte. Seit dem Fund des Autowracks stand fest, dass Kurt aus Chile gekommen war und deshalb, wie auch schon Kommissar Escobar festgestellt hatte, nur die chilenische Vermisstenbehörde oder das Institut für Ausländer und Migration etwas hätten wissen können.

Dennoch schaute er sich den Umschlag an, jede Ablenkung war willkommen, um die unerträglich lange Reisezeit zu überbrücken. Er enthielt eine mehrere Seiten umfassende Liste. Die Blätter waren in winziger Schrift mit Maschine geschrieben. Er musste sie sich ganz nah vor Augen halten. Es war eine Auflistung unzähliger Namen vermisster Personen, die wohl Kurts Profil entsprachen. Die Namen waren chronologisch notiert, nach dem Datum, so nahm er an, der jeweiligen Vermisstenmeldungen. Die meisten Meldungen bezogen sich auf einen viel zu weit zurückliegenden Zeitraum. Rivenport gähnte und nach wenigen Augenblicken steckte er die Blätter wieder weg.

Als er in Santiago vor der Amtsstelle des Instituts für Ausländer und Migration stand, war diese natürlich schon lange geschlossen. Es mochte sein, dass in Chile der Staat effizienter funktionierte als in Argentinien, dass die Chilenen ein tüchtiges Völkchen waren, dass hier sogar weniger Korruption herrschte und die Beamten nicht den ganzen Tag mit Schwätzereien und Matetrinken verbrachten – aber manche Dinge waren eben überall gleich.

Das Institut befand sich in einem kastenförmigen Gebäude im modernen Baustil mit kuriosen Stein- und Stahleinlagen. Braun auf grau, mit kleinen Wabenfenstern, die aus der Fassade herausquollen. Gegen diese Monstrosität war der neue Krankenhausflügel in S. eine Schönheit, dachte sich Rivenport belustigt. Er durchquerte einen

Säulengang, der die gewichtige Struktur stützte und überflog die Angaben auf dem Klingelschild: *Institut für Ausländer und Migration.* Ja, hier war er richtig, diese Mauern horteten die Wahrheit. Ein peitschender Windzug ließ ihn schaudern. Santiago war wahrlich nicht für sein gutes Klima bekannt, und zum Glück hatte Maria ihm den Mantel aufgedrängt. Rivenport merkte jetzt, dass er regelrecht fror.

Unweit des Instituts fand er ein kleines Hotel. Der rauchende Rezeptionist griff nach dem Schlüssel, wunderte sich, dass Rivenport nur einen Aktenkoffer bei sich trug, zuckte dann gleichgültig mit den Schultern und brachte ihn aufs Zimmer. Rivenport warf einen Blick in den Raum und nickte dem Mann zu, als Zeichen, dass er das Zimmer nehmen würde. Es war alles andere als luxuriös, aber bis auf den in die Jahre gekommenen Teppichboden schien es immerhin sauber zu sein. Er würde sich sowieso nur eine Nacht hier aufhalten.

Guter Dinge ging er gleich in ein Gasthaus um die Ecke. Das Essen kam ihm in der Euphorie des Augenblicks vorzüglich und landestypisch vor. Er fühlte sich ein bisschen wie ein Tourist. Doch schon beim Bezahlen musste er sich eingestehen, dass die Gerichte doch sehr viele Ähnlichkeiten mit der argentinischen Küche aufwiesen. Und auch der Wirt, der sich selbst ein stattliches Trinkgeld gab, hatte das gar nicht so anders gemacht als auf der anderen Seite der Anden.

Zurück im Hotelzimmer fiel er müde ins Bett. Aber er konnte nicht einschlafen, der modrige Geruch des alten

Teppichs hielt ihn wach. Er ging zum Fenster und riss es auf. Auch das half nicht. Seine Rastlosigkeit musste mit dem chilenischen Wein und Essen zu tun haben. Im Endeffekt war es doch sehr anders als das argentinische, eindeutig weniger raffiniert und schwerer, ja unverdaulich war es, dachte Rivenport, während er sich unruhig in den Schlaf wälzte.

»Doktor Rivenport? Einen Augenblick Geduld, bitte.« Der Bürgermeister hatte Rivenport im Institut angekündigt, und tatsächlich musste er keine fünf Minuten warten, bis eine junge Mitarbeiterin ihn freundlich in der Eingangshalle empfing und in das Archiv führte. Sie bedeutete ihm, an einem kleinen quadratischen Tisch Platz zu nehmen und zu warten. Der Lesesaal war geräumig. Die kargen Wände und die abgedunkelten Fenster ließen keine Ablenkung zu. Außer ihm befand sich niemand im Raum. Es herrschte Stille und eine gewisse Sterilität, wie er sie auch in seiner Kammer zu Hause in S. schätzte. Nur die Schmetterlinge fehlten. So wartete Rivenport ruhig und gedankenverloren und genoss für ein paar Augenblicke die Stimmung, die hier herrschte.

Schließlich hörte er die Schritte der Archivarin hinter sich. Sie legte ihm die erfragte Dokumentation vor und schaltete die Lampe an seinem Platz an. Rivenport musste zugeben, dass diese Chilenin dem Ruf ihrer Landsleute gerecht wurde. Er sah der jungen Frau noch nach, wie sie sich zunächst mit einer fast schon peniblen Geste über ihren wohlgebügelten Rock strich und dann, sanft die Tür hinter sich zuziehend, den Raum verließ.

Mit den Fingerspitzen befühlte er das grobe Papier der Dokumentenmappe. Er atmete tief ein, bevor er sie aufschlug. Es war soweit. Der Moment der Wahrheit. Aufgeregt aber auch ängstlich senkte er den Blick auf das vor ihm liegende Blatt. Im ersten Moment nahm er die Schreibmaschinenschrift nur verschwommen wahr. Sein Herz pochte gegen seine Brust. Die Anspannung schien mit jedem Augenblick zu wachsen. Sein Blick schärfte sich. Die Buchstaben nahmen Form und Sinn an.

Das Erste, was er las, war ein Datum: »27.6.1951.«

Dann ein Name: »Lorenz Sock.«

So hieß Kurt also? Lorenz Sock? Rivenport wiederholte den Namen, visualisierte ihn, führte sich die einzelnen Buchstaben vor Augen und versuchte, sie mit Kurt in Verbindung zu bringen. Es gelang ihm nicht. Lorenz Sock. Ein sehr deutscher Name. Und doch schien er nicht zu seinem blonden Freund zu passen. Das aufgeführte Datum war Socks Einreisedatum. Demnach hatte Kurt sich schon ein ganzes Jahr in Chile befunden, bevor er – aus welchen Gründen auch immer – die Fahrt über den Paso de Jama nach Argentinien unternahm. Rivenport zwang sich, seine abschweifenden Gedanken zu unterbrechen und sich wieder aufs Blatt zu konzentrieren. Ihn verblüffte ein Eintrag weiter unten: »Nationalität: Argentinien.«

Er las den Eintrag drei Mal, um sich zu vergewissern, dass er sich nicht verlesen hatte, bevor er verwirrt den Kopf hob. Wie konnte das denn sein? Kurt war Vieles, aber sicher kein Argentinier. Ohne Frage war das ein

Fehler. Konnten den Behörden so enorme Fehler unterlaufen?

Rivenport machte sich eine gedankliche Notiz und entschied, das Problem auf später zu verschieben. Er las weiter: »Geboren: 2.2.1915.« Also war Kurt gerade einmal 37 Jahre alt. Sternzeichen Wassermann. Im Gegensatz zum Namen schien ihm das passend. Ein Luftzeichen, feinfühlig und von träumerischer Natur, doch durchaus rebellisch. In einem anderen Ordner lagen die Fahrzeugpapiere des Autos, das in der Schlucht des Paso de Jama gefunden worden war. Die Herstellungsnummer des Wagens konnte auf ein Nummernschild – das ja vor Ort nicht gefunden worden war – zurückgeführt werden: »FR * 44/19 Santiago P.« Der Wagen war im Stadtbezirk Santiago zugelassen worden.

Den Papieren entnahm man weiter, dass der Vorbesitzer ein lokaler Gebrauchtwagenhändler war. Andere interessante Informationen konnte man den Dokumenten nicht entnehmen. Der Grund für Kurts lange Reise von Santiago bis in den Norden und schließlich über den Pass hinüber nach Argentinien blieb weiterhin ein Rätsel. Rivenport schrieb sich die Adresse des Autohändlers in einen kleinen Notizblock, den er aus der Jackentasche fischte, und nahm sich vor, den Händler später aufzusuchen.

Auf dem Weg zurück ins Hotel überkam ihn ein massives Gefühl der Enttäuschung. Wahrscheinlich hatte er sich von dieser Reise zu viel versprochen. Was genau er erwartet hatte, war ihm selbst unklar, aber sein ganzes

Adrenalin war schlagartig verflogen. Die Vorfreude der gestrigen Nacht war einer drückenden Mutlosigkeit gewichen. Die Archivdatei über Kurt alias Lorenz enthielt keine Lösung. Er musste sich damit abfinden, dass es keine gab, dass es niemals eine geben würde. Nur Puzzlestücke und weitere Puzzlestücke, die nicht passten und das Gesamtbild verformten. Was war das nur für ein verfluchtes Spiel?

Es blieb ihm noch der Autohändler, aber Rivenport machte sich keine Hoffnungen. Was sollte er ihm schon erzählen? Ja, dieser Sock hatte das Auto gekauft, die Papiere dokumentierten es, aber was war mehr zu erwarten? Aus reiner Disziplin, weil er keine Spur ungenutzt lassen wollte, fuhr er trotzdem hin.

Der Laden befand sich im Norden, schon außerhalb der Stadt, nahe einer Schnellstraße, inmitten einer Landschaft aus Teer und Beton, unterbrochen von grasbewachsenen Hügeln mit kleinen Bäumen und Büschen. Dutzende Autos in allen Farben, Formen und Größen standen auf dem Verkaufsplatz herum. Die Preisschilder auf ihren Windschutzscheiben glitzerten in der Sonne, goldene Sterne mit schwarzen Zahlen darauf, Lockmittel für die Augen der Käufer.

Der Händler gab sich keine Mühe, freundlich zu wirken. Rivenport hatte den Fehler begangen, gleich zuzugeben, kein Auto kaufen zu wollen, woraufhin das Lächeln des Verkäufers blitzschnell aus seinem unrasierten Gesicht verschwand. Er sei aus anderen Gründen gekommen, erklärte Rivenport. Ob er sich an einen blonden

Mann mit blauen Augen erinnere. Lorenz Sock war dessen Name. Er habe vor ein paar Monaten ein Auto gekauft.

»Er war blond, ja … groß? Für argentinische Verhältnisse vielleicht … Sie sind doch aus Argentinien, oder? Man hört's! Nein, Spaß beiseite, wie er aussah, daran erinnere ich mich kaum. Normal groß war er, denke ich. Kein Riese, kein Zwerg. Was soll ich sagen? Ein stattlicher Mann. Sein Spanisch war schlecht, daran erinnere ich mich. Und dass die Preisverhandlung mühsam war. Wir mussten die Preise aufschreiben, weil er mit Zahlen nicht so gut war. Und wissen Sie was? Der hat trotzdem Rabatt verlangt. Drei Mal ist das Geschäft fast geplatzt. Zum Aus-der-Haut-fahren war das. Drei Mal dachte ich, er würde die Kiste kaufen, und jedes Mal drückte er den Preis noch ein Stück. Das werde ich so schnell nicht vergessen. Am Ende haben wir uns geeinigt, und er hat auch gleich gezahlt, aber angenehm war's nicht.«

Rivenport musste sich ganz schön ins Zeugs legen, um den Autohändler zu überzeugen, ihm das Blatt zu zeigen, auf dem Kurt alias Lorenz und er die Verhandlungen geführt hatten. Unwillig suchte der Händler in seinem Büro danach. »Wissen Sie, ich habe auch noch ein paar Wagen zu verkaufen heute. Keine Ahnung, wo ich das blöde Blatt hingesteckt habe.«

Der Raum war eng und schmuddelig. Ein herber Kontrast zum Hochglanzlack der Automobile auf dem Verkaufsplatz. Der Händler wühlte in der Unordnung seines Schreibtischs. Er beugte sich nach vorne und Rivenport musste die Nase rümpfen, als ihm ein Schwall seines derben Körpergeruchs entgegenkam. Endlich fand der Händler das Blatt zerknüllt in einem Fach. Er hielt es ihm hin: »Da haben Sie's.«

Die verschiedenen Preisvorschläge waren untereinander aufgelistet. Die obere Handschrift zeigte höhere Zahlen, die untere weitaus tiefere. Die Verhandlung schien sich tatsächlich in die Länge gezogen zu haben. Erst nach der neunzehnten Nummer ging sie zu Ende, die war dick eingekreist. Der Verkäufer kramte aus seinem Schreibtisch ein weiteres Blatt Papier heraus. Er reichte es Rivenport. Es war der Verkaufsvertrag des Wagens, unterschrieben von Verkäufer und Käufer. Zum Vergleich hielt Rivenport das Blatt mit der Verhandlung und den Vertrag nebeneinander hoch.

Die Handschrift des Verkäufers war auf beiden Blättern identisch, was allerdings nicht von der zweiten Unterschrift gesagt werden konnte. Der Käufer, also Kurt beziehungsweise Sock, schien auf jedem Blatt jeweils eine andere Handschrift angewandt zu haben. Im Vertrag war sie weniger geschwungen, ja, eindeutig kantiger. Bei genauerer Betrachtung wurde deutlich, dass zwei verschiedene Hände die zwei Schriftstücke verfasst hatten.

Dass es sich um ein- und denselben Mann handelte, bestätigte der Händler schroff: »Ja, es war der gleiche Typ. Was soll das denn heißen? Na klar bin ich sicher.« Die krakeligen Lettern der Unterschrift kamen zum Namen Lorenz Sock zusammen. Allerdings war der erste Buchstabe, das L, eigenartig gekrümmt. Es konnte sich um einen Zufall handeln, aber Rivenport schien es, als hätte der Unterzeichnende erst einen anderen Buchstaben schreiben wollen, den er dann in ein L verwandelt hatte. Vielleicht ein P oder ein B oder ein F oder sogar ein E. Er fragte den Autohändler, ob er die Papiere mitnehmen dürfte.

»Ja, können Sie. Kostet aber.«

Rivenport verzog keine Miene, nur eine kurze Regung, wie das arrogant zuckende Ohr einer in der Sonne liegenden Raubkatze, die eine Fliege verscheuchen möchte, verriet seine Abneigung. Dieser Händler war wirklich kein wünschenswerter Umgang. Er war sogar glücklich darüber, dass Kurt oder Sock oder wer auch immer der blonde Käufer wirklich war, der letztendlich das Auto erworben hatte, so hart verhandelt hatte. Er zupfte eine Banknote aus dem Portemonnaie und legte sie auf den Tisch. Bestechung war also auch in Chile nicht verpönt.

In Anbetracht des Geldes wurde der Verkäufer deutlich redseliger und fragte Rivenport zum Abschied sogar noch: »Sagen Sie mal, was wollen Sie eigentlich mit dem Zeugs? Ist doch nur Papier. Nein? Dann sagen Sie's mir halt nicht, ist mir eigentlich sowieso völlig schnurz. Aber warum Sie nicht an meinen Autos interessiert sind, verstehe ich nicht. Sind doch tolle Dinger. Haben Sie den roten Ford dort drüben gesehen?«

25.

Rivenport hatte sich kurzfristig für einen Zwischenstopp in Buenos Aires entschieden, weshalb er einen Tag verspätet nach S. zurückkehren würde. Ob er über Mendoza und Córdoba flöge oder die längere, dafür aber direkte Strecke über die Hauptstadt wählte, machte keinen großen Unterschied. Die Umbuchung seines Tickets stellte sich zudem erstaunlicherweise als vollkommen unkompliziert heraus. Und doch wunderte sich Rivenport über sich selbst, denn seine Entscheidung war spontan. Entgegen seiner Art folgte er seinem Bauchgefühl. Aber folgte er auf dieser Reise und überhaupt mittlerweile in Vielem, was mit Kurt zu tun hatte, nicht immer öfter seinem Bauchgefühl?

Grund für den veränderten Plan waren die Unstimmigkeiten, die ihm schon bei seinem Besuch im Archiv aufgefallen waren und die sich später beim Autohändler verdichtet hatten. Zum Einen das Rätsel um Kurts Nationalität. Dieser Mann, Sock, war nach den Papieren Argentinier. Ein bürokratisches Versagen? Möglich, doch so stand es nun mal schwarz auf weiß in dem amtlichen Dokument, und Rivenport verlangte es nach Klärung. Nach seinem Kenntnisstand war es gerade in diesen Zeiten starker Immigration alles andere als einfach, die argentinische Staatsangehörigkeit zu erlangen. Falls es sich nicht um Asylfälle von höchster Dringlichkeit handelte, wurden Anfragen nicht zeitnah bearbeitet. Eine Einbürgerung in so kurzer Zeit war unwahrscheinlich.

Zum Anderen störte ihn der Name. Lorenz Sock. Es kam ihm merkwürdig vor, dass der Name des Mannes, der das Auto gekauft hatte – alle Indizien ließen ja darauf schließen, auch die Beschreibung des Autohändlers – nicht auch den Vornamen »Kurt« enthielt. Es war schließlich das einzige Wort, an das er sich trotz seiner Amnesie noch hatte erinnern können. Das einzige Puzzlestück, das Kurt ihnen direkt geliefert hat. Wie konnte »Kurt« nicht Teil des Namens sein?

Der dritte Punkt, der ihn stutzig machte, war die Unterschrift auf dem Kaufvertrag, an der ihn sowohl der krakelige Schreibstil als auch die Ambivalenz des ersten Buchstaben störten. Rivenport meinte zu fühlen, dass es damit etwas auf sich haben musste.

Vor dem Abflug nach Buenos Aires ging er zu einem Telefon in der Flughafenhalle, warf ein paar Münzen ein und wählte seine Nummer. Er wunderte sich sehr, als Kurt von der anderen Seite einen Wortschwall auf ihn losließ: »Maria hat Kurt gesagt, dass es nicht die Wahrheit ist, dass Rodrigos Tante gestorben ist. Rodrigo hat nicht die Wahrheit gesagt! Was macht Rodrigo so weit weg? Wann kommt Rodrigo nach Hause?«

Rivenport war unangenehm berührt. Eigentlich hatte er nur angerufen, um seine Verspätung mitzuteilen. Jetzt sah er sich gezwungen, Kurt zu beschwichtigen. Er merkte, wie sich sein Zorn auf Maria übertrug. Wie hatte sie von der gemeinsam beschlossenen Ausrede abkommen können? So ein Plappermaul. Jetzt stand er vor Kurt als Lügner da. Schroff forderte er den Blondschopf auf, sie ihm zu reichen.

Maria entschuldigte sich mit einer so flehenden Stimme, dass seine Wut schnell verflog: »Professor, Sie wissen nicht, wie schwer wir es hier ohne Sie haben. Kurt hat immer mehr Fragen gestellt. Fragen über Fragen. Wo ist Rodrigo? Wann kommt Rodrigo wieder? Nicht nur mir, sondern auch dem Personal und in der Kirche. Er wollte genau wissen, wohin Sie gegangen sind, Herr Professor. Er hat nach dem Land gefragt und ist dann in die Bibliothek gegangen und hat im Atlas nachgeschlagen. Dann wollte er wissen, welche Stadt, und wir haben gesagt: Santiago. Und so ging es weiter, bis er die genaue Adresse haben wollte und den Namen Ihrer Tante. Da ist das ganze Kartenhaus eingestürzt, denn wir hatten für unsere Geschichte der Tante ja keinen Namen gegeben, und so musste ich einen erfinden. Ich habe sie Lisabetta genannt. Ja, Tante Lisabetta. Warum auch nicht? Der Name hat mir schon immer gefallen. Aber lassen Sie mich auf den Punkt kommen. Es stellte sich heraus, dass Kurt schon vorher die gleichen Fragen in der Kirche an die Priorin gestellt hatte, und die hatte natürlich anders geantwortet. So ist alles aufgeflogen. Beim Namen Ihrer Tante ist er uns auf die Schliche gekommen.«

Seine Ankunft in Buenos Aires hatte er persönlich mit einem Telefonanruf bei den entsprechenden Behörden angekündigt, doch war es wieder den Bemühungen des Rathauses zu verdanken, dass er als offizieller Gesandter der Stadt S. empfangen wurde. Ihm wurde die spezielle Erlaubnis erteilt, Einblick in das innere Archiv zu erhalten, das für die Öffentlichkeit normalerweise unzugänglich ist.

Nur schweren Herzens verzichtete er auf den obligatorischen Besuch der argentinischen Gesellschaft für Entomologie. Gerne hätte er den Spaziergang nach San Telmo gemacht, mit seinen kosmopolitischen Kollegen geschwatzt, sich über die letzten Entdeckungen und Neuigkeiten ausgetauscht, erst Komplimente verteilt und dann in kleineren Grüppchen übereinander gelästert. Sich über die Kollegen, deren minderwertige Sammlungen und ganz besonders die leidigen Dipterologen auszulassen gehörte schließlich zu den größten Freuden eines Schmetterlingssammlers. Aber nicht heute. Nicht jetzt. Es ging um Kurt und seine Geschichte. Die hatte Priorität.

Doch für Rivenport bedeutete Buenos Aires in erster Linie Kopfschmerzen. Berge von Dreck neben turmartig aufeinandergestapeltem Müll am Straßenrand und dazwischen, inmitten fauliger Gerüche, die aus den Gedärmen der Stadt aufquollen, dubiose Erscheinungen, Menschen so wirr wie Motten im Licht, torkelnd, singend, tanzend, grölend. All dies wirkte schon während der Taxifahrt vom Flughafen in die Stadt auf Rivenport ein. Gleichzeitig kam er nicht umhin, die großartigen kolonialen Steingebäude mit ihren Sand- und Erdtönen zu bewundern. Doch sie schienen immer tiefer im Schatten der modernen Bauten zu versinken, wie auf Grund gegangene Schiffswracks, Fossilien der Geschichte. Wer weiß, dachte er sich, vielleicht war diese Stadt schon immer so. Vielleicht herrschte das Chaos von Anfang an, seit den Zeiten der Gründung durch die Spanier.

Das Taxi kämpfte sich durch den aberwitzigen Verkehr

und die mit Schlaglöchern übersäten Alleen und bog endlich in eine Seitenstraße ab. Buenos Aires, das bedeutete Hitze, Dunst und Schwüle, in denen sich Menschen und Ratten gleichermaßen umherwälzten. Es gab kein Entkommen, ob draußen auf den Gassen und Straßen oder drinnen in den Gängen des hellblau und weiß gestrichenen Gebäudes, in dem das innere Archiv des Standesamtes beherbergt war.

Chile und Argentinien, tatsächlich zwei unterschiedliche Welten, sinnierte Rivenport, als er nach längerer Zeit im stickigen Wartezimmer einem verschwitzten Beamten in den dritten Stock folgte. Ja wahrlich, dachte er, hier war wenig von dem ruhigen und organisierten Klima des Nachbarlandes und seinen teutonisch geführten Institutionen zu spüren. In der argentinischen Hauptstadt wehte jener schwüle Wind, der Besucher am ehesten an die zerklüftete Schönheit mediterraner Städte wie Neapel oder Athen erinnerte, Auslaufhäfen vieler hiesiger Einwanderer.

Oben angekommen empfing ihn eine füllige Dame, die ihre Haare, zu einem langen Zopf gebunden, über die Schulter geworfen hatte, in ihrem Büro. Sie war freundlich und bat ihn Platz zu nehmen. Ein Stapel mit allerlei gebündelten Blättern und Dokumenten flatterte im Luftzug eines Ventilators. An der Stimme erkannte er, dass sie es war, mit der er am Morgen telefoniert hatte: »Es tut mir leid, Doktor Rivenport. Wie versprochen haben wir die Suche eingeleitet, doch wir konnten im Archiv leider keinen Lorenz Sock finden. Wir haben zweimal kontrolliert, sowohl im Archiv für Ansässige als auch in dem für Einwanderer. Sind Sie ganz sicher, dass der Name stimmt? Vielleicht haben Sie ihn mir am Telefon falsch diktiert? Solche Fehler können leicht unterlaufen.«

Natürlich hatte er sich nicht im Namen geirrt oder falsch diktiert. Rivenport missbilligte ihre Fragen. Trotzdem kontrollierten sie gemeinsam noch einmal und fanden selbstredend keinen Fehler, woraufhin Rivenport sofort das Büro verließ. Er ging so abrupt, dass die Frau seine Enttäuschung für Grobheit halten musste. Aber das war ihm egal, denn er war niedergeschlagen und wütend und ihm fehlte die Energie, seinen Gemütszustand zu verbergen. Er ärgerte sich über sich selbst und die Albernheit der ganzen Affäre. Wie konnte er auch nur für einen Moment daran geglaubt haben, dass Kurt, also Sock, Argentinier sei und deshalb in Buenos Aires gemeldet war?

Er setzte sich in ein Café, legte seinen Aktenkoffer auf einen Stuhl neben sich und versuchte, seine Gedanken zu ordnen. Sein Blick verschwamm im unruhigen Fluss der Autos, die im Zickzack über die Avenida rauf- und runterströmten. Einen Lorenz Sock gab es hier also nicht. In Chile ja, in Argentinien nein. Was bedeutete das? Also doch ein Fehler. Aber wie konnte das sein? Existierte dieser Mann überhaupt? Irgendjemand musste doch wissen, woher er kam, auf irgendeinem Stück Papier in irgendeinem Archiv musste er doch gemeldet sein!

Rivenport bestellte sich einen Milchkaffee. Er durfte sich nicht aus der Ruhe bringen lassen. Ordnung, Gleichgewicht, die Dinge aus der nötigen Distanz betrachten, das war jetzt das Wichtigste. Er gab sich Mühe, seine erhitzten Gedanken unter Kontrolle zu bringen. Was wusste er denn überhaupt? Was war sicher, was wahrscheinlich? Also: Es war wahrscheinlich, sehr wahrscheinlich sogar, dass Kurt als Lorenz Sock den Wagen gekauft hatte. Und es stand fest, dass er als solcher nach Chile eingereist war. So stand es in den chilenischen Papieren. Aber, was wenn …? Rivenport kam plötzlich eine verrückte Idee.

Er klappte seinen Aktenkoffer auf und durchwühlte den Inhalt. Unterhose, Zahnbürste, Schmetterlingslektüre, alles kam zum Vorschein. Endlich, da war er, zum Glück hatte er ihn aufgehoben: der Umschlag, den der Bürgermeister ihm überreicht hatte. Die von der argentinischen Vermisstenbehörde zusammengestellte Liste. Er wirbelte sie durch die Luft und merkte nicht, dass er dabei die Kaffeetasse umstieß. Die hellbraune Flüssigkeit floss über den Rand der Untertasse auf dem Tisch zu einer Pfütze zusammen.

Konnte es denn sein …? War es vielleicht möglich, dass Kurt mit falschem Namen nach Chile eingereist war? Aber warum? Warum hätte er seinen Namen ändern sollen? Möglicherweise aus dem gleichen Grund, der ihn zur Flucht über die Anden gezwungen hatte? Aber welcher Grund konnte das sein?

Ungeduldig überflog Rivenport die Liste der Vermisstenbehörde und hielt dann inne. Auf der dritten Seite sprangen sie ihm plötzlich ins Auge, sechs Zahlen, die in ihrer Reihenfolge einen Sinn ergaben: 221 915. Es war ein Datum, und er erkannte es nach wenigen Augenblicken:

das Geburtsdatum, das in den Papieren in Santiago für Lorenz Sock angegeben war. Er erinnerte sich, Sternzeichen Wassermann, geboren am 2.2.1915.

Aber hier waren die Zahlen einem anderen Namen zugeordnet. Es war das Geburtsdatum eines gewissen Bernardo Friedlander. Er galt seit einem Jahr als vermisst. Mehr stand dazu nicht in den Papieren. Rivenport inspizierte den Namen genauer. Bernardo Friedlander. Bernardo. Das B. Er dachte an Kurts, also Socks unsichere Unterschrift beim Autohändler in Santiago. Das krakelige L von Lorenz. Könnte das ursprünglich ein B gewesen sein? Hatte der Unterschreibende mit einem B anfangen wollen? Ein kleiner Moment der Zerstreutheit, ein Augenblick der Schwäche, eine Sekunde der Verwirrung, woraufhin er das B doch noch schnell zu einem L umgeschrieben hatte. Die Macht der Gewohnheit, sofort korrigiert, aber doch war auf dem Papier ein winziges Indiz, ein Residuum eines vorherigen Lebens hinterlassen worden – wenn Rivenports Überlegungen zutrafen.

Von seinem Gedanken vereinnahmt, wollte Rivenport zur Tasse greifen und bemerkte erst jetzt, dass sie umgekippt war und die Ärmel seines Jacketts in Kaffee getränkt waren. Aber er scherte sich nicht darum, hob einfach die Hand und bestellte noch einen. Spätestens seit dem Fund des Autowracks beim Paso de Jama, der Kurts Ankunft aus Chile bestätigt hatte, aber genau genommen auch schon vorher, als das englische Touristenpaar ihn als Deutschen erkannt hatte, wollte Rivenport eine Frage nicht aus dem Kopf gehen: Wer flüchtete aus dem alten Kontinent und vor allem aus Deutschland nach Südamerika? Was war das für ein Typ Mensch? Wer entkam dem »Trümmerhaufen Europa« in den Nachkriegsjahren?

Die Antwort, die er sich stets gegeben hatte, war die gleiche, die er sich heute gab: Menschen, die Europa und Deutschland für immer den Rücken kehren wollten, weil sie ganz besonders unter dem Krieg gelitten hatten. Menschen, denen der Horror und die Zerstörung ihre Lebensgrundlage genommen hatten. Die dort keine Zukunft mehr sahen und einen Neuanfang anstrebten. Das waren natürlich viele, vielleicht sogar Hunderttausende.

Aber wessen Leben hatte der Krieg am stärksten beeinflusst? Wer musste flüchten? Wer hatte keine andere Wahl? Da gab es zwei Arten von Flüchtlingen: Kriegsverbrecher und Kriegsopfer. Rivenport musste an eine humoristische Glosse denken, die er einmal im *Clarín* gelesen hatte. Normalerweise las er natürlich keine Schundpresse, aber wenn es mal geschah, beim Frisör zum Beispiel, war er immer wieder überrascht, dass sie durchaus unterhaltend war.

In der Glosse wurde der blinde Hass der Nationalsozialisten auf die Juden thematisiert. Er sei so groß, dass die Juden vertrieben worden waren und dass die Nazis sie sogar systematisch vernichten wollten. Und jetzt? Ironie des Schicksals: beide suchten sie Zuflucht in der Neuen Welt und sahen sich plötzlich gezwungen, wie Nachbarn nebeneinander zu leben! Trotz einiger Geschmacklosigkeiten des Kolumnisten (da fielen Begriffe wie »unzertrennlich« oder »Was sich liebt, das neckt sich«) musste Rivenport zugeben, dass der Artikel einen Funken Wahrheit enthielt.

Wenn man in diesen Zeiten an Deutsche in Südamerika dachte, kamen einem sofort die »Täter« und die »Opfer« in den Sinn. Zugespitzt bedeutete das: Nazis oder Juden. Es gab sehr viele Fälle von überlebenden Juden – die Presse war voll davon –, die sich entschieden hatten, nach Argentinien auszuwandern, sowohl vor als auch nach dem Kriegsende. Ja, und dieser Nachname Friedlander. Er hatte etwas Deutsches, aber auch etwas Jüdisches. Und Bernardo? Bernardo schien Rivenport ganz und gar nicht germanisch zu sein. War es ein jüdischer Vorname? War Bernardo Friedlander überhaupt dieselbe Person wie Lorenz Sock, oder verlor er sich gerade in irrsinnigen Mutmaßungen? Und wenn es sich tatsächlich um dieselbe Person handelte, war das dann Kurts wirklicher Name? Hieß das, dass Kurt ein Jude war?

Rivenport blickte erneut auf das Blatt, auf dem der Name geschrieben stand. Bernardo Friedlander. Er gefiel ihm deutlich besser als Lorenz Sock. Wassermann. Ein wunderbares Sternzeichen. Er trank hastig seinen Kaffee aus, wischte sich mit der Serviette über die Jackenärmel und ließ ein paar Münzen auf den Tisch fallen.

In ihrem Büro im dritten Stock war die Mitarbeiterin des Archivs überrascht, Rivenport so schnell wiederzusehen. Sie schaute neugierig über einen Ordner, der aufgeschlagen vor ihr auf dem Schreibtisch lag, zu ihm hoch. Außer Puste stellte sich Rivenport vor sie hin. Er war die

Treppen hochgeeilt und genoss den kühlen Zug des Ventilators auf seinem Gesicht.

»Kann ich Ihnen behilflich sein?«

Sie sagte das nicht, wie man es auf Ämtern gewöhnt ist, vergrämt oder feindlich gestimmt, sondern wirklich hilfsbereit.

»Ja, danke. Ich wollte wissen … Also, ich wollte sagen: Sie hatten völlig recht vorhin. Ich habe mich im Namen geirrt.«

»Ach, das kann passieren.« Sie lächelte verständnisvoll.

»Der richtige Name. Also wenn ich fragen darf …« Er brach ab, schnappte nach Luft und gab sich Mühe, sich klar auszudrücken: »Könnten Sie bitte nach dem Namen Bernardo Friedlander suchen?«

Die Frau schien verdutzt: »Das ist aber jetzt eine ganz andere Person … Waren wir nicht eben bei Sock? Ja, hier steht's, Lorenz Sock.«

Rivenport bemerkte, wie sie sich auf einen Schlag veränderte. Sie trommelte nervös mit ihren Fingern auf den Tisch und blickte ihr Gegenüber auch nicht mehr direkt an: »Das ist eine komplett neue Suche. Das ist zeitaufwendig. Sie müssen sich erst unten registrieren lassen, dann wird die offizielle Anfrage eingeleitet und …«

Unerklärlicherweise sah sie nun Rivenport erneut an. Er musste irgendwie Eindruck auf sie machen, so wie er vor ihr stand, verschwitzt und mit besudelten Jackenärmeln, denn ihr Blick wurde wieder weich. Der steife Mann, den sie noch vor weniger als einer Stunde hier empfangen hatte, schien wie vom Winde verweht.

»Nehmen Sie Platz, ich schaue, was sich tun lässt. Sobald wir etwas gefunden haben, sage ich Ihnen Bescheid.«

Rivenport fiel erleichtert auf den Stuhl. Er war auf einmal glücklich, in Argentinien und nicht in Chile zu sein. Nur dem Chaos konnte bisweilen ein Funken Menschlichkeit entschlüpfen. Die gut geölte chilenische Maschine hätte sicher keinen Regelverstoß erlaubt.

Es dauerte nicht lange, bis die Dame mit einer Mappe zurückkam. Sie hatte etwas gefunden. Zusammen gingen sie die Papiere durch: »Bernardo Friedlander ... Geboren: 2.2.1915 ... Geburtsort: Unbekannt ... Nationalität: Großdeutsches Reich ... Überlebender eines nationalsozialistischen Konzentrationslagers bei Krakau, Polen ... 1951 in Genua eingeschifft ... Ausweismittel: Ein vom Internationalen Roten Kreuz ausgestellter Reisepass ... Ankunft in Buenos Aires: 27.6.1951 ... Mit dem Schiff Rosanna F ...«

Endlich – das war es! Schwarz auf weiß in den Akten. Alles schien sich zusammenzufügen: Kurt war nicht Lorenz Sock. Tatsächlich hieß er Bernardo Friedlander und war ein Überlebender, aller Wahrscheinlichkeit nach also ein Jude. Das erklärte Vieles. Die Amnesie zum Beispiel. Der Grund, warum er sich an nichts erinnern konnte, war offenbar der, dass Kurt sich nicht erinnern wollte.

Eine gewählte Amnesie. Was ihm widerfahren war, was er gesehen und erlebt hatte, musste zu schrecklich gewesen sein, um von einem einzelnen Menschen bezwungen werden zu können. Zu heftig, um eine Rückkehr in die Normalität ertragen zu können. Der Horror musste allgegenwärtig gewesen sein, noch Jahre nach dem Kriegsende, und schließlich war er ganz und gar davon überwältigt worden. Und anstatt komplett vereinnahmt oder verrückt zu werden, hatte er es vorgezogen, zu vergessen und die von Schreckensvisionen beherrschte Vergangenheit auszulöschen.

Natürlich, dessen war sich Rivenport sicher, waren der Autounfall und die damit einhergehende Kopfverletzung die physische Ursache der Amnesie. Damit wurde sie eingeleitet. Aber hätte sie so lange angehalten, wenn nicht etwas Psychisches, etwas Unbewusstes mitgearbeitet hätte?

Rivenport war wie gelähmt von dem Gefühls- und Gedankenschwall, der ihn überkam. Die Auflösung des Rätsels war entsetzlich und gleichzeitig faszinierend, bestürzend und doch befriedigend. Nur eine Sache überzeugte ihn immer noch nicht: Warum hatte Kurt eine falsche Identität angenommen? Sock anstatt Friedlander. War das schon ein erster, noch ganz bewusster Schritt zum Vergessen?

Zudem störte es ihn ein wenig, dass es immer noch keinen Hinweis auf den Namen Kurt gab. Sollte er ihn wirklich frei erfunden haben? Sogar im Falle einer Amnesie wäre das höchst ungewöhnlich. Vielleicht hatte er ihn irgendwo aufgeschnappt. Aber wo und wie? Kurt war nicht gerade der Modename junger argentinischer Mütter.

Also fragte er die Archivarin, ob es sein könnte, dass ein Mittelname in den Akten fehlte. Sie hielt das für möglich: »Jedes Jahr erreichen Tausende von Flüchtlingen unsere Häfen. Auf ihren Reisen geht vieles verloren. Jede

Akte, so dünn sie auch scheinen mag, enthält eine Lebensgeschichte. Es sind Menschen, die entkommen wollen und auf der Suche sind. Oft reisen sie sogar ohne einen Koffer an. Sie besitzen nur das, was sie anhaben. Und dennoch tragen sie alle ein schweres Gewicht: das, was sie vorher erlebt haben. Es kann schon sein, dass Einige versuchen, Teile davon wegzulassen.«

26.

Den ganzen Rückflug über schlief Rivenport. Eine nie vorher erfahrene Müdigkeit hatte ihn überwältigt. Er, der Schlaf als Zeitverschwendung betrachtete und die Ruhestunden so kurz wie möglich zu halten versuchte, sank, sobald er sich in den Flieger gesetzt hatte, wie ein Stein im Ozean tiefer und tiefer in die Dunkelheit. Jetzt, da er wusste, wer Kurt war, fühlte Rivenport plötzlich das Gewicht seines Körpers, die Anspannung, welche die ganze Zeit über auf ihm gelastet hatte, und so verfiel er in einen schweren Schlummer.

Und er träumte. Abstruse Bilder und Atmosphären in fieberhafter Verwandlung. Aufflackernde Farben, Grimassen, Körperglieder, Figuren. Einige kannte er, andere konnte er nicht genau ausmachen und wiederum andere lösten in ihm etwas aus, ohne dass er wusste, warum. Kurt kam vor, aber auch Sock und Friedlander. Sie waren unterschiedliche Personen. Sie sahen nicht nur anders aus, sondern sprachen auch unterschiedlich. Er sah auch Maria, Godoy und sogar Rosa. Sie stand neben der argentinischen Archivarin, die an ihrem langen Zopf rumspielte, sodass er, warum auch immer, etwas Erotisches daran fand. Auch Placho war mit von der Partie und die ganze Pedrales-Familie, sogar der Alte, der tote Pedrales, rollte im Rollstuhl durch den Traum. Kommissar Escobar lachte wild und schlug ihm auf die Schulter, als wären sie alte Schulfreunde, und der chilenische Autohändler saß auf einer Bank und trank Mate.

Rivenport ging an ihm vorbei durch eine Tür und befand sich auf einmal in der Kirche von S. Am anderen Ende des Kirchenschiffs konnte er erkennen, dass der Orgelkasten zugeklappt war und die Nonnen im Kreis um den Altar standen. Schwester Iris kam auf ihn zu und nahm seine Hand. Ihre Hand war so weich, wunderbar zart und weich war sie. Sie roch nach Zimt und erinnerte ihn an Rosa, wieder Rosa, immer Rosa! Ja, da war sie wieder: Rosa, wie sie in der Küche Anweisungen gab, wie sie sonntags nach der Messe Zimtkuchen backte und wie das ganze Haus, ihre Haare, ihr Körper nach Zimt rochen. Als er nach vorne trat, sah er, dass auch die Witwe Martinez da war. Sie saß in der ersten Reihe und weinte bitterlich.

Der Kreis öffnete sich für Rivenport, die Nonnen ließen ihn eintreten. In der Mitte lag etwas auf dem Altar. Nicht ein Etwas, sondern ein Jemand. Ein Mensch in Embryonalstellung, die Beine und Arme vor die Körpermitte gezogen, mitten auf dem Altar. Ein Opfer? War das Kurt? Sock? Friedlander? Warum weinten alle? War er tot?

Auch er wollte weinen, aber er konnte nicht. Er wollte erst wissen, er musste erst wissen ... Seine Finger näherten sich zitternd dem zusammengekrümmten Körper. Er musste ihn berühren, er musste wissen ... Doch plötzlich wurde er selbst berührt, jemand klopfte ihm auf die Schulter und er wachte auf.

Seine Sitznachbarin, eine Frau mittleren Alters, sah ihn eindringlich durch ihre Hornbrille an. Sie hatte ihn geweckt. Er sei ganz unruhig gewesen, habe gezappelt und im Schlaf gesprochen. Rivenport entschuldigte sich beschämt. Beim Schlafen, sogar Träumen erwischt zu werden, empfand er als wirklich peinlich.

Zum Glück landete die Maschine kurz darauf in Salta. Während der Zugfahrt dachte Rivenport über seine Reise nach. Sie war wirklich erfolgreich gewesen, doch Einiges war ihm immer noch nicht verständlich. Zum Beispiel hatte er noch keine Erklärung für Kurts Einreise nach Chile unter falschem Namen. Wieso sollte er seinen Namen fälschen und als Lorenz Sock einreisen? Und wie hatte er sich dafür Papiere besorgt? Und warum hatte er unter diesem falschen Namen ein Auto gekauft, Santiago gen Norden bis nach San Pedro de Atacama verlassen, um dann weiter über den Paso de Jama zu fahren? Warum war sein Auto schließlich in die Schlucht gestürzt? Ein Unfall? Oder war er doch auf der Flucht vor etwas? Oder jemandem? Oder ... Rivenport überkam ein Gedankenblitz. Was, wenn er den Unfall forciert hatte? Was, wenn es ein Selbstmordversuch war? Vielleicht nicht vorsätzlich, sondern unbewusst.

Rivenport hatte nicht viel für die junge Wissenschaft der Psychologie übrig, wenn man sie überhaupt so nennen durfte, aber was die Amnesie betraf, so war sie eine dieser Grauzonen, bei denen die Schulmedizin an ihre Grenzen stieß. Ein Mensch, der so Schreckliches erlitten hat, dass er nur noch vergessen will. Ein Mensch auf der Flucht vor seiner Vergangenheit. Dann der Unfall und das Auslöschen der Erinnerung. Physisch und psychisch. War diese Erklärung zu einfach? Bog er sich die Sache zurecht? Gab er sich dem Hokuspokus unorthodoxer Methoden von »Kollegen« wie Freud oder Jung hin?

Zurück in S. konfrontierte Rivenport Kurt sofort mit den neuen Informationen. Er überschwemmte ihn förmlich damit, zu jeder Uhrzeit, in jedem Moment. Alles, was er wusste, gab er nun preis. Die aggressive Befragung, so hoffte er, würde Kurt endlich wachrütteln. Er versprach sich eine Reaktion, einen Moment der Erinnerung, ein kurzes Aufflackern, das sich zu mehr entwickeln könnte. Wenn er nur beharrlich bliebe, würde die Glut in ihm entfacht, ein Funken nur und das Feuer würde zu brennen beginnen.

Rivenport beschoss ihn mit den Namen Lorenz Sock und Bernardo Friedlander. Das war er, Bernardo Friedlander, nicht wahr? Das war er! Und er war nach Buenos Aires eingereist. Dort war er mit einem Schiff aus Genua angekommen. Richtig? Wie war er nach Genua gekommen? Erinnerte er sich? In Buenos Aires hatte er die ersten Schritte auf südamerikanischem Boden gemacht, so war es doch? Und dann war er geflüchtet, aus irgendeinem Grund war er über die Grenze nach Chile geflüchtet. Warum? Unter falschem Namen. Warum? Auf der Flucht. Vor was oder vor wem war er auf der Flucht? Wovor hatte er Angst? Wo hat er seinen Namen ändern lassen, wer hat ihm falsche Dokumente ausgestellt? Wie war er über die Grenze gekommen? Und dann hat er das Auto gekauft. Erinnerte er sich? In Santiago hat er ein Auto gekauft und war damit nach Norden gefahren. Wo hat er Stopps eingelegt? In Coquimbo? In La Serena? In Copiapó? Warum hatte er nicht schon vorher die Grenze zu Argentinien angesteuert? Warum war er so weit Richtung Norden gefahren? Wollte er ursprünglich nach Bolivien? Hatte er gegen seinen Willen die Route wechseln müssen? In Antofagasta? In Calama? Wann war er nach Osten abgebogen? Erinnerte er sich?

So ging es weiter, tagelang, ununterbrochen. Rivenport befragte ihn pausenlos, am Frühstückstisch oder abends, wenn er aus dem Krankenhaus kam, sobald er in die Wohnung trat, bevor Kurt ihn begrüßen konnte. Besonders die Namen wiederholte Rivenport immer wieder. Von ihnen erhoffte er sich am meisten. Aber es nützte alles nichts. Keine Reaktion, kein Anzeichen der Erinnerung. Seine Befragung schien Kurt nicht im Entferntesten zu berühren, sein Gesichtsausdruck blieb regungslos wie der einer Sphinx.

Er errötete nicht einmal, machte keine Anstalten, das Thema wechseln zu wollen, sich herauszureden oder die Beherrschung zu verlieren. Sogar als Rivenport ihn mit einem besonders bösartigen Stakkato an Fragen in die Ecke drängte, ließ Kurt es über sich ergehen. Er machte nur große, ein wenig traurige Augen, denn er schien einfach nicht zu verstehen, warum sein Rodrigo so wütend auf ihn war. Seitdem Rivenport von seiner Reise zurückgekehrt war, musste er ihm komplett verändert vorkommen. Er behandelte ihn nicht mehr wie gewohnt freundlich, sondern schroff, befragte ihn am laufenden Band, bewarf ihn mit Namen, die er nicht kannte, und Ortschaften, die er auf der Landkarte nachschlagen musste. Ansonsten redete er so gut wie gar nicht mehr mit ihm.

Wenn Kurt jetzt vor dem Abendessen in der Bibliothek auf ihn wartete, bereit für seine tägliche Lektion, verschob Rivenport sie kurz angebunden auf einen anderen Tag. Oft erschien er gar nicht. Doch Kurt ertrug alles. Und obwohl er offenkundig an Rivenports Tortur litt, schien er sie als notwendige Strafe hinzunehmen für etwas, was er vielleicht ungewollt getan, aber noch nicht zu verstehen gelernt hatte. Wie damals bei den Nonnen, die ihn kreischend rauschschmissen, als er einmal abends, ohne zu klopfen, zu ihnen ins Waschzimmer getreten war.

Maria verstand genauso wenig, warum der Professor so aufgebracht war. Sie versuchte, ihn zu besänftigen, und während der Verhöre brachte sie Mate für Rivenport und heiße Schokolade für den armen Kurt. Wenn Rivenport ihn zu hart rannahm und sie offenkundig Mitleid für ihn empfand, blieb sie neben Kurt stehen, presste seinen Kopf gegen ihre weiche Brust und strich ihm über die Haare:

»Wenn Kurt was zu sagen hat, wird er es uns schon sagen, nicht wahr, Kurt?«

Schließlich gab Rivenport auf. Seine Methoden waren ihm ja selbst verhasst und auch ihn quälte es, Kurt leiden zu sehen. Er hatte eben gedacht, dass nur dieser harte Weg zum erwünschten Ziel führen könnte. Doch er hatte sich geirrt. Seine inquisitorischen Methoden verflüchtigten sich so schnell wie sie aufgekommen waren. Der Alltag trat wieder ein, und die Namen, Ortschaften und Indizien aus den Archiven in Santiago und Buenos Aires gerieten bald schon wieder in Vergessenheit.

Zuhause hieß Kurt weiterhin Kurt und auch in S. wurde er weiterhin so genannt. Bald nahm Rivenport die abendlichen Lektionen wieder auf. Kurt spielte weiter die Orgel in der Kirche. Sein Spanisch war inzwischen wirklich gut geworden, obwohl er seinen teutonischen Akzent einfach nicht loswerden konnte und weiter von sich in der dritten Person sprach. Die Stadt hatte sich an ihn gewöhnt, wie man sich an alles gewöhnen kann. Vom Außerirdischen hatte er sich in den Augen der Einwohner in den schrägen Vogel verwandelt, den es in so ziemlich jeder Gemeinde gab. Er gehörte zur Szenerie, ein wenig wie der dreibeinige Hund, der vor den Schenken auf der Hauptstraße herumstreunte. Schon lange fragte sich niemand mehr, wer er eigentlich war und woher er kam.

Nur für Rivenport hatte sich etwas verändert. Ihm war bewusst geworden, dass dieser edel anmutende Mensch im Innern einen furchtbaren Schmerz vergrub. Er hatte die Hölle gesehen und schleppte sie mit sich herum. Was für unmenschliche Dinge musste er erlebt haben, dass der Schutzwall seines Unbewusstseins so stoisch Rivenports Erinnerungsversuchen trotzte?

Möglicherweise hatte er Angehörige sterben, seine Freunde und Bekannte in den Konzentrationslagern der Nationalsozialisten zugrunde gehen sehen. Wahrscheinlich hatte er hilflos miterleben müssen, wie ihm das Leben, das er bis dahin geführt hatte, Arbeit, Familie, Freunde, Leidenschaften, brutal entrissen worden war. Gerade jener Alltag, jene Regelmäßigkeit, die Rivenport selbst so sehr schätzte.

Rivenport hatte Berichte von überlebenden Juden gelesen, die sich nach dem Krieg das Leben genommen hatten. Menschen, die den Nazis entkommen waren, aber mit den Folgen der Erinnerung nicht zurechtkamen. Sie hatten überlebt, ja, aber unter welchen Umständen? Und besonders, wieso hatten sie überlebt und so viele andere nicht? Schuldgefühle nagten an ihnen, die sie nicht mehr ertragen konnten. Wie kann ein Mensch weiter existieren, dem all das, was seinem Leben Sinn gegeben hatte, weggenommen worden war?

Es musste grausam sein, jeden Tag mit diesen Erinnerungen aufzuwachen. Ein Bild, ein Gesicht, ein Geräusch, ein Geschmack. Jeden Tag aufs Neue das Gewicht der Erinnerung zu spüren. Kurt stellte wohl das extreme Beispiel eines Lagerüberlebenden dar: Vergessen, um wieder leben zu können. Vergessen, um sich zu befreien. Ein Selbstmord des Geistes für einen Neuanfang. Das musste ein starker Wunsch vieler Überlebender sein. Und Kurt lebte ihn. Kurt lebte.

Immer wenn Rivenport ihm ins Gesicht sah, dachte er sich: Hinter dieser Engelsmaske versteckt sich der schlimmste Horror, den ein Mensch erleben kann. Doch gerade deshalb grübelte er manchmal, warum Kurt über Argentinien nach Chile und dann über den steilen Pass wieder zurück nach Argentinien gefahren war. Ein Grund konnte der politische Wandel sein. Seit seiner zweiten Amtszeit stand Peróns Regierung der Aufnahme von Flüchtlingen nicht mehr so positiv gegenüber. Besonders was Flüchtlinge mit zwielichtiger Vergangenheit anging. Aber für ein Opfer der Nazis, einen Lagerüberlebenden bestand eigentlich keine Gefahr.

Hatte Kurt vielleicht Schulden? War er ein Spieler oder ein Drogensüchtiger gewesen? Wieso aber den Namen ändern und mit einem falschen Pass die Grenze nach Chile überqueren, nur um wenige Monate später in S. auf der anderen Seite der Anden wiederaufzutauchen? Ach ja, schnaufte Rivenport, alle weiteren Überlegungen waren doch nur müßig. Seine Quellen waren erschöpft, es gab keine weiteren Spuren mehr, die verfolgt werden konnten. Nur eine Besserung von Kurts Zustand würde diese letzten, an sich unwichtigeren Fragen auflösen können. Aber sie blieb aus. Kurt würde Kurt bleiben.

Ein paar Wochen nach seiner Rückkehr aus Chile hatte sich Rivenport mit dem Bürgermeister und dem Kommissar getroffen. Der ortsansässige Notar, Lomoco, den er aus dem Herrenklub kannte, wurde auch eingeladen.

Offiziell sollte Rivenport Bericht erstatten, was er auf seiner zweitägigen Reise herausgefunden hatte. Doch Rivenport hielt es für weiser, den Herren nichts von seinen Entdeckungen zu erzählen. Sie schienen auch nicht weiter interessiert zu sein.

Der Notar hatte ein Dokument aufgesetzt, das zum Ende des Treffens alle unterschrieben hatten. Darauf wurde festgehalten, dass er, Doktor Rodrigo Sebastian Rivenport, für Kurt garantierte, sich also auch rechtlich seiner annahm. Damit war Kurts Aufenthalt in S. zunächst garantiert. Zumindest so lange, bis die Untersuchungen der chilenischen Behörden nicht doch etwas ergäben und ein amtlicher Auslieferungsantrag gestellt werden würde. Allerdings würde das schwierig werden, denn gemäß der chilenischen Dokumente war Kurt de facto immer noch Lorenz Sock, also ein Argentinier. Eine gute Rechtsgrundlage, um sich im Fall der Fälle gegen die Auslieferung wehren zu können. Der Bürgermeister versprach aber, dass es nicht dazu kommen würde und dass er mit den Chilenen schon einen Deal einfädeln könnte.

Und so nahm das Leben in S. gemächlich seinen Lauf. Die Stadt, ihre Schauplätze und ihre Akteure versanken wieder in den üblichen Kokonschlaf: die Villa Rivenport mit ihrer Dienerschaft, dem Hausherrn selbst, Kurt, Maria und dem Geist von Rosa. Das Hospital mit den kichernden Krankenschwestern unter dem gutmütigen Blick von Doktor Godoy und dem Augenzwinkern von Oriani, der nie um eine Ausrede verlegen war, wenn er früher Schluss machen wollte. Das Kloster der Ordensschwestern der Allerheiligsten Jungfrau mit der aufbrausenden Priorin und der harmonischen Schwester Iris. Die Adobekirche am Ende der Hauptstraße mit dem kahlen Kirchenschiff, dem alten Orgelkasten und Pater Guillermo, der, mit dem Besen in der Hand, in ewiger Sisyphusarbeit den Staub zu bekämpfen versuchte. Das lethargische Kommissariat mit seinen Auslassungen über den Nationalsport. Kommissar Escobar in seinem Büro, eingehüllt in eine Rauchschwade, in geteilter Schweigsamkeit mit Polizeiobermeister Rodriguez, wie immer damit beschäftigt, besonders zähe Essensreste aus seinen Zähnen zu pulen. Das Rathaus im unaufhaltbaren Verfall und mit seinem Bürgermeister in schmissigen Nadelstreifen. Auf den weiten Zuckerplantagen arbeiteten weiterhin die Feldarbeiter der großen Haziendas. Placho inmitten der Mittagssonne, seine Stiefel tief in die Erde gegraben, umgeben vom wachsenden Gemüse.

Vielleicht fragte er sich manchmal, was aus Kurt geworden war, dem großen Fund, der ihm vor wenigen Monaten noch so viel Aufmerksamkeit geschenkt hatte. Auf ihrem Anwesen die Familie Pedrales, gekleidet in hellen Farben im Schatten ihrer Veranda, mit Bridge und importierten Lektüren beschäftigt, um der täglichen Langeweile Herr zu werden. Vielleicht plauderten auch sie manchmal über Kurt – oder beschränkten sie sich nur auf den nächsten Jagdausflug? Die Herrschaften des Herrenklubs. In gespielter Nonchalance analysierten sie den Tod Evita Peróns, während sie an ihrem Brandy nippten. Und nicht unweit davon, in den staubigen Tavernen der

Hauptstraße, die alten Einwohner, Feldarbeiter und Lamahirten, in ähnliche Gespräche vertieft, mit herberem Schnaps am Gaumen und derberen Wörtern auf den Lippen.

Kurt pflegte weiterhin das Gemüse im Garten. Er hatte sogar angefangen, sich Bilder in einem Handbuch für Botanik anzuschauen. Tagsüber spielte er Klavier, entweder bei sich im Zimmer oder vor Publikum auf der Orgel in der Kirche, was ihm lieber war. Im Krankenhaus ereignete sich jenseits der täglichen Administration nichts Neues, trotz aller Bemühungen konnten die erhofften Koprowski-Polio-Impfstoffe immer noch nicht geliefert werden und alles war eben, wie es immer gewesen war.

Dennoch hatte Rivenport seine Gewohnheiten mehr verändert, als ihm lieb war. In den Herrenklub war er nun wirklich ewig nicht mehr gegangen, und seinen Schmetterlingen hatte er sich auch viel zu lange schon nicht gewidmet. Die Tür zu seiner Kammer war zugeschlossen, alles war ordentlich und sicher zurechtgelegt, dennoch konnte es sein, dass das eine oder andere Staubkörnchen sich in den Ecken ansammelte. Die Angleichung seiner privaten und der öffentlichen Sammlung war nach wie vor nicht fertiggestellt. Wenn ihn zuweilen jemand fragte, wann denn das Museum wieder öffnen würde, wann denn endlich der glorreiche Tag käme, an dem in S. die schönste Schmetterlingssammlung nördlich von Buenos Aires zur Schau gestellt werden würde, hielt Rivenport sich bedeckt und wechselte das Thema. Ja, etwas hatte sich verändert, doch er war noch nicht bereit, es sich offen einzugestehen.

Eines Tages kam ein Brief. Er lag auf der Konsole am Eingang, und Rivenport sah ihn gleich, als er abends vom Krankenhaus nach Hause kam. Es war ein großer beiger Umschlag, auf dem mit der unverkennbar ausschweifenden Handschrift des Bürgermeisters geschrieben stand, dass er an »El Profesor« weitergeleitet werden sollte. Rivenport zog den Mantel aus und blickte auf den Brief, ohne ihn zu berühren, als ginge etwas Bedrohliches von ihm aus.

»Maria. Was ist das für ein Brief, der hier liegt?«

Maria kam die Treppe herab und nahm Rivenport Hut und Mantel aus der Hand.

»Der kam schon heute Morgen, aber Sie waren gerade abgefahren. Ein Bote vom Rathaus hat ihn gebracht.«

Die Tür öffnete sich und Kurt trat ein. Seine Schuhe waren mit Schlamm überzogen. Er musste im Garten gearbeitet und durch das Geräusch des anfahrenden Wagens Rivenports Ankunft bemerkt haben.

»Ein Brief. Darf Kurt auch Briefe schreiben, Rodrigo?«

Bevor Rivenport Kurt antworten konnte, nahm Maria ihn an der Hand und führte ihn weg.

»Kurt darf alles, aber vorher muss er sich waschen. Wie oft habe ich dir gesagt, dass man sich die Schuhe ausziehen muss, wenn man vorher im Garten war, eh? Wie oft?«

Amüsiert ging Rivenport in den Salon. Er ließ sich in seinen Lieblingssessel sinken und öffnete den Briefumschlag. In ihm befand sich ein weiterer Brief, dem ein Zettel des Bürgermeisters beigelegt war: »Ist wohl für dich. Aber gewöhn dich nicht dran, mein Büro hat Besseres zu tun, als dir deine Korrespondenz weiterzuleiten.«

Rivenport inspizierte den Briefumschlag genauer. Der Briefmarke zufolge kam er aus Chile, der Bürgermeister hatte ihn anscheinend ungeöffnet an ihn weiterschickt, als er den Stempel des Innenministeriums gesehen hatte. Rivenport riss den Umschlag auf und holte ein gefaltetes Blatt Papier hervor. Dabei fiel ein kleines viereckiges Foto heraus und landete mit der Bildseite nach unten auf dem Boden. Rivenport lehnte sich über die Armlehne des Sessels, hob es hoch und hielt es sich vor die Augen.

Es zeigte einen jungen Mann in Offiziersuniform. Er schaute grinsend in die Kamera, auf eine verhöhnende, selbstsichere Art, die Rivenport instinktiv unangenehm war. Auf seiner Schirmmütze thronte ein Adler mit gerade ausgestreckten Flügeln. In seinen Krallen hielt er ein umkränztes Hakenkreuz. Die Augen, der Mund, die Form der Ohren und des Gesichts. Es dauerte eine Weile bis Rivenport sich bewusst wurde, dass der Mann auf dem Foto Kurt war.

Eigenartig, dachte er sich, da hatte er in Chile und Argentinien die Behörden abgeklappert und hatte es nicht geschafft, auf ein Foto von Kurt zu stoßen. Jedes Mal hatte er darauf gehofft. Schließlich gab es keinen eindeutigeren Beweis. Aber er hatte nichts gefunden. Und jetzt hielt er genau ein solches Foto in seinen Händen, ein Foto von Kurt. Als Offizier der SS. Auf der Rückseite stand in

Großbuchstaben geschrieben: E. K. Stropp. Rivenport faltete den Brief auf, dort stand mit Schreibmaschine geschrieben:

»Sehr geehrte Damen und Herren,

wir haben Grund zur Annahme, dass Sie Informationen zum Fall Stropp haben. Eberhard K. Stropp ist ein Nazi-Kriegsverbrecher, der mit gefälschten Papieren nach Südamerika geflüchtet ist. Vor einigen Monaten haben wir nördlich von Santiago jede Spur von ihm verloren. Unseren letzten Hinweisen zufolge befindet er sich möglicherweise immer noch in Chile. Wenn Sie Informationen über seinen jetzigen Aufenthaltsort oder –«

Rivenport brach die Lektüre ab. Er schaute aus dem Fenster. Es war ein besonders klarer Abend. Bald könnte Kurt sein Gemüse ernten. Rivenport stand auf und ging mit dem Brief in der Hand nach draußen. Die Kälte ließ seinen Atem in der Luft sichtbar werden. Keine Wolke am Himmel filterte den Schein des abnehmenden Vollmonds.

Rivenport lief ein paar Schritte durch das Gras des Vorgartens und dachte daran, wie es früher gewesen war, als Rosa noch lebte. Er erinnerte sich daran, wie sie einmal so aufgebracht mit ihm war, dass sie ihn inmitten seiner Lektüre unterbrochen, ihm das Buch aus der Hand gerissen, es quer durch den Raum geworfen und danach seine Entrüstung nachgeäfft hatte. Wie sie beide dann gelacht und sich die Stirnen aneinander gerieben hatten, zwei wütendverliebten Tieren gleich. Sie war schon etwas Besonderes gewesen. Seine Rosa.

Rivenport sah an seinem hinabhängenden Arm hinunter. Der Brief. Morgen würde er im Rathaus nachforschen, aber er tippte darauf, dass es sich um einen Rundbrief handelte, der an verschiedene Institutionen geschickt worden war. Die Behörden wollten das Netz, in der Hoffnung auf etwas zu stoßen, sicher so weit wie möglich spannen. Wahrscheinlich hatten die chilenische Geheimpolizei, Interpol, die Amerikaner, die Israelis – oder wer sonst auf der Suche nach einem Nazi-Verbrecher sein konnte – Wind davon bekommen, dass er Recherchen in den staatlichen Archiven von Chile angestellt hatte. Von Rivenport als Person wussten sie vermutlich nichts, schließlich hatte er als Gesandter der Stadt gehandelt. Beweis dafür war, dass der Brief an das Rathaus und nicht an ihn gerichtet war.

Ja, alles wies darauf hin, dass die Fahnder im Dunkeln tappten, genau wie er auf der Suche nach Kurts wahrer Identität monatelang im Dunkeln getappt war. Bis jetzt. Denn jetzt wusste er. Ein Foto, das mehr sprach als tausend Worte. Stropp. Das war nun also sein Name. Und die Geschichte, der er davongeflohen war, endlich aufgedeckt.

Wie hässlich die Wahrheit oft ist, dachte sich Rivenport. Von Deutschland nach Italien, von Europa nach Südamerika, von Argentinien nach Chile. Immer weiter nach Norden, bis es nicht mehr weiterging, und dann nach Osten über die Anden, den antiken Inkapfad entlang, durch das Hochplateau der Puna hindurch, in den tiefsten *Norte* des Silberlandes. So weit, dass die Erinnerung auf der Strecke blieb. Eine Flucht dorthin, wo die bösen Geister seiner Vergangenheit, die er selbst einst beschworen hatte, ihn nicht mehr heimsuchen konnten.

Und nun hielt Rivenport den Brief in der Hand und wusste Bescheid. Das Foto. Der Name. Die Wahrheit. Hätte er sie erahnen können? Vermutlich. Doch hatte er das gewollt, tief innerlich? Und was hätte er dafür opfern müssen? Hätte das nicht bedeutet, der ganzen Geschichte von Anfang an zynischer entgegenzusehen? Den blauen Augen seines Freundes mit Kälte zu begegnen?

Stropp. Ja, das passte irgendwie. Knapp, hart, einsilbig. Eberhard K. Stropp. Das K. brachte auch hier endlich Klarheit. Kurt war sein Mittelname. Wer weiß, vielleicht wurde er damit in der Schule gehänselt. Oder es war sein Kosename. Nur für den Gebrauch im inneren Kreis. Eberhard bei der Arbeit, Kurt im Privaten.

Bei der Arbeit ... Aus was genau hatte seine Arbeit bestanden? Wenn ein Mensch als Kriegsverbrecher angeklagt wird, im verheerendsten Krieg, den die Welt je gesehen hatte? Ein eisiges Gefühl durchfuhr Rivenport. Ihm war nun furchtbar kalt. Er wurde sich bewusst, dass er ohne Pantoffeln und ohne Mantel im Garten stand. Die Haustür hatte er sperrangelweit offengelassen. Kurt kam ihm enthusiastisch entgegengelaufen. Auch er scherte sich nicht um die Pantoffeln. Wenn Rodrigo es machen durfte, wieso nicht auch er, musste er sich denken. Maria verschränkte die Arme, um sich zu wärmen. Sie wirkte beunruhigt. Was trieb der Professor hier draußen, allein und um diese Uhrzeit?

»Warum sind Sie denn so bleich, Herr Professor?«

Rivenport antwortete nicht und schaute weiter mit leeren Augen in die Ferne. Maria schien das noch mehr zu verunsichern. Beschwörend sagte sie: »Lassen Sie uns bitte reingehen. Es ist eine kalte Nacht.«

Kurt rannte Kreise um sie und heulte in die Nacht, wie ein Inkapriester bei einem Ritual: »Huaahuhuhhaaa! Huahaaahuhaahuuu!«

Rivenport ließ noch ein paar Augenblicke vergehen, dann steckte er den Brief in die Tasche und flüsterte in die Dunkelheit: »Maria hat recht. Es ist wirklich eine kalte Nacht. Lasst uns ins Haus gehen.«

Maria folgte den beiden Männern kopfschüttelnd zur Eingangstreppe. Sie stampfte noch die Schuhe auf den Stufen ab, bevor sie in den Wohnbereich trat, die Tür hinter sich zuzog und den Riegel vorschob.

27.

Es war der zweite Februar. Die ganze Stadt war in Aufruhr, denn sie huldigte der Heiligen der hundert Namen. Die Nuestra Señora de la Candelaria, die Mutter Erde, von manchen einfach als die Virgen oder auch als La Morenita, die wundersame Pachamama, angebetet. In S. stand ihr Fest in Bedeutung und Prunk nur dem der Allerheiligsten Jungfrau Maria von Guadalupe nach. Auch die Candelaria war ein Produkt des Synkretismus, ein Erzeugnis der Vermischung, eine Tochter des Chaos.

Ja, Nordargentinien war schon immer ein Land der Kompromisse gewesen. Für die Jesuiten, die das Einfließen lokaler Inkabräuche in den Katholizismus geduldet hatten, um ihre Ziele durchzusetzen. Und jetzt für Rivenport, der in den letzten Wochen von der grundlegenden moralischen Frage heimgesucht worden war, wie er über Kurt zu urteilen hatte. Was war richtig und was falsch? Da er keine klare Antwort fand, entschied er, gar nichts zu machen.

Im Grunde genommen entschied er nicht, sondern er haderte mit sich, wägte ab und steckte fest in einem Zustand absoluter Handlungsunfähigkeit. Für ihn war das der Mittelweg zwischen schwarz und weiß, sein Kompromiss, ein notgedrungener Stillstand. Wie sollte er auch handeln? Hätte er Kurts Identität verraten und ihn überführen oder, umgekehrt, ihm etwas Geld geben und zur Flucht verhelfen sollen? Weiter nach Norden, weiter in die Isolation?

Und überhaupt plagte ihn die Frage: War Kurt immer noch der Verbrecher von einst, obwohl er sich durch die Amnesie seiner Verbrechen nicht mehr bewusst war? War dieser seelengute Mensch – ein Mensch, der unfähig war, einer Fliege etwas anzutun, der mit Blumen sprach und den alle, die seine Bekanntschaft machten, sofort liebgewannen – war eben dieser Mensch ein Täter, ein Kriegsverbrecher, ein Mörder?

Vor ein paar Monaten hatte Kurt ihm eine kuriose Frage gestellt, der Rivenport damals keine besondere

Bedeutung beigemessen hatte. Er hatte gefragt, ob der geschlüpfte Schmetterling derselbe sei wie die Raupe und die Raupe dieselbe wie die Puppe oder eben doch etwas anderes, ein völlig neues Lebewesen. Wie zutreffend, wie wesentlich erschien Rivenport diese Frage jetzt.

Um alles in der Welt hatte Rivenport die Wahrheit ans Licht bringen wollen, er hatte sie forciert, er hatte wissen müssen, wer Kurt war. Nun zweifelte er an der Richtigkeit seines Handelns. Mit welchem Recht hatte er ermittelt, und wohin hatte ihn sein Wissensdurst geführt? Ja, jetzt wusste er und wünschte sich nichts sehnlicher, als nicht mehr zu wissen.

Nach der Ankunft des Briefes hatte Rivenport sein Leben so weitergeführt, wie er es seit jeher tat: im Gleichgewicht, mit Ordnung und Disziplin. Er setzte alles daran, zumindest nach außen so zu wirken, als hätte sich nichts verändert, als hätte er Kurts Identität nie entdeckt. Doch er wusste genau, dass der Stillstand, sein Sich-nicht-Verhalten auch eine Verhaltensform war. Er hatte eine Wahl getroffen. Die Wahl, so zu tun, als wüsste er von nichts.

Rivenport hatte es nicht über sich gebracht, Kurt mit seiner Geschichte zu konfrontieren. Es stand auch nicht fest, dass es überhaupt zu etwas geführt hätte, schließlich hatte schon die Auseinandersetzung mit seinen falschen Identitäten Kurts Zustand nicht verändert. Doch ihm fehlte der Mut, es auch nur zu probieren. Noch weniger war er bereit, Kurt hinter seinem Rücken, ohne ihn vorab zu konfrontieren, zu verraten. Aber ihm zu helfen, mit einer gut organisierten Flucht nach Bolivien vielleicht, dazu konnte er sich eben genauso wenig entscheiden.

Und doch wusste er, Kurt war schuldig. Er war einer jener Täter, für die der Nationalsozialismus und der mit ihm verbundene Horror stand. Kurt erinnerte sich vielleicht nicht mehr, aber er war es doch, der anderen Menschen das Leben zur Hölle gemacht hatte, nicht andersherum, wie Rivenport nach seiner Chile-Reise angenommen hatte. Er war es doch, der seine Menschlichkeit gegen eine Uniform eingetauscht hatte, in einem Konzentrationslager vielleicht, oder woanders. Musste er nicht Verantwortung für seine Taten tragen? Machte sich Rivenport nicht nun sogar zum Mittäter des Unrechts, das den Opfern widerfahren war?

Und dennoch, war es nicht genauso unbestreitbar, dass Kurt hier in S. ein anderer war? Ein neuer Mensch, der sich täglich unter Rivenports Fürsorge weiterentwickelte. Was hatte der Kurt, sein Kurt, mit dem Nazi-Kriegsverbrecher, der er vorher war, gemeinsam? Wer war er wirklich? Seine Vergangenheit oder seine Gegenwart?

Während dieser tiefen innerlichen Auseinandersetzung Rivenports fand die Feier zu Ehren der Morenita statt. Seit Tagen waren die Frauen der Stadt damit beschäftigt, die Tijtincha zuzubereiten. Eine Suppe aus gekochten Schafsköpfen und -beinen, die mit einer Beilage aus getrockneten Bohnen und Maiskolben serviert wurde. Alles andere als leichte Kost. Zum Glück musste Rivenport sich das nicht antun. Bei ihm Zuhause wurde nicht gefeiert, denn Rosa und er hatten schon immer die traditionellen christlichen Festtage wie Ostern und Weinachten vorgezogen.

Unter der Hand sah die Sache natürlich anders aus, und so bemerkte Rivenport an den Tagen vor dem Fest eine gewisse Feiertagsgeschäftigkeit auch in seinem Hause. Am unangenehmsten war der penetrante Hammelgeruch, der schon morgens, wenn Rivenport sich an den Frühstückstisch setzte, aus der Küche strömte. Er nahm an, dass Maria, in der Hoffnung, der Geruch würde bis zum Morgen verfliegen, den armen Koch dazu anhielt, die Tijtincha spätabends zu kochen. Aber die derben Gerüche, die beim Einkochen freigesetzt wurden, waren derart beißend, dass sie an den Wänden festzukleben schienen. Da half nächtliches Lüften wenig.

Rivenport ließ sich jedoch nichts anmerken, denn jedes Jahr war es die gleiche Leier. Er tat, als wüsste er von nichts, und nahm den Gestank beim morgendlichen Kaffee hin. Maria und das Dienstpersonal hatten schließlich Indiowurzeln. Für sie war das Fest eine wichtige Tradition. Es war die Zeit zwischen Ernte und Aussaat, und die Mutter Erde war für einen guten Jahresertrag zuständig.

Als Rivenport zum Mittagessen aus dem Krankenhaus kam, fand er Kurt nicht wie üblich im Garten, in seinem Zimmer am Klavier oder in sein Buch über Pflanzen vertieft, nein, er stand mitten im Salon und schaute ihm keck entgegen, während Maria ihm dabei half, sich einzukleiden. Verdutzt blieb Rivenport an der Tür stehen. Er hatte sich so sehr an die blaue Latzhose gewöhnt, dass es eigenartig war, Kurt in anderer Kleidung zu sehen. Doch da stand er vor ihm, ausnahmslos glücklich in einem farbenfrohen Wollkostüm, das Maria gerade zurechtzupfte: »Auch Kurt macht mit bei dem Fest, mit Rodrigo!«

»Sollte Kurt nicht in der Kirche Orgel spielen, wie ihn Pater Guillermo gebeten hat?«, fragte Rivenport nicht ohne Strenge.

Obwohl Maria mit den Hosenbeinen des Kostüms beschäftigt war, die Kurt natürlich zu kurz waren und seine käseweißen Waden entblößten, musste sie sich einmischen: »Das wird er auch tun. Kurt ist ganz brav, nicht wahr?«

Kurt nickte. Maria zupfte weiter am Hosenbein, kam aber keinen Zentimeter voran, Kurt war einfach zu groß. Sie gab es auf und blickte Rivenport an: »Herr Professor, lassen Sie ihn doch auch am Fest teilnehmen, er hat sich so darauf gefreut.«

Rivenport ersparte sich erst einmal weitere Kommentare. Beim Essen fragte er dann: »Wann fängt die Prozession denn an?«

»Um vier«, antwortete Maria.

Später dachte Rivenport, dass er sich die Frage auch hätte sparen können. Denn obwohl er nicht zur Prozession gegangen war, kam die Prozession zu ihm ins Krankenhaus. Erst hörte er sie auf der Straße toben, dann brach sie durch die Eingangstür des Hospitals. Für kurze Zeit herrschte in den sterilen Räumen des Instituts ein freudiges Durcheinander. Kunterbunt gekleidete Menschen liefen singend und tanzend durch die Gänge, manche von ihnen spielten volkstümliche Musik auf Holzblasinstrumenten und Trommeln. Die Feiernden animierten sogar das Personal und die Patienten zum Mitmachen. Schließlich bewegte sich der Zug wieder nach draußen und aus dem Korridor erklangen noch die letzten Töne, bis die Tür hinter ihnen zufiel und nur das stille Echo ihrer Freude zurückblieb.

Doch Rivenport war ihnen gleich darauf nach draußen gefolgt. Er lief der feiernden Gruppe hinterher, bis sie sich unweit der Kirche wieder mit der Hauptprozession vereinigte. Kurts Orgelkonzert musste also schon vorbei sein, folgerte er. Die Messe in der Kirche war zelebriert worden, und nun führte der Pater, flankiert von zwei kreuztragenden Messdienern, die Prozession an. Hinter ihm baumelte eine riesige, aus Pappmaschee angefertigte Darstellung der Heilige Jungfrau von Candelaria, mit einem kleinen Glaskasten, in dem die Reliquie – ihre schwarze Locke – aufbewahrt wurde. Die Figur war dunkelhäutig, eine Indiofrau, eine schwarze Madonna.

Das Podest, auf dem sie thronte, wurde im Wechsel von vier kräftigen Männern getragen. Denn obwohl es natürlich eine Ehre war, die Reliquie zu tragen, minderte das keineswegs die Anstrengung. So lief die bunte Menge die Hauptstraße entlang, mit der baumelnden Madonna über den Köpfen, in der Mitte noch recht ordentlich marschierend, an den Außenseiten unsortiert und in alle

Richtungen ausschwärmend. Ganz S. schien die heitere Extravaganz des Festes zu genießen, und Rivenport wurde hier und da begrüßt, umarmt oder sogar geküsst.

Er wusste selbst nicht, warum er das Krankenhaus so plötzlich verlassen hatte. Warum er hier draußen inmitten der Menschen stand. Es war eigentlich überhaupt nicht seine Art, an solchen Aktivitäten teilzunehmen. Er hatte instinktiv gehandelt. Vielleicht wegen Kurt? Wollte er ihm dabei zusehen, wie er Freude hatte, und diese Freude mit ihm teilen? Er konnte den Schweiß der Menschenmenge, den süßlichen Geruch der Räucherstäbchen und dazwischen den penetranten Duft des Hammelfleisches riechen. Der Singsang der Stimmen und der langsam dahinziehende Trommelrhythmus verwirrten ihn. Überall war Rauch. Von angezündeten Zigarren, die später als Opfergaben dienten, bis hin zu den brennenden Feuerstellen an den Straßenrändern, wo Fleisch und Gemüse gegrillt wurden.

»La Pachamama ... Aquí está la Pacha ... mama con papel y serpentina ... removiendo corazones ... en todita mi Argentina.«

Jemand drückte Rivenport ein Glas in die Hand und er trank. Ein widerlicher warmer und süßlicher Geschmack verteilte sich in seinem Mund. Er hätte das Gesöff gerne gleich ausgespuckt, zwang sich aber dann doch, es zu schlucken. Chicha wahrscheinlich, dachte er sich. Seit Jahren hatte er das scheußliche Zeug erfolgreich gemieden. Eine Art schlecht fermentiertes Bier, das in den Kneipen entlang der Hauptstraße von S. täglich literweise ausgeschenkt wurde.

»Coplitas … Hujia y pucham, chicha rica … hecha por buena chichera … amasada con sus polleras.«

Rivenports Kopf dröhnte im Wirrwarr der Stimmen und der Musik. Er wurde immer weiter in die Prozession hineingezogen, wie in die Mitte eines reißenden Flusses. Ganz vorne meinte er, einen blonden Hinterkopf zu erspähen. Das musste Kurt sein. Er versuchte, sich weiter vorzukämpfen, doch das Treiben der Menge verhinderte ein schnelles Vorankommen. Alle paar Meter wurde er von jemand Neuem begrüßt, musste Hände schütteln und Floskeln austauschen: »El Profesor, was für eine Ehre.« »Ah. El Profesor.« Doch wo war Kurt?

»Entre cardones … yo vivo allá lejos … de mi rancho comiendo mote tostado … en mi apacheta descanso.«

Der Zug zur Verehrung der Pachamama endete jedes Jahr an einem anderen Platz. Es gab dafür keinen festgelegten Ort der Huldigung, wie etwa eine Kirche, eine Kapelle, einen Schrein oder ähnliches. Und dieses Jahr endete die Prozession in der Scheune eines Bauernhofes, die eigens für das Fest leergeräumt worden war. Hier drinnen wurde die Reliquie abgelegt und nach der Segnung des Ortes durch Pater Guillermo stand dem Ritual der Opfergaben nichts mehr im Wege.

Es war der Höhepunkt des Festes. Die Gläubigen brachten der Heiligen Gaben dar: angefeuchtete Zigarren, die ihr noch brennend in den Mund gesteckt wurden; reichlich Chicha natürlich und Tijtincha; aber auch Blumen, Kerzen und Räucherstäbchen wurden ihr mit eindringlicher Bitte nach einem reichen Jahresertrag vorgelegt.

Rivenport verfolgte das Ritual nur kurz. Er entfernte sich ein Stück, um einen besseren Überblick zu bekommen. Keine Spur von Kurt. Etwas weiter hinten fand er Maria zusammen mit dem Hauspersonal. Auch sie trugen alle traditionelle Indiokleidung. Nein, Kurt hatten sie nicht gesehen. Er habe die Orgel gespielt und dann an der Prozession teilgenommen. Sie hätten noch gesehen, wie er freudentrunken in der Menge herumgehüpft sei. Dann sei er der Musik und den Musikanten gefolgt und irgendwann wohl in der Menge untergegangen. Das müsse ein ganz toller Moment für ihn gewesen sein. Maria bedankte sich nochmal bei Rivenport, dass er Kurt hatte mitmachen lassen.

Als sie aber dann in Rivenports Blick den Anflug von Sorge erkannte, bat sie den Chauffeur, auch in ihrem Namen die Opfergabe zu überbringen. Sie drückte ihm einen Blumenkranz in die Hand und folgte Rivenport nach draußen. Traditionell gekleidete Menschen saßen in Gruppen singend um kleine Feuerstellen, unterhielten sich oder saßen in der Hocke da und aßen aus kleinen Schalen. Maria sagte zu Rivenport: »Keine Sorge, er wird sicher gleich auftauchen. Vorhin war er ja noch hier.«

Sie sahen sich im näheren Umkreis um. Einige vereinzelte Feiergrüppchen zogen durch die Straßen, stimmten Lieder an und erfreuten sich an diesem festlichen Tag des Lebens. Vielen konnte man schon die Wirkungen des Alkohols ansehen. Sie torkelten oder grölten und ließen dem Rausch ihrer Gefühle freien Lauf. Sie aber konnten Kurt nicht finden. Maria schlug vor, das Dienstpersonal zusammenzurufen und gemeinsam die Suche fortzusetzen. Doch Rivenport winkte ab. Er bat sie, zur Prozession zurückzukehren. Mit einem schelmischen Lächeln fügte er hinzu: »Wir wollen ja keine schlechte Ernte riskieren.«

Auch er musste ins Krankenhaus zurückkehren. Schließlich hatte er alles einfach stehen und liegen lassen, um sich den Festtagszug anzuschauen. Kurt würde schon heimkommen. Spätestens heute Abend.

Doch Kurt kam nicht heim. Abends suchte Rivenport zusammen mit Maria und dem restlichen Personal die ganze Stadt ab. Das Fest hatte sich wie jedes Jahr in ein Gelage verwandelt. Alkohol- und Völlerei-Leichen lagen in den Passagen herum, Hunde streunten durch die Straßen und fraßen die herumliegenden Reste der Festmahlzeit auf. Der Glanz der Farben war dem Müll gewichen, der sich auf der windigen Hauptstraße angesammelt hatte und schon mit Staub bedeckt war. In einer Gasse, unweit des Ortes, an dem Rivenport Kurt zum letzten Mal gesehen hatte, fanden sie seine Kleidung. Das Kostüm lag zusammengefallen am Straßenrand. Ein farbiger Haufen Wolle, leer und leblos, wie die Reste einer gehäuteten Schlange.

Kurt war weg. So plötzlich, wie er eines Tages aufgetaucht war, aus dem Nichts und in Rätsel gehüllt, so war er auch wieder verschwunden. Dieses Jahr war das Fest der Pachamama für die Bewohner von S. und ganz besonders der Villa Rivenport nicht das Fest der Erde, der Fruchtbarkeit und des Lebens, sondern das des Abschieds. Kurt war weg.

28.

Seit einer Woche war Rivenport nicht mehr aus dem Haus gegangen. Er hatte sich in sein Schlafzimmer zurückgezogen und Maria angewiesen, nicht gestört zu werden. Morgens stand er spät auf. Er schlief schlecht, blieb aber liegen und döste, bis das Licht so intensiv durch die Gardinen drang, dass er annahm es müsste schon Mittag sein. Er mied es, in den Spiegel zu blicken, konnte aber fühlen, wie sein Bart von Tag zu Tag sein Gesicht ein Stückchen mehr bedeckte. Die meiste Zeit verbrachte er damit, auf dem Bett liegend die Decke anzustarren.

Maria brachte ihm regelmäßig das Essen. Sie klopfte, wagte aber nicht zu sprechen oder ins Zimmer einzutreten, was ohnehin nicht funktioniert hätte, da die Tür von innen abgeschlossen war. Sie legte das Tablett mit den Mahlzeiten vor die Tür. Er konnte hören, wie sie dort ein paar Momente, womöglich auf eine Reaktion hoffend, ausharrte und dann wieder verschwand. Rivenport hatte aber keinen Hunger. Wenn Maria wiederkam, um das Tablett zu holen, fand sie es oft unberührt an derselben Stelle. Als er endlich für einen kurzen Moment aus dem Zimmer trat, erschrak Maria. Er hatte nur einen Morgenmantel übergeworfen, darunter war er nackt. Es schien ihm sinnlos zu sein, sich anzuziehen. Warum auch, wenn er doch sowieso im Haus blieb?

Godoy hatte in der Zwischenzeit so gut es ging Rivenports Aufgaben im Krankenhaus übernommen. Eines Morgens kam er in die Villa, offiziell, um sich in Angelegenheiten des Hospitals beraten zu lassen, aber das war natürlich nur ein Alibi. Rivenport wusste, dass Maria dahintersteckte. Sie musste derart um ihn besorgt sein, dass sie Godoy gebeten hatte, sich von seinem Zustand ein Bild zu machen. Aber auch das war Rivenport egal.

Es dauerte eine gute Viertelstunde, bis Maria und Godoy ihn endlich durch beständiges Klopfen geweckt hatten. Als er die Tür öffnete und die beiden durch verquollene Augen ansah, musste sich Godoy bewusst werden, dass die Situation schlimmer war als angenommen: Rivenport war nicht nur unrasiert, sondern sah in seiner körperlichen Ungepflegtheit um gut 10 Jahre gealtert aus. Seine sonst so ordentlichen Haare waren ungekämmt, fettig, und was wahrscheinlich am meisten ins Auge fiel: sie zeigten zuvor nie gesehene weiße Strähnen. Als Rivenport den Mund etwas öffnete, um Godoy träge zu begrüßen, rümpfte der die Nase. Rivenport verbreitete einen unangenehmen Geruch. Maria eilte ins Zimmer, riss die Fenster auf und versuchte, wenigstens ein bisschen aufzuräumen. Es war wirklich ein Saustall.

Rivenport deutete auf die Sitzecke. Godoy setzte sich und gab sich alle Mühe, seine Besorgnis zu verbergen. Er erzählte Rivenport, dass sich im Krankenhaus alle täglich nach ihm erkundigten. Alle aber wirklich alle vermissten ihn, sowohl das Personal als auch die Patienten. Es wurde sogar gemunkelt, dass er in den Urlaub gefahren sei, und diesmal richtig. Godoy versuchte ein Lächeln: »Sobald Sie sich besser fühlen, müssen Sie unbedingt zurückkehren.«

Rivenport zeigte keine Reaktion. Eingesunken in den Sessel sah er mit halboffenem Mund in die Leere. Godoy schien nicht weiterzuwissen. So holte er einige Dokumente des Krankenhauses aus seiner Aktentasche, legte sie auf den Kaffeetisch und bat Rivenport um seine Unterschrift. Er versuchte noch kurz ein Gespräch über das Wetter, dann klopfte Godoy seinem Kollegen auf die Schulter und ging ins Krankenhaus zurück.

Manchmal ging Rivenport in Kurts altes Zimmer. Er stellte sich ans Fenster und schaute in die Ferne, als hoffte er darauf, dass der Blondschopf plötzlich am Horizont auftauchen würde. Aber tief im Inneren wusste er, dass er nicht zurückkommen würde. Niemals. Das schwarze Loch, das ihn ausgespuckt hatte, hatte ihn wieder verschluckt. Kurt war weg, und er hatte den Sommer mit sich genommen.

So ging es noch eine weitere Woche. Am Ende dieser Woche, genau vierzehn Tage nach Kurts Verschwinden, erwachte Rivenport durch einen warmen Sonnenstrahl auf seinem Gesicht. Schon wieder hatte er vergessen, die Gardinen zuzuziehen. Er ging zum Fenster, um sie zu schließen, blieb aber stehen und blickte hinaus. Die Sonne stand noch tief, es konnte nicht allzu spät sein. Er reckte sich und kratzte sich am Kinn. Der Bart fing an, ihn zu stören. Im Bad entschied er kurzerhand, sich zu rasieren. Seine Haut fühlte sich gut an. Zufrieden rieb er sich mit dem Handrücken über die glattrasierten Backen und trug etwas Aftershave auf.

Im Untergeschoss hatte das Dienstpersonal noch nicht

mit der Arbeit begonnen, es war wohl noch zu früh. Das gefiel ihm. Nur aus der Küche hörte er Geräusche. Er hielt sich aber nicht lange im Salon auf, sondern ging weiter nach unten. Da war sie, seine Kammer. Er blieb vor der Tür stehen und betrachtete unentschlossen die Klinke. In der Tasche seines Morgenmantels spielten seine Fingerspitzen mit den Schlüsseln. Eine Serie schmerzhafter Bilder schoss durch seine Gedanken. Um sich davon wegzureißen, nahm er allen Mut zusammen und schloss die Tür auf. Er öffnete sie bis zum Anschlag und sah einen Augenblick lang in die Dunkelheit. Dann trat er ein.

Die Glühbirnen funktionierten noch. Die Kammer war seit fast zwei Monaten von niemandem betreten worden. Es war so staubig, dass Rivenport husten musste, nachdem er den Schmetterlingsatlas auf dem Arbeitstisch aufgeschlagen hatte. Zwischen den Seiten fand er, ordentlich zusammengefaltet, den Generalmarschplan. Rivenport überflog ihn und musste ein wenig lächeln. »Da macht der Mensch Pläne und Gott lacht«, sagte der Volksmund. All die Daten, die er berechnet hatte, die Fristen, die er einhalten wollte, waren durch Kurts Auftauchen zunichte gemacht worden. Keine noch so präzise Organisation konnte das Unberechenbare berechnen, das Unabsehbare, den Faktor X. Sein Faktor X hatte blonde Haare und blaue Augen gehabt, war auffällig groß gewesen und hatte auf den Namen Kurt gehört.

Rivenport legte den Plan auf den Tisch und wischte den Staub von den Insektenbehältern. Da waren sie. Seine Schmetterlinge. Immer noch schön. Unantastbar. Die

Zeit konnte ihnen nichts anhaben. Auf ewig waren sie in der letzten Stufe ihrer Metamorphose gefangen.

Er ging zum Wasserhahn, feuchtete einen Lappen an und säuberte die Arbeitsfläche. Während er darauf wartete, dass alles trocknete, nahm er sich noch einmal den Generalmarschplan vor. Wo war er eigentlich stehengeblieben? Ach ja, er erinnerte sich vage, der nächste Arbeitsschritt: Der Inhalt der Behälter Xb, Ya und B musste in den großen Insektenkasten E12 umgelegt werden.

Rivenport krempelte die Ärmel hoch und legte sich die notwendigen Geräte zurecht. Er atmete tief ein und füllte seine Lunge, bis er einen Druck spüren konnte. Erst dann ließ er die Luft raus. Er griff zur Pinzette und klickte ihre Enden ein paar Mal gegeneinander, als wollte er sich beweisen, es nicht verlernt zu haben. Dann öffnete er den Behälter Xb. Es gab viel zu tun. Schließlich galt es, bald ein Naturkundemuseum zu eröffnen.

Anselm Oelze
Wallace
Roman
264 Seiten. Gebunden. Lesebändchen. Bedruckte Vorsätze.
ISBN 978-3-89561-132-2

Frühjahr 1858: Ein Brief verlässt eine kleine Insel in den Molukken. Sein Ziel ist Südengland, sein Inhalt: ein Aufsatz über den Ursprung der Arten. Kaum ein Jahr später sorgt die Schrift für Aufsehen und wird bekannt als Theorie der Evolution. Doch nicht der Verfasser des Briefes, der Artensammler Alfred Russel Wallace, erntet den Ruhm dafür, sondern sein Empfänger, der Naturforscher Charles Darwin. Von Wallace bleibt lediglich eine nach ihm benannte Trennlinie der Arten im Malaiischen Archipel.
Einhundertfünfzig Jahre später stößt der Museumsnachtwächter Albrecht Bromberg auf das Schicksal des vergessenen Wallace. Er begibt sich auf seine Spuren und je länger er mit Wallace unterwegs ist, desto mehr zweifelt Bromberg an, ob alles so bleiben muss, wie es ist. Er fasst einen Plan, der endlich denjenigen ins Licht rücken soll, der bisher im Dunkeln war, und erkennt: Geschichte wird nicht gemacht, sondern geschrieben.
Mit seinem Debüt ist Anselm Oelze ein philosophischer Abenteuerroman gelungen, ein literarisches Denkmal für die Außenseiter des Lebens und der Geschichte.

»Eine fabulierstarke, spannende Spurensuche im Forschermilieu.«
Ute Büsing, *rbb Inforadio*

»Überaus lebendig geschilderte Szenen aus Wallaces Leben.«
Andrej Klahn, *Deutschlandfunk*

»Sehr satt, sehr farbenprächtig.«
Bianca Schwarz, *NDR*

»Ein kurzweiliger Einblick ins Kapitel Evolution.«
Ellen Pomikalko, *BuchMarkt*

»Eine hinreißende Meditation über Erfolg und das dafür notwendige Quäntchen Glück, und über die Fähigkeit, diesem Glück – zur Not – etwas nachzuhelfen.«
Denis Scheck, *Druckfrisch*

»Der Kniff, zwischen Wallace und Bromberg, kapitelweise hin und her zu springen, macht aus *Wallace* mehr als einen historischen Roman. Er macht ihn akut zeitgenössisch.«
Michael Helbing, *Thüringer Allgemeine*

»Es ist eine Freude, der Fantasie des Autors zu folgen, der mit Liebe zum Detail die Zeitstränge zu einem liebenswerten, [...] hintergründig vergnüglichen Roman verkordelt.«
Jens-Uwe Sommerschuh, *Sächsische Zeitung*

»Oelze schildert das Historische so eloquent wie das Gegenwärtige seines mit zwei alternierenden Handlungssträngen aufwartenden Romans.«
Connie Haag, *ekz*

»Das Buch erzählt auf bezaubernd altmodische Weise. Ein großes Sprachfest, ein Buch für alle, die Christian Krachts *Imperium* mochten.«
Marius Müller, *Augsburger Allgemeine*

»Mit *Wallace* hat Oelze ein stilsicheres und spannendes Debüt vorgelegt, dem man die Lust am Abenteuer anmerkt.
Tino Dallmann, *mdr Kultur*

»Er macht Geschichte möglich, indem er eine Geschichte erzählt. Schrullig, farbenprächtig, spannend.«
Markus Kranz, *Dresdner Kulturmagazin*

»Exquisite Tropenkoller führt Oelze da vor!«
Gabriele Weingartner, *Die Rheinpfalz*

»Oelze schreibt lebendig, farbig und eloquent.«
Katharina Granzin, *Frankfurter Rundschau*

Juan Gabriel Vásquez
Die Gestalt der Ruinen
Roman
Aus dem Spanischen von Susanne Lange
528 Seiten. Gebunden. Lesebändchen.
ISBN 978-3-89561-017-2

Kolumbien 1948: Der liberale Politiker Jorge Eliécer Gaitán wird in Bogotá auf offener Straße ermordet. Sein Tod stürzt Kolumbien in die tiefste Krise seiner Geschichte. Jahrzehnte später wird ein Mann verhaftet, als er versucht, den Anzug Gaitáns aus einem Museum zu stehlen. Überzeugt von einer Verschwörung und besessen von der Suche nach der Wahrheit hinter der Ermordung Gaitáns bedrängt er auch den Schriftsteller Juan Gabriel Vásquez. Hängt das Attentat auf Gaitán mit dem auf John F. Kennedy zusammen? Und welche Verbindung gibt es zu den Attentaten auf Erzherzog Ferdinand in Sarajevo und Rafael Uribe Uribe in Kolumbien?

Die Gestalt der Ruinen deckt ein komplexes Geflecht von Anhängern und Gegnern der Demokratie auf und fragt nach dem Spielraum der Literatur zwischen Investigation und Skepsis. In seinem schonungslosen Roman verknüpft Juan Gabriel Vásquez die leidenschaftliche Erforschung all dessen, was unsere Freiheit gefährdet, mit klugen autobiografischen Reflexionen: Geschichte und Politik spiegeln sich im eigenen Leben und Schreiben.

»Juan Gabriel Vásquez erforscht in seinem Roman *Die Gestalt der Ruinen* die Gewaltgeschichte seines Heimatlandes Kolumbien.«
Paul Ingendaay, *Frankfurter Allgemeine Zeitung*

»Einer der wichtigsten Schriftsteller Südamerikas, und mit seinem neuen Opus Magnum *Die Gestalt der Ruinen* wird er es noch viel mehr sein.«
Franz Schneider, *Rhein-Neckar-Zeitung*

»Grandios!«
Manfred Papst, *NZZ am Sonntag*

»Faszinierende Weltliteratur.«
Klaus Zeyringer, *Der Standard*

»In den Thrillerszenen des Romans fühlt man sich wie im Kino.«
Ralph Hammerthaler, *Süddeutsche Zeitung*

»Vásquez fragt sich in seinem neuen Roman: *Was ist die Quelle der Gewalt in meinem Land Kolumbien?* (...) Eine historische Suche.«
Thomas Wedmann, *3sat Kulturzeit*

»Ein vielschichtiges und im guten Sinne ausuferndes Buch. (...) Ein schillernder Roman.«
Christoph Ohrem, *WDR 5*

»Er schafft es in einer fast thrillerhaften Handlung seine ganz persönliche Auseinandersetzung mit der kolumbianischen Geschichte unterzubringen.«
Wolfgang Popp, *ORF Ö1*

»Ein Lob der Skepsis.«
Tobias Wenzel, *NDR Kultur*

»Ein Meisterwerk der politischen Literatur.«
Walter van Rossum, *Deutschlandfunk*

»Vásquez treibt die Frage nach der Belastbarkeit von Erinnerungen um, von verschiedenen Interpretationen der geschichtlichen Wahrheit, letztlich um die Möglichkeit jeder Geschichtsschreibung, aber auch ihrer Notwendigkeit.«
Petra Reich, *Literaturreich*

Sascha Reh
Gegen die Zeit
Roman
360 Seiten. Gebunden. Lesebändchen.
ISBN 978-3-89561-087-5

Anfang der siebziger Jahre herrscht Aufbruchsstimmung in Santiago de Chile: Der sozialistische Präsident Salvador Allende ist fest entschlossen, das Land aus seiner wirtschaftlichen Abhängigkeit zu führen und die Not der verarmten Bevölkerung zu mildern. Dafür setzt er auf ein kühnes Projekt: Die Fabriken des unwegsamen Andenstaates sollen vernetzt und von einem zentralen Rechner gesteuert werden. Ein internationales Team, unter ihnen der junge deutsche Industriedesigner Hans Everding, wird beauftragt, das Datennetzwerk aufzubauen. Begeistert ergreift Hans die Chance, an der Revolution mitzuwirken und für eine gerechtere Gesellschaft zu kämpfen.
Der Putsch des Militärs setzt diesem Traum jäh ein Ende. Alle, die an dem Netzwerk mitgearbeitet haben, geraten in Lebensgefahr. Niemand weiß, wer Freund und wer Feind ist, und die gesammelten Daten dürfen keinesfalls in falsche Hände geraten.

Gegen die Zeit erinnert an ein historisches Experiment mit überraschender Aktualität: eine dramatische Geschichte von Aufbruch und Enttäuschung, von Vertrauen und Verrat.

»Es ist diese Mischung zwischen Dichtung und Wahrheit, die die Handlung so spannend macht.«
Barbara Zeizinger, *fixpoetry*

»Die sehr weitreichenden Fragen, die in diesem Roman verhandelt werden, sind in der deutschsprachigen Gegenwartsliteratur wahrscheinlich nie plastischer inszeniert worden.«
Kai Sina, *Frankfurter Allgemeine Zeitung*

»Ein eminent politischer Roman, der diese Zeit unwahrscheinlich gut einfängt.«
Gerrit Bartels, *Deutschlandradio Kultur*

»Das Chile Allendes wirkt in *Gegen die Zeit* wie ein spannendes Experiment mit verblüffenden Berührungspunkten zur Gegenwart.«
Helmut Böttiger, *Süddeutsche Zeitung*

»Reh (…) besitzt ein starkes Gespür dafür, was in einem so gewalttätigen Umsturz die Vorgänge tatsächlich vorantreibt. Sein dritter Roman (…) ist im besten Sinne ein Zeitroman.«
Monika Melchert, *Sächsische Zeitung*

»Spannung wie ein Polit-Thriller«
Jens Dirksen, *Der Westen*

»Sascha Rehs Roman gehört zu jenen raren belletristischen Neuerscheinungen, in denen tatsächlich etwas Neues zu erfahren ist.«
Katrin Hillgruber, *Bayern 2, Diwan*

»Es ist selten genug (…), dass politische Sujets mit erzählerischem Anspruch und trotzdem spannend (…) behandelt werden. Das ist nun zum wiederholten Mal bei Reh der Fall.«
Deutschlandradio Kultur

»Bunt, grell, revolutionär, spannend.«
René Hamann, *die tageszeitung*

»Es gelingt Reh erstaunlich gut, die komplizierten Abläufe zu erklären, eingebettet in eine spannende Handlung, die mit der dramatischen Flucht (…) am Tag des Putschs beginnt.«
Eva Pfister, *Wochenzeitung*